»Meine Ehe ist in Gefahr«, sagte Frau Frischauf leise und seufzte dezent wie ein magenkrankes Eichhörnchen.

»Tja ...«, antwortete ich vorsichtig und unbestimmt.

Wenn die mich mit einem Eheberater verwechselt, dachte ich, überschätzt sie meine sozialen Fähigkeiten aber ganz gewaltig. Ein Diskontdetektiv wie ich mit leichtem Hang zum Autismus gab keinen guten Therapeuten ab. Den hätte ich höchstens selbst nötig gehabt. Außerdem, dachte ich, ist heutzutage sowieso schon praktisch jede Ehe gefährdet.

Else Frischauf war eines Morgens unangemeldet in meinem Empfangszimmer erschienen. Sie war kaum größer als ein Kind, aschblond und zum Zerbrechen zierlich mit einer Haut wie verschüttete Milch. Ungeachtet der Tageszeit trug sie ein kleines Schwarzes mit einer feingliedrigen Perlenkette über dem Dekolleté wie für eine abendliche Cocktailparty. Genau der Typ Frau, dachte ich, auf den ich immer wieder hereinfalle. Aber ihre Augen, so schien es mir jedenfalls einen Moment lang, waren so hart wie der Kern eines dunklen, kalten Planeten.

Ich nahm meine Mahlzeiten meistens im Empfangszimmer ein; einfach weil dort der einzige brauchbare Tisch stand, den ich besaß. Statt mit Akten war dieser Schreibtisch jetzt mit einer Lage Butterbrotpapier bedeckt, auf der ich zu Gabelfrühstückszwecken ein großes Stück doppelt geselchter Blunzen, einen nicht unerheblichen Restvorrat an Hirschschinken, ein Glas Marchfelder Essiggurkerl und einen halben Laib

Roggenbrot ausgebreitet hatte. Mein Tafelsilber bestand barbarischerweise nur aus einem Hirschfänger aus dem Nachlass von Opa Miert und eben dem Butterbrotpapier. Die pipifeine Erscheinung von Frau Frischauf passte dazu wie der Papst in ein Bordell. Irgendwie bewunderte ich ihren Mut, sich in einem solchen Aufzug in diese Gegend zu trauen. Sie war bei der Tür hereingeschneit wie ein neurotischer, blutarmer Engel, hatte sich hastig vorgestellt und war dann sofort auf ihre Eheprobleme zu sprechen gekommen. Ehezwistigkeiten waren zwar einer der Hauptumsatzträger meines Berufsstandes, aber ich hatte mich bisher immer beharrlich geweigert, mich um Bettlakenfälle zu kümmern. Nur waren halt die Zeiten inzwischen nicht rosiger geworden. Also hatte ich mit dem Hirschfänger auf den Besucherstuhl gezeigt und die unvermutete, potenzielle Klientin damit für meine Verhältnisse formvollendet eingeladen, Platz zu nehmen. Meine Rustikalität, um es einmal positiv zu formulieren, hatte mir zwar schon ganze Legionen an Kunden vergrault, aber Frau Frischauf ließ sich durch das fettige, alte Messer in meiner riesigen, ebenfalls fettglänzenden Pranke nicht abschrecken, sondern folgte ein wenig zögerlich, aber doch meiner Einladung. Wahrscheinlich war es der Nimbus des Diskontdetektivs, der mich für manche Kunden unwiderstehlich machte. Oder die Dame steckte wirklich tief in der Bredouille.

»Retten Sie meine Ehe!«, flehte sie.

Ich hatte eine große Scheibe der Blutwurst noch nicht ganz hinuntergekaut und war daher nicht sehr gesprächig. Aber irgendwelche Redebeiträge von mir waren im Moment sowieso nicht gefragt.

»Wissen Sie, meine Ehe ist das Einzige in meinem Leben, auf das ich stolz sein kann! Mein Mann ist alles, was ich habe!«

Ich grunzte voller Anteilnahme, so gut das eben mit vollem Mund ging.

»Er hat sich so in diese Sache verbissen, dass es noch ein schlimmes Ende nehmen wird! Helfen Sie ihm!«

Menschen, die permanent in Rufzeichen sprachen, strapazierten meine Nerven. Genauso musste ich auch ausgesehen haben, denn Frau Frischauf redete rasch weiter, wie wenn sie eine drohende negative Antwort meinerseits wegplaudern wollte.

»Sehen Sie, wenn mein Mann sich daranmacht, eine Thunfischdose zu öffnen, ist er in Gefahr, sich eine Fingerkuppe wegzuschneiden. Wenn mein Mann Suppe kocht, endet das vermutlich mit einer Explosion. Wenn mein Mann sein Fahrrad putzt, klemmt er sich möglicherweise ein Ohr in den Speichen ein. Wenn mein Mann eine Glühlampe wechselt, gibt es höchstwahrscheinlich einen Kurzen oder Schlimmeres. Mein Mann braucht einfach Rückendeckung bei dieser Sache! Einen Leibwächter!«

Wenn die noch ein paar Sätze mit »Mein Mann« beginnt, dachte ich, beiße ich in die Tischplatte oder drehe sonst wie durch. Außerdem hatte ich wegen meiner total verkalkten Kaffeemaschine noch kein einziges Milligramm Koffein in den Adern und war daher noch kein Mensch.

»Sie sollten Ihrem Mann vielleicht ein bisschen mehr zutrauen …«

Nicht einmal Gerti Senger, dachte ich, hätte etwas Banaleres von sich geben können.

»Mein Mann, wie soll ich sagen – Sie kennen ihn nicht!«

Gott sei Dank, dachte ich, muss das ein Warmduscher sein.

»Mein Mann darf aber auf keinen Fall wissen, dass er jetzt

einen Beschützer bekommt! Er würde das ablehnen! Ganz entschieden! Sie müssen es diskret machen!«

Den letzten Satz sagte sie so, als würde sie etwas ganz anderes damit meinen. Zusätzlich verdrehte sie auch noch vielsagend die Augen, was ich doch etwas übertrieben fand. Außerdem hatte sie den Besucherstuhl einen halben Meter zurückgeschoben, vielleicht um ihre Beine besser zur Geltung zu bringen. Es waren weiße, dünne Beine, die mir eigentlich gar nicht so gefielen. Daran konnten auch die teuren Netzstrümpfe nichts ändern. Irgendwie wurde ich das ungute Gefühl nicht los, dass mich Frau Frischauf anmachte. Dabei passte das ganz und gar nicht zu all dem, was sie verbal von sich gab, überlegte ich eher ratlos. Aus irgendeinem Grund entschloss ich mich aber, ihr seltsames Psychospiel mitzuspielen, auch wenn ich die Motivation dahinter noch nicht verstand. Auf jeden Fall strengte sich die Dame ganz gewaltig an, um einen billigen Hinterhofdetektiv wie mich an Bord zu holen. Dabei wäre das gar nicht nötig gewesen. Ich bin, dachte ich, genauso käuflich wie alle anderen, ein simpler Auftragnehmer, eine gewöhnliche Mietkraft, die jeden Job erledigt. Für ein paar Euro trainierte ich, wenn es denn sein musste, Quasimodo für die nächste Mister-Universum-Wahl, für ein paar Euro mehr leistete ich sogar schier Unmögliches wie etwa die Produktion koscherer Grammelknödel. Nicht verzagen, dachte ich, Miert fragen.

»Ich mache es immer diskret, gnädige Frau«, sabberte ich. Nur das mit dem Augenverdrehen brachte ich mangels Übung in letzter Zeit nicht so gut hin.

Frau Frischauf schien einigermaßen zufrieden zu sein, sie hatte mich da, wo sie mich haben wollte. Aber in Wirklichkeit, dachte ich, ist das noch kaum einem Klienten von mir, bei dem ich schon beim Erstgespräch leicht ziehendes Bauchweh hatte, restlos gelungen.

»Haben Sie ein Foto von ihm?«, versuchte ich wieder etwas mehr Sachlichkeit in dieses Kundengespräch zu bringen. Am Anfang einer Ermittlung, dachte ich, kann man sich ja noch schön einbilden, dass man Herr des Verfahrens sei; später kommt in der Regel eh alles anders, und man ist wieder der Wurstel.

»Ja, natürlich.«

Umständlich begann sie in den Tiefen und Untiefen ihrer Handtasche zu kramen. Während der Wartezeit begann ich sämtliche Witze über Damenhandtaschen zu rekapitulieren, die ich kannte. Dann wickelte ich die Reste meines frugalen Mahls in das Butterbrotpapier und verstaute alles in einer Schreibtischschublade.

»Hier, bitte.«

Sind wir endlich so weit, dachte ich, nahm das Foto entgegen und legte es mit der Bildseite auf die Schreibtischplatte.

»Beschreiben Sie ihn.«

»Aber …«

»Beschreiben Sie ihn!«

»Er trägt starke Brillen. Er besitzt eine rote und eine blaue, Designerbrillen, aber nachgemachte. Manchmal habe ich das Gefühl, dass er sich dahinter versteckt. Wegen seiner Augen hat er einen etwas sonderbaren Gang, er kann Entfernungen nur schlecht einschätzen, auch die seiner Fußsohlen zum Boden. Messerhaarschnitt alle drei, vier Wochen, darauf legt er Wert. Außerdem auf seine grauen Nadelstreifanzüge mit den roten Krawatten in allen Schattierungen. Er zieht die Schale praktisch nur zum Schlafen aus. Mittelgroß, etwas untergewichtig, schmale Schultern und lange Hände. Gepflegt, insgesamt eine sehr gepflegte Erscheinung. Er spricht hochdeutsch, weil er Buchhändler ist.«

Eine wunderbar sachdienliche Beschreibung, dachte ich, aber jede meiner Exfreundinnen zum Beispiel würde mich wohl fundamental anders beschreiben. Vielleicht nicht unbedingt freundlich, aber jedenfalls nicht so von außen, so neutral, so verdammt sachlich wie ein Polizist.

»Wie alt ist er?«, hakte ich nach.

»Er ist knapp über fünfzig und, so fürchte ich, nicht besonders zufrieden mit seinem Leben.«

»Na ja, wer ist das heutzutage schon?«, versuchte ich Trost zu spenden. Nicht gerade eine meiner größten Stärken.

»Ist er so unzufrieden, dass er demnächst vielleicht einmal einen Baumarkt aufsuchen könnte, um sich dort mit einer Nagelmaschine durch das rechte Auge zu taggern? Entschuldigen Sie, aber ich muss das fragen.«

»Mit der Buchhandlung geht es rasant bergab. Es ist zwar eine alteingesessene Firma, aber halt ohne den Rückhalt einer Kette. Dazu kommt, dass heutzutage schon jeder Schimpanse Bücher im Internet bestellen kann, so einfach ist das inzwischen. Hermann hat sich zwar spezialisiert, ist vor allem dank eigener Weiterbildungsbemühungen eine wirklich versierte Kraft für die österreichische Literatur des 19. und 20. Jahrhunderts und für das angeschlossene Antiquariat, aber genau mit dem Geschäftsbereich geht es von Jahr zu Jahr immer weiter bergab. Die Leute lesen lieber, wenn sie überhaupt noch lesen, schludrig übersetzte, angloamerikanische Schinken, lieblos produzierte Taschenbuch-Kiloware. Ein bisschen Horror, ein bisschen Gerichtsmedizin, ein bisschen Fantasy, Hokuspokus und fauler Zauber, und damit hat es sich auch schon. Die Literatur dieses Landes ist – marketingmäßig gesprochen – tot, mausetot. Hermann ist mittlerweile der längstdienende Verkäufer in der Buchhandlung und verdient halt auch entsprechend. Wer weiß, wie lange ihn die Besitzerin noch hält.«

Es wird zunehmend ungemütlich hierzulande, dachte ich, niemand ist mehr sicher, niemand hat mehr etwas sicher, die Demontage des Status quo hat längst begonnen.

Ich drehte das Foto um. Es war wohl ein Urlaubsschnappschuss, der Hermann Frischauf an einem Restauranttisch zeigte. Vor sich hatte er einen gigantomanischen Eisbecher in allen BASF-Lebensmittelfarben mit Hütchen, Schirmchen, Ananasscheiben, Cocktailkirschen und weiteren Früchten. Er trug ein weißes Hemd, eine blaue Brille und lächelte nicht. Die Brillengläser hatten den Fotoblitz außerdem so massiv zurückgespiegelt, dass sein Gesicht wie eine helle, opake Maske wirkte. Der Mann auf dem Foto, dachte ich, könnte fast jeder sein.

»Wo ist das aufgenommen worden?«

»Faaker See. Voriges Jahr.«

Warum trägt er, dachte ich, keinen Nadelstreif?

»Ich habe es ihm verboten, im Anzug an den Strand zu gehen. Das wollten Sie doch fragen, oder?«, hatte Else Frischauf meine Gedanken gelesen.

»Sie verblüffen mich. – Haben Sie eben meine Gedanken gelesen?«

»Bei Männern fällt mir das nicht so wahnsinnig schwer«, antwortete Frau Frischauf spontan und lächelte nervös.

Sind wir wirklich so einfach gestrickt, wunderte ich mich.

»Wie sind Sie auf mich gekommen?«, lenkte ich das Gespräch auf vermeintlich Angenehmeres.

»Wollen Sie die Wahrheit hören?«

Also doch der Diskontdetektiv, dachte ich.

»Nur zu, ich kann schon was vertragen«, antwortete ich mit einem etwas sauren Lächeln, Marke Heinrich Himmler.

»Hermann braucht einen richtigen Beschützer. – Ich habe Ihr Foto einmal in der ›Harlander Woche‹ gesehen, da hatten Sie Hände groß wie Klodeckel.«

Und die Realprobe hält, dachte ich, was die Zeitung versprochen hat. Meine Hände waren ja wirklich nicht zum Anschauen, für die Pranken bekam ich schon seit Jahren in keinem Geschäft mehr Handschuhe. Die nächste Anzuggröße, die ich demnächst benötigen würde, war Minivan. Dafür konnte ich aber auch noch weit nach Mitternacht selbst in diesem Viertel herumflanieren, ohne befürchten zu müssen, dass mir einer wegen ein paar Euro für das nächste Pulver einen Ziegelstein über den Kopf zog.

»Na gut, jetzt hätten wir vorab eigentlich nur mehr das Finanzielle zu klären. Keine Schecks, keine Kreditkarten, keine Zlotys, sprich keine Fremdwährungen.«

»Wie lange reichen Ihnen 1.200 Euro?«

»Drei, höchstens vier Tage, wenn ich die Spesen niedrig halten kann, die Sie extra im Nachhinein bezahlen müssen. Wenn er beispielsweise morgen nach Sevilla fliegt, werden Sie aber sofort etwas nachschießen müssen. Die Spesen hängen also von seinem Aktionsradius ab, normalerweise verrechne ich einen Euro fünfzig pro Kilometer.«

Anstatt zu antworten begann sie wieder in ihrer Handtasche zu kramen. Eine fast neue Gucci, wie ich bemerkte, und vielleicht sogar keine nachgemachte. Der Buchhandel, in dem Jammern genauso zum Geschäft gehört wie in jeder anderen Branche, dürfte ja doch etwas abwerfen, jedenfalls mehr, als wenn man herumschnüffelte und sich in die Angelegenheiten fremder Leute mischte, die einen eigentlich nichts angingen. Aber ich steckte halt in meinem Beruf fest wie ein Wal in einer Mineralwasserflasche. Mit anderen Worten: Ich hatte nichts anderes gelernt, als im Dreck zu wühlen und fragilen, anämischen Blondinen dabei zuzusehen, wie sie an ihren Handtaschen verzweifelten. Ich stellte mir Frau Frischauf in schwarzer Wäsche vor, mit Handschellen an ein Messingbett gefesselt, aber das brachte mich auch nicht weiter.

»Wo kann ich Sie erreichen?«, fragte ich.

»Ich arbeite tagsüber in Wien, in einem Front-Office-Büro, und mein Chef und die Kunden sehen es nicht so wahnsinnig gerne, wenn ich privat telefoniere. Und abends ist ja Hermann … Ich schaue in zwei, drei Tagen wieder bei Ihnen vorbei. Ich rufe Sie vorher an.«

Endlich hatte sie einen Briefumschlag aus ihrer Tasche gewurschtelt, den sie mir auch gleich reichte. Es waren zwölf nagelneue Hundert-Euro-Scheine darin. Frau Frischauf hatte sich selbst keinerlei Verhandlungsspielraum gelassen, das sprach eindeutig für sie – und gegen mich.

»Sie unterschätzen die Effektivität, Funktionalität und Universalität einer Damenhandtasche sträflich …«

»Also, langsam werden Sie mir unheimlich mit der Gedankenleserei«, meinte ich und fischte eine Visitenkarte mit meiner Handynummer aus der obersten Schreibtischlade.

»Dann wäre ja alles geklärt …«

»Noch ist überhaupt nichts geklärt. Jetzt wäre es nämlich an der Zeit, dass Sie mir mal die Hauptsache verraten: Was ist eigentlich los? Warum machen Sie sich solche Sorgen um Ihren Mann?«

* * *

»Zuerst sind die Anrufe gekommen, oft mitten in der Nacht. Die Anrufer haben immer aufgelegt, sobald wir abgehoben haben«, erzählte Frau Frischauf.

»Mir hat schon mal jemand einen Drohbrief geschickt, der mit Osama bin Laden unterzeichnet war. Leider war der Wisch nicht in Arabisch, dann hätte ich den Schmarren nämlich nicht einmal gelesen«, bemerkte ich.

»Dann sind ein paar Filme verschwunden, harmlose Familienfotos, mein Mann und ich im Urlaub, auf Ausflügen und so. Ich gebe sie immer in dieselbe BIPA-Filiale zur Ausarbeitung. Ich habe natürlich reklamiert, aber die Fotos waren nicht mehr auffindbar. Meinem Mann habe ich nichts davon erzählt, um ihn nicht noch zusätzlich aufzuregen, er hat es eh schon schwer genug in der Arbeit«, erzählte Frau Frischauf.

»Na ja, ein bisschen eine Schlamperei soll schon mal vorgekommen sein in diesem Land«, wandte ich ein.

»Genau das habe ich eigentlich auch gedacht, bis ich heute das im Briefkasten vorgefunden habe!«

Frau Frischauf war plötzlich echauffiert wie ein Badewannenkapitän, dem man seine Quietschente entführt hatte, und begann wieder in ihrer erstaunlichen Handtasche zu kramen. Was sie schließlich zum Vorschein brachte, war eine flache, kleine Schachtel aus braunem Karton, die sie mir heftig über den Schreibtisch schob. Das Ding roch ein bisschen streng, fand ich, eigentlich mehr als ein bisschen, wie ein alter, wasserscheuer Hund etwa.

»Die haben Ihnen irgendein totes Vieh geschickt, oder?«

»Woher wissen Sie das?«, fragte Frau Frischauf verblüfft.

Vorsichtig hob ich den Deckel.

»Erfahrung, Gefühl – wie Sie wollen, Einfühlungsvermögen halt in so Scherzkekse.«

»Scherzkekse? Ich finde, Sie unterschätzen die Sache!«

Es war ein Tableau mit einem toten Spatzen, mit einem Nagel durch seine Brust auf ein dünnes Brettchen geheftet, die Flügel gespreizt und ebenfalls mit Nägeln fixiert. Ein gekreuzigter Singvogel, dachte ich, mit blutverschmiertem Gefieder und einem Blutstropfen auf der Schnabelspitze – die sind echt pervers.

»Wie sind die bloß an den Vogel gekommen?«, überlegte ich laut.

»Das ist alles, was Sie dazu zu sagen haben?«

»Na ja, ich denke mir, um diese Jahreszeit muss es ganz schön schwer sein, sich einen Spatzen zu beschaffen. Es sei denn bei einem privaten Züchter, denn in den hiesigen Zoogeschäften bekommt man nur tropische und subtropische Vögel. Diese Überlegung ist also so etwas wie ein erster Hinweis auf den oder die Absender.«

»Können Sie nicht Fingerabdrücke von der Schachtel nehmen?«

»Fingerabdrücke von solch einem raufasrigen Karton? Oder noch besser – von den Federn? Außerdem kann ich hier mit einer Fingerabdruckkartei nicht dienen, da müssten Sie schon zur Polizei gehen und förmlich Anzeige erstatten. Wenn die allerdings den Täter bei so einer Lappalie fassen …«

»Lappalie?«

»Ich habe jetzt halt wie ein Polizist formuliert«, antwortete ich, »ich war lange genug einer.«

»Ja dann …«

»Also, wenn die Polizei den Täter bei so Kinkerlitzchen fasst, was so unwahrscheinlich ist wie eine Geburt durch ein Ohr, dann kriegt der maximal wegen Tierquälerei eine Geldstrafe von sagen wir zwei-, dreihundert Euro.«

»Wer tut denn bloß so etwas?«, wollte Frau Frischauf von mir wissen.

»Die Frage ist vor allem auch, was tut so einer noch? Hat Ihr Mann nennenswerte Feinde?«

»Niemanden, außer sich selbst vielleicht. Jedenfalls, bis er diese Inserate aufgegeben hat.«

»Was für Inserate denn?«

»Er hat vor ein paar Monaten in den Lokalzeitungen Inserate geschaltet, in denen er Zeitzeugen aufgerufen hat, sich bei ihm zu melden. Damit hat er sich in die allererste Reihe gestellt, in die Öffentlichkeit, sich selbst und seine Familie, das heißt mich!«

»Zeitzeugen wofür?«

»Leute, die hier in Harland vor 1945 Kontakt mit Zwangsarbeitern hatten.«

»Bisher habe ich ehrlich gesagt nicht einmal gewusst, dass es bei uns in Harland überhaupt so etwas wie Zwangsarbeiter gegeben hat!«

»Das ist es ja eben. Niemand hat das gewusst!«

Außer diejenigen, dachte ich, welche die Zwangsarbeiter beschäftigt haben. Und diese Sklavenhalter haben wohlweislich die Goschen gehalten.

»Auch die hiesigen Lokalhistoriker haben über sechzig Jahre lang noch nicht einmal das Wort Zwangsarbeiter niedergeschrieben«, sagte Frau Frischauf noch.

»Und?«

»Was und?«

»Na, haben sich denn Zeitzeugen bei Ihrem Gatten gemeldet?«

»Ja, ein paar steinalte Leutchen, die irgendetwas gesehen oder erlebt haben wollen in der Zeit damals, ein paar unzurechnungsfähige Greise, die das hohe Alter redselig und mürbe gemacht hat.«

Klingt ja nicht gerade, dachte ich, als ob sie sich mit dem Projekt ihres Mannes voll identifizieren würde, klingt ganz und gar nicht danach.

»Wer und wie viele?«

»Mein Mann hat Tonbandaufnahmen mit den alten Leutchen gemacht und arbeitet jetzt die Hinweise im Gelände, im Stadtarchiv und weiß Gott noch wo ab. Im Übrigen erzählt er nicht viel davon, weil er das Gefühl hat, dass ich mich nicht allzu sehr dafür interessiere.«

»Ist er sonst noch bedroht worden?«

»Mir hat er jedenfalls nichts davon erzählt.«

Worüber sprechen die dann, überlegte ich weiter, obwohl die ganze Chose für ihn so zentral ist, dass er sich lieber bedrohen lässt, als die Recherche aufzugeben.

»Wie findet er überhaupt neben der Arbeit Zeit für diese Forschungen?«

»Jetzt nennen Sie den Kram auch schon Forschung! Dafür bezahle ich Sie nicht!«

Mein Beruf wäre an sich ja ganz passabel, dachte ich, wenn nur die Kundschaft nicht wäre.

»Also gut, woher nimmt er die Zeit für den ganzen … Kram?«

»Er hat in der Buchhandlung eine ziemlich lange Mittagspause, jeden Tag von zwölf bis fünfzehn Uhr. Außerdem komme ich oft später aus Wien. Die Westbahn ist zunehmend eine Zumutung, nur mehr Verspätungen, ausgefallene Heizungen, verdreckte Abteile und allgemeine Unbequemlichkeit.«

»Wie ist er überhaupt auf die Sache mit den Harlander Zwangsarbeitern gekommen?«, fragte ich Frau Frischauf.

Sie antwortete zwar darauf, Belangloses, aber wusste die Antwort nicht. Seltsame Ehe, dachte ich, aber andererseits, welche Ehe heutzutage ist das nicht.

* * *

Der Abschied von Frau Frischauf war rasch und unsentimental vonstatten gegangen. Sie hatte dann doch darauf verzichtet, mich zu verführen, höchstwahrscheinlich nicht einmal ungern. Die 1.200 Euro allein hatten völlig ausgereicht, um mich als Babysitter für ihren Göttergatten zu engagieren. Dank Frau Frischauf war ich wieder im Geschäft, und ich hatte bis jetzt nichts dafür tun müssen, als mein Gabelfrühstück abrupt zu unterbrechen. Im Übrigen fragte ich mich, wie sie in dem Aufzug durch das Bahnhofsviertel zurück in die Zivilisation, sprich in einen Railjet nach Wien kommen würde, war aber andererseits auch zu faul oder zu wenig Kavalier, um sie zu begleiten. Außerdem war es mit einem guten dreiviertel Kilo Blutwurst im Magen relativ schwierig, aus den Startlöchern und in den ersten Gang zu kommen. Wahrscheinlich, dachte ich, hat sie eh ihren Wagen vor der Haustür stehen, und von meiner Wohnungstür bis dorthin kann sie höchstens von einem Stück brüchiger Jugendstilornamentik erschlagen werden, dagegen hilft auch kein Leibwächter, nicht einmal eine Brieftaube, die über einem schwebt wie der Heilige Geist.

Bis zum Beginn der Mittagspause der Buchhandlung waren noch etwa dreieinhalb Stunden totzuschlagen beziehungsweise mit Nichtigkeiten auszufüllen. Ich war höchst zuversichtlich, das locker zu schaffen. Frau Frischauf hatte mich jedenfalls mit meiner Post allein gelassen, die ich in aller Früh schon vom Postkasten geholt und in einer Schreibtischlade deponiert hatte, um mir den Genuss für später, für die Zeit nach der Mahlzeit aufzusparen. Ich war eben einer jener leicht zwanghaften Charaktere, die ihre gesamte Post penibelst durchlasen, auch die Werbung. Eigentlich bekam ich ja praktisch nur Werbesendungen, und ich schaute sie wie gesagt alle Blatt für Blatt durch, nicht nur die Damenwäscheangebote. Mangels Unterhaltung durch Frau, Freundin, Kinder, Freunde, Kollegen oder allzu viele Kunden waren Prospekte für mich durchaus eine Alternative und nicht einmal eine unkomische. Heute teilte mir zum Beispiel eine IHL-Rechtsabteilung mit einer Postfachadresse im noblen 1. Wiener Gemeindebezirk in einem ebenso nobel gelayouteten Brief mit, man habe mich schon einige Zeit leider vergeblich zu erreichen versucht, nun drohe mein 100.000-Euro-Bargewinnanteil zu verfallen. Schock, schwere Not, dachte ich, und las amüsiert weiter. Absolut schleunigst, hieß es in dem Schreiben, sollte ich mich unter der Wiener Telefonnummer 14 92 45 melden, es sei höchste, allerhöchste Zeit, mindestens so dringlich wie eine Sturzgeburt. Nun freute ich mich schon auf das Kleingedruckte, in dessen ausgedehnten Bleiwüsten ich schließlich herausfand, dass die angegebene Nummer mit vier Euro pro Minute ganz schön heftig kostenpflichtig war. Außerdem stellte sich in gewundenen Juristensätzen heraus, dass der Super-Mega-100.000-Euro-Bargewinn unter allen Gewinnern, sprich Anrufern aufgeteilt zur Auszahlung gelangen würde und dass Gewinnanteile unter hundert Euro nicht ausbezahlt würden. Wenn sich also relativ viele Leute, was so wahrscheinlich war wie Magendrücken nach dem Weihnachtsessen, unter der angegebenen Nummer meldeten, gab es für jeden Einzelnen weniger, bis schließlich die ganze Chose unter den besagten Hunderter fallen würde und damit überhaupt kein Gewinn ausbezahlt werden brauchte. Willkommen in der New Economy, dachte ich, so eine Wirtschaft. Irgendwie lustig fand ich auch das anonyme Schreiben eines offenbar älteren, ziemlich schizoiden Herrn aus dem Landbezirk, der mir mittels eines fotokopierten Zettels Schauderhaftes mitteilte, nämlich dass in Harland derzeit gerade eine russische Geheimapparatur namens Elipton zum Einsatz komme. Auch Polizei, Staatspolizei und das lokale Finanzamt verfügten bereits über derartige Wunderwaffen, die das Innenleben von Gebäuden, ja sogar von einzelnen Zimmern mittels unbekannter Strahlen sichtbar machen konnten. Schluss also, so der anonyme Briefschreiber weiter, mit jeglicher Privatsphäre, denn Elipton durchdringe auch die dicksten Mauern, selbst solche aus Stahlbeton, und kehre das Innere zuäußerst, ja die Durchleuchtung mache, so jedenfalls der Briefschreiber wörtlich, »nicht einmal vor dem Sexleben halt«. Nur gut, dachte ich, dass ich derzeit keines hatte. Besonders erheiterte mich die schlichte, aber ergreifende Zeichnung auf der Rückseite des Zettels, welche die Konstruktion und Wirkungsweise des Elipton anschaulich machen sollte. Für mich bestenfalls das Innenleben eines Wasserkochers oder einer Espressomaschine. Ich wunderte mich nur, dass der verrückte Anonymus nicht gleich auch ein selbst gestricktes Gerät mitpromotete, mit dem die Elipton-Strahlen abgeblockt werden konnten. Eindeutig ein Marketingversäumnis, dachte ich, der Spinner könnte noch reich werden damit.

Als Nächstes widmete ich mich dem Werbeprospekt eines Lebensmittelmarktes, der rumänisches Kartoffelpüree, moldawische Hühnerkeulen, georgisches Mineralwasser, weißrussisches Weißbrot, litauische Dauerwürste, deutsche Essiggurkerl und chinesische Socken konkurrenzlos billig anbot, wobei die Lebensmittel ähnlich schmecken mochten wie die Socken, der aber in seiner Werbung gebetsmühlenartig darauf pochte, vor allem heimische Qualität zu führen. Beim Essen war ich immer schon, dachte ich, ein furchtbarer Nationalist. Weniger Spaß machte mir der Katalog eines stylischen Modeversandhauses, da ich auch als notorischer Nicht-Kunde praktisch jeden Tag ein, zwei Sendungen dieser Firma erhielt. Noch weniger Freudenausbrüche entlockte mir schließlich die allmonatliche Miet- und Betriebskostenvorschreibung meiner Hausverwaltung, die inzwischen fast die Höhe eines durchschnittlichen Monatsgehaltes des Bundespräsidenten erreicht hatte. Die Hausverwaltung versuchte seit fast einem Jahr so ziemlich alles, um mich als letzten Mieter im Haus aus der Wohnung zu ekeln. Der ganze Jugendstilkasten sollte abgerissen werden. Für noch ein Fachmarktzentrum oder noch ein Bürohaus oder noch eine Park&Ride-Anlage oder noch ein Fun- und Wellnessbad oder für was auch immer. Ich setzte dem hartnäckigen Widerstand entgegen und zahlte per Dauerauftrag keinen Cent mehr Miete, als in meinem Mietvertrag stand. An Betriebskosten überwies ich ihnen den durchschnittlichen Monatssatz des vorigen Jahres plus ein Prozent. Mochten sie mich auch ruhig pfänden, bei mir war sowieso nicht viel mehr zu holen als unbezahlte Rechnungen. Und bevor sie nicht eine annehmbare Abfindung herausrückten, so viel war klar, würde ich mein breites Gesäß nicht aus dieser Wohnung lüpfen.

Der Rest der Post waren Werbezettel und -prospekte für diverse Vitaminpräparate, Schlagbohrer, Autowachse, Gartenmöbel, Feng-Shui- und Heimwerker-Seminare, Society-

und Wellnesszeitschriften, für den Mopedführerschein im zweiten Bildungsweg, für den Pensionistenausflug der Landeshauptstadt Harland und für eine eurasisch-amerikanische Sekte namens Chau Cheng, die ich nicht einmal dem Namen nach kannte und auch nicht kennenlernen wollte.

* * *

In den Nächten hörte man sie in den Straßen Red-Bull-Dosen kicken, Verkehrszeichen umtreten und leere Wodkaflaschen in die Fenster schmeißen. Sie brachen hin und wieder Zigarettenautomaten auf, Autos, die Rollläden der letzten kleinen Geschäfte im Grätzel und lieferten sich mit großem Genuss Verfolgungsjagden mit der einzigen Funkstreifenbesatzung, die sich für diese Gegend nächtens noch zuständig fühlte. Vor zwei Wochen hatten sie einem jüngeren, besonders laufstarken Beamten ein Schlüsselbein gebrochen. Sie hielten es außerdem für ihr gutes Recht, jederzeit in jeden Hausflur, in jedes Lokal und überhaupt in jede Ecke, die ihnen gerade in den Sinn kam, zu pinkeln oder zu kotzen. Ebenso leichten Herzens und voll unschuldiger Bosheit schlugen sie zu dritt oder viert Sandler, Betrunkene oder ältere Passanten zusammen und nahmen diese Aktionen mit ihren Handys auf, um die Szenen gegen Gebühr ins Internet zu stellen. Tagsüber, speziell am Vormittag, waren sie aber kaum je präsent im Viertel hinter dem Bahnhof, da schliefen sie in ihren Skaterhosen und Snowboardjacken aus dem Ausverkauf in irgendwelchen Löchern oder auf der Bürocouch ihres Sozialarbeiters ihre Räusche und Visionen aus. Ich war daher überrascht, als ich zwei von ihnen gegenüber meinem Haustor auf der anderen Straßenseite herumlungern sah, lemurenhafte Gestalten mit jeder Menge bad vibrations, zwei magere, blasse, ungewaschene Siebzehnjährige mit schwarzen Baseballkappen, grünbraunen Militaryhosen mit Tarnmuster und schweren Bomberstiefeln, ohne Ausbildung, ohne Arbeit, ohne Perspektive und scharf wie ungepflegte Rasiermesser aus Koreastahl.

Ich schlenderte über die Straße, direkt auf die beiden verwahrlosten Kinder zu, deren desaströse Eltern sie wohl schon vor Wochen, Monaten oder Jahren hinausgeworfen hatten. Bissige Straßenköter ohne Hoffnung, die für den Flash lebten, jedes Pulver nahmen, das ihnen in die Finger geriet. Ich kannte sie nicht, die beiden waren neu in der Gegend und mit den Regeln noch nicht vertraut.

»In der Nacht gehört die Straße euch, jetzt schert euch aber weg!«, fuhr ich sie an, im Angriff liegt klingendes Spiel. Außerdem war ich kein Sozialarbeiter und nicht gerade für sozial reversible Äußerungen berühmt.

Sie hatten rote Augen, gelbbraune Tränensäcke, violette Wangen und ein verdammt schlechtes Karma und sahen mich nicht einmal richtig an.

»Oida, was regst dich auf!«, keiften sie los, blieben aber unbewegt wie Bauklötze auf dem Gehsteig stehen.

»Ich rege mich auf, wann es mir passt! Okay?!«

»Oida, reg dich nicht auf!«

»Geht's zu eurem Betreuer oder aufs Sozialamt, verschwindet's! Aber dalli!«

»Oida!«

Sie waren so bekifft, dass nicht mehr aus ihnen herauszubringen war. Nicht einmal ein Gran Aggression. Und ich hatte so früh am Morgen irgendwie auch keine Lust, als Morgensport eine Schlägerei anzufangen. So endete der nette, kleine Plausch unentschieden und ich wandte mich Richtung Bahnhof. Der Jänner war vorbei, und der Winter hatte sich bis jetzt noch nicht blicken lassen. In der Stadt war es warm wie in der Speiseröhre einer Kuh, und durch die Abluft der uralten Chemiefabrik, die den Cord für die meisten europäischen Autoreifen erzeugte, roch es auch annähernd so.

Den Ford Granada ließ ich einstweilen vor dem Haustor stehen. Einen derart bejahrten Klassiker, dessen Fond eher einer Müllhalde als einem Fahrgastraum glich, brachen nicht einmal diese kaputten Typen auf.

* * *

Das vierstöckige, abgewohnte Zinshaus, in dem sich mein Wohnbüro befand, lag nicht weit hinter dem Hauptbahnhof zwischen einer kroatischen Grillstube und einer pleite gegangenen Peepshow, die jetzt albanischen Marktfahrern oder Hehlern als Lager für ihren Kram diente. Vielleicht hatten es die beiden bekifften Burschen ja auf dieses Magazin abgesehen. Drei Häuser weiter in Richtung Bahnhof befand sich jedenfalls die sogenannte »Pension Miramar«, ein ehemaliges Wohnheim für ÖBB-Lokführer, das mit dem karg-kantigen Plattenbaucharme der Sechzigerjahre seinem hochtrabenden Namen gewaltig spottete. Nächtens diente es denjenigen Asphaltblüten des Reviers, deren Freier sich mehr als nur die Autositze leisten wollten, als Verkehrsknotenpunkt. Dabei war Prostitution in Harland durch ein Landesgesetz verboten, aber das steigerte den Reiz nur noch. Außerdem war in Österreich sowieso schon immer unendlich mehr verboten als erlaubt, sodass man, um ein halbwegs normales Leben führen zu können, pro Tag Dutzende und Aberdutzende Verbote, Verordnungen und Gesetze einfach ignorieren musste. Das »Miramar« entging jedenfalls seit Jahren seiner behördlichen Schließung nicht nur, wie ich vermutete, durch regelmäßige Zahlungen seiner ukrainischen Eigentümer an diverse höhere Kader von Verwaltung und Polizei, sondern auch dadurch, dass es zusätzlich eine Art Tagesbetrieb als bürgerliches Seitensprunghotel hatte. Dieser Tagesbetrieb hieß Madame Sybilla und spendierte mir ab und zu eine Melange, wenn meine Kaffeemaschine zu Hause wieder einmal völlig verkalkt oder ich einfach zu faul war, um mir selber Kaffee zu machen. Ich hatte es mir angewöhnt, jeden zweiten, dritten Vormittag einen Sprung im »Miramar« vorbeizuschauen. Schließlich konnte es nicht schaden, sich mit der Mafia gut zu stellen. Auch nach Frau Frischaufs Besuch hatte ich Koffein nötig, war aber zu bequem, um vorher erst noch zeitaufwendig die Maschine zu entkalken, die nur mehr Kalkwasser produzierte, aber keinen richtigen Kaffee. Außerdem war ich mir nicht sicher, ob ich die ausgegangenen Filter, Größe 105, nachgekauft hatte. Es war sowieso schon schwer genug, nach ein paar Wochen des reinen Nichtstuns, die wie eine penibel aneinandergestellte Reihe von leeren Kaffeedosen gewesen waren, wieder hochzukommen. Ich war spät und immer später schlafen gegangen wie ein Schichtarbeiter und kannte bald alle Serien aller Sender, zumindest jeweils ein paar Folgen davon. Außerdem hatte ich mir so viele Nachrichtensendungen angeschaut, dass ich locker zum Pressesprecher jedes Staatspräsidenten taugen würde. Fünfmal hatte ich mir »Hausboot« angesehen, viermal »Hallo Dienstmann« und immerhin noch dreimal »Flammendes Inferno«. Niemand hatte mich in dieser Zeit gebraucht, niemand hatte angerufen, niemand hatte mit mir gesprochen – außer eben manchmal die einen Meter fünfzig kleine, vielleicht sechzigjährige Managerin eines provinziellen Stundenhotels, die in ihrem Leben an weiß Gott wie vielen Verbrechen beteiligt gewesen war.

Madame Sybilla sah aus wie eine dieser kindhaften, rumänischen Hochleistungsturnerinnen der Siebzigerjahre nach dreißig vergeblichen Diäten, drei gescheiterten Ehen, zwei Alkoholentgiftungskuren und einer Karriere voller Pleiten, Pech und Pannen, die sie in ihre jetzige tolle Position geführt hatte. Ihr Haar war unbarmherzig blond gefärbt und ebenso unbarmherzig steil in die Höhe toupiert, sie trug meistens eine teuer aussehende Glitzerbluse und einen schwarzgrauen Businessblazer, dazu allerdings fast immer eine fusselige, orangerote oder rosa Trainingshose und grüne Turnschuhe.

»Ich weiß nicht, die Freier werden auch immer perverser – fast die Hälfte der Bettlaken, die Heza heute gewechselt hat, waren blutig. Was machen diese Wichser bloß?«, begrüßte mich Madame Sybilla an diesem denkwürdigen Tag, der mich wieder ins Geschäft gebracht hatte. Bei manchen der von ihr gebrauchten Wörter vermeinte ich einen leichten, allerdings undefinierbaren Akzent herauszuhören.

Heza war das Zimmermädchen, eine verschleierte, mollige Frau in den Fünfzigern, die jeden Morgen schnell, sprachlos und mit Augen voller Hass die Zimmer wieder auf Vordermann brachte. An den Abenden und in den Nächten gab es auch noch einen weißblonden, ukrainischen Henker, der Madame Sybilla assistierte, sprich in der winzigen Lobby stundenlang eine Playstation malträtierte. Mehr Personal schien nicht vorhanden zu sein, aber vielleicht logierte unter dem Dach ja noch eine ganze Kompanie Mafiasoldaten, grimmige Kerle mit narbigen Händen in schlecht sitzenden Anzügen.

Madame Sybilla selbst, hatte ich jedenfalls den Eindruck gewonnen, schien im Hotel nicht nur zu arbeiten, sondern auch zu wohnen.

Das alles, von den blutverschmierten Laken bis zu den angestellten Henkern, will ich aber gar nicht so genau wissen, dachte ich.

»Kaffee?«

»Wenn Sie mich wieder zum Leben erwecken wollen …«

»Auf jeden Fall.«

Natürlich gab Madame Sybilla die Melange zwar gratis, aber nicht umsonst aus. Gelegentlich bat sie mich um kleinere Dienste, etwa darum, irgendwelche Kisten aus dem Keller ins Erdgeschoss zu schleppen, oder ich hatte eine Glühlampe in eine Deckenleuchte unter einem hohen Plafond hineinzudrehen, weil Heza und ihr, so sagte sie jedenfalls, auf der langen Stehleiter immer schwindlig werde. In den letzten Wochen hatte ich derlei nicht einmal ungern erledigt, weil mir so vom Übermaß der Zeit ein wenig verging. Ich dachte zwar manchmal, dass mir diese verplemperten Stunden noch einmal fehlen könnten, spätestens beim Sterben, aber das hätte ich genauso gut über mein halbes bisheriges Leben sagen können. Die Madame wusste auch über meine Profession Bescheid und fragte mich hin und wieder, ob sie mich bei ihren Ukrainern rekommandieren solle. So weit wollen wir es aber dann doch wieder nicht treiben, hatte ich jedes Mal geantwortet. Manchmal erzählte sie auch einfach nur Geschichten und G'schichterln aus dem Bahnhofsrevier oder versuchte ganz im Gegenteil, mich über die Nachbarschaft auszuhorchen. Was sie mir nicht erzählte, war beispielsweise, dass ihre Ukrainer vor einigen Monaten versucht hatten, das Grätzel nördlich des Bahnhofes aufzukaufen, besser gesagt gleich die ganze Bank, der das Viertel praktisch zum Großteil gehörte. Die Landesregierung hatte aber ihr Veto eingelegt, offenbar reichten die Verbindungen von Madame Sybillas Arbeitgebern noch nicht bis nach ganz oben.

»In letzter Zeit streunt hier in der Gegend ein alter Mann herum, ein Auswärtiger mit einem komischen Dialekt, der übernachtet in leerstehenden Wohnungen«, meinte sie beiläufig.

Da ich nicht sofort dienstbeflissen darauf ansprang, gab sie noch eine kurze Personenbeschreibung wie aus einem Steckbrief. Die Mafia, dachte ich, hält ihr Umfeld in sorgfältiger Beobachtung, um möglichen Bedrohungen von vornherein begegnen zu können.

»Ein kleiner, kräftiger Kerl mit einem grauen Wuschelkopf, mehr breit als hoch, der immer in derselben alten, unmöglichen Strickjacke steckt. Kein Mensch weiß, woher der meschuggene Kerl kommt und was er hier in unserem Grätzel will. Außerdem fragt er den Leuten Löcher in den Bauch. Auch nach Ihnen hat er schon gefragt.«

In meinen großen Ohren klang das verdächtig nach einem neuen Kaffeedienst. Die Kisten waren ja wohl schon alle aus dem Keller. Es würde mich eigentlich schon interessieren, dachte ich, was ich da in den letzten Wochen alles in den kleinen Lagerraum hinter der Rezeption geschleppt hatte, aber besser ist vielleicht, ich frage nicht und erfahre es daher auch nicht.

»Tatsächlich?«, antwortete ich. »Vielleicht hat er ja Bedarf an einem Diskontdetektiv und holt zunächst einmal Referenzen ein. Außerdem gibt es gerade in der Gegend mehr als genug fragwürdige Existenzen.«

»Aber der ist kein gewöhnlicher Pensionist, der ist irgendwie anders. Der ist auch kein Sandler, wie man annehmen könnte. Der stiehlt nichts«, überlegte Madame Sybilla.

Vielleicht sollte sich diese übervorsichtige Geschäftsführung, dachte ich, ja von einem Soziologen beraten lassen.

»Warum sollte ich ihn mir dann zur Brust nehmen? Frequentiert er das ›Miramar‹ und zahlt nicht?«

»Wenn er das tun würde, das können Sie mir glauben, würden ihn sich ganz andere zur Brust nehmen!«, empörte sich Madame Sybilla.

»Geschenkt. Ich wäre auch kein guter Miet-Knochenbrecher. Für Geld breche ich überhaupt keine Knochen, nicht einmal für den besten Kaffee«, antwortete ich. »Aber vielleicht um der Ehre willen ...«, fügte ich hinzu.

»Was verstehen Sie denn unter Ehre?«

»Schwierige Frage, Madame Sybilla.«

Besonders hier in diesem Kabuff, dachte ich, aber auch allgemein.

»Außerdem tut mein Kreuz weh, dass ich andauernd schreien könnte«, servierte mir Madame Sybilla eine weitere lokale Neuigkeit. Den Kaffee servierte sie mir gleich danach. Wie immer in einem großen Häferl mit viel Milch, braunem Zucker und einem Häubchen rein pflanzlichen Obers aus der Dose. Trotz der Kunstsahne schmeckte das Gebräu überraschend gut. Vor allem war es so stark, dass darin ein Löffel stecken blieb. Also gerade stark genug, um jedes Pfund meines erheblichen Kampfgewichts wach zu bekommen.

»Lassen Sie sich einen Termin beim Doktor geben.«

»Hören Sie mir bloß mit der Medizin auf! Ärzte haben einst Heroin als Hustenmittel für Kinder verschrieben!«

»Sie sind aber kein Kind«, warf ich ein, aber da hatte sie schon wieder ein anderes Thema.

»Finden Sie es nicht auch merkwürdig, dass ein geschniegelter Tommy-Hilfiger-Typ, der mit einem Mercedes-Coupé vorfährt und beim Bezahlen ein fettes, ein wirklich fettes Bündel Fünfhunderter hervorzieht, mit einer schlampigen Friseuse, die seine Mutter sein könnte, hier seit eineinhalb Tagen logiert und bis dato das Zimmer noch nicht verlassen hat?«

Oje, dachte ich, das Ganze dürfte schon wieder auf einen kleinen Freundschaftsdienst für die Mafia hinauslaufen. Womöglich sollte ich das ungleiche Pärchen aus den Federn scheuchen, weil Iwan der Schreckliche, oder wie der Henker auch immer hieß, um diese Tageszeit noch frei hatte.

»Finden Sie es denn merkwürdig?«, antwortete ich. »Was lässt Sie überdies auf die Idee kommen, dass das schlampige Verhältnis eine simple Haarschneiderin sein könnte?«

»Die Frisur war so ziemlich das Einzige, was an der einigermaßen passabel war.«

»Ich halte mich da raus, von Frisuren habe ich keine Ahnung.«

»Macht sich der Kerl nicht einmal Sorgen um sein Auto, frage ich Sie«, fragte mich Madame Sybilla.

»Wo ist der Wagen?«, fragte ich ohne großes Interesse zurück.

»In dieser Gegend?«, wurde mir lächelnd geantwortet. »Gestern noch vor der Pension, aber heute Morgen war er schon weg.«

»Haben Sie das schon gemeldet?«, fragte ich einigermaßen naiv nach.

»Wem? Den Kieberern?«, lachte Madame Sybilla. »Machen Sie Witze?«

»Nicht der Polizei, Tommy Hilfiger hätten Sie es sagen können.«

Zu spät erkannte ich, dass ich mich da selbst in einen weiteren kleinen Gefallen hineingeredet hatte.

»Ich traue mich nicht nach oben, aber vielleicht könnten Sie … Der Typ war so seltsam!«

»Seltsam? Inwiefern?«

»Na ja, der hatte eine ganze Reisetasche voll schwarzer Kerzen mit dabei!«, ereiferte sich Madame Sybilla.

»Wie haben Sie überhaupt Einblick bekommen in die Tasche?«

»Als er seinen Führerschein in der Tasche gesucht hat, hat er sie vor mir geöffnet.«

»Das wäre aber meines Wissens das erste Mal, dass ein Kunde von Ihnen irgendeinen Ausweis hätte herzeigen müssen.«

»Na gut – er ist während des Eincheckens mit dem blonden Trampel eine Minute hinausgegangen, um einen besseren Empfang am Handy zu haben, da habe ich halt ein bisschen in die Tasche … Das gehört zu meinem Job! Ich muss schließlich über die Gäste Bescheid wissen!«

Madame Sybilla schnappte sich meine Tasse, drehte sich blitzschnell zur Filterkaffeemaschine hinter ihr um und schenkte nach. Milch, Rohrzucker und künstliches Obers füllten das Häferl schließlich noch einmal bis zum Gupf. Neben die Tasse legte sie einen Nachschlüssel.

»Zimmer 34, zweiter Stock, aber wir haben eh einen Lift.«

Madame Sybilla nahm immerhin Rücksicht auf meine Physis, der Klettern höchst zuwider war.

»Wissen Sie wenigstens, wie der Typ heißt?«

»Dr. Seltsam und sein Ödipuskomplex.«

* * *

In solch einem Flur, dachte ich, kann man leicht erschlagen oder erschossen werden, wenn man es blöd anstellt oder einfach Pech hat. Madame Sybilla hatte mich mit einem imposanten, gusseisernen Kreuzschlüssel ausgestattet, mit dem man LKW-Reifen hätte wechseln können. Vom Lift aus gesehen ging der für meine Verhältnisse geradezu klaustrophobisch enge Gang nach rechts ab und führte etwa fünfundzwanzig Meter weit bis zu einer Art Schießschartenfenster an der südlichen Außenwand. Es gab drei ziemlich dreckige, nikotingelbe Deckenleuchten, die nur spärliches Licht verbreiteten. Ich zog meine Schuhe aus und stellte sie zwischen Lift und Lifttür, wodurch ich den Aufzug auf jeden Fall am Abfahren hinderte. Im Rückzug liegt zwar laut Nietzsche kein klingendes Spiel, dachte ich, aber manchmal ist es besser, eine Minute lang feige zu sein als ein ganzes Leben lang tot. Zimmer 34 war das vorletzte Zimmer links vor dem Fenster. Mehr Licht, aber dafür auch weiter weg vom Lift. Einen Stiegenaufgang konnte ich nirgends entdecken. Vielleicht hatten die ÖBB-Architekten den gleich von vornherein eingespart oder der Lift war nachträglich in das Stiegenhaus und eben stattdessen eingebaut worden. Was hatte, dachte ich, in diesem Land schon seine Richtigkeit?

Das rhythmische Dröhnen hörte ich bereits einige Meter vor der Zimmertür. Mehrere Schlagzeuge und noch einmal so viele Bässe. Ich hatte sehr schnell ein Gefühl in den Eingeweiden, als würde mein Mastdarm gleich zu vibrieren beginnen. Beim Näherkommen steigerte sich das Ganze zu einer Herzrhythmusstörung erster Güte, der späte Schönberg war dagegen ein musikalischer Faserschmeichler gewesen. In meinen weißen Tennissocken kam ich mir nicht gerade wie der Terminator vor, aber mit dem Kreuzschlüssel klopfte ich schließlich zweimal gegen die Tür. Die hämmernde Musik im Inneren wurde dadurch nicht leiser, nicht einen Mückenhuster leiser.

»Zimmerservice«, krähte ich gekünstelt fröhlich, vor allem aber laut wie ein besoffener Bierkutscher. »Können wir irgendetwas für Sie tun? Soll das Zimmermädchen aufräumen kommen?«

Allerdings passte ich haarscharf auf, nicht direkt vor der Tür zu stehen. Wer weiß, dachte ich, ob die beiden Freaks nicht mit einer Pistole oder einer Bazooka das Feuer eröffneten. Ich mochte mein Leben nicht gerade in den Diensten der Mafia lassen.

»Scher dich weg, du dreckiger Spanner, wir haben für drei Tage im Voraus bezahlt.«

Eine versoffene, weibliche Altstimme mit dem überwältigend vulgären Charme von Jayne Mansfield in der Endphase. Also die übliche Klientel in diesem Haus.

»Kann ich Ihnen irgendwie helfen, gnädige Frau?«

»Indem du dich wegscherst, Wichser!«

»Alles in Ordnung?«

»Bis zu ... Ihrem ... Auftauchen ... ja«, antwortete eine derangierte Männerstimme.

Aha, dachte ich, der Mann ist also auch am Leben – vielleicht würde er ja die zwei oder drei Promille, die er derzeit vermutlich intus hatte, auch noch überstehen.

»Es tut mir leid, Ihnen mitteilen zu müssen, dass Ihr Auto heute Morgen vermutlich gestohlen worden ist.«

Als einzige Reaktion wurde die Musik lauter gestellt. Nun vibrierten auch mein Brustbein und meine Jochbeine. Höchste Zeit, von hier wegzukommen, dachte ich, bevor mir noch irgendetwas zerplatzt.

»Ein bisschen Speed gefällig, die Herrschaften?«

Na ja, ein letzter Schmäh, um die beiden kaputten Gäste aus der Reserve zu locken.

»Herrgott! Verfick dich bloß, Gonzo! Wir sind versorgt!«

Wahrscheinlich mit allem, dachte ich, was Gott verboten hat.

»Okay, okay, ich geh ja schon.«

Im Lift hatte ich dann meine Schuhe wieder und einen Lidschlag lang eine Art Vision vor Augen: eine bizarre Strecke von penibel aufgereihten, auf dem Rücken liegenden toten Schwalben mit eingetrockneten Blutstropfen an den Schnäbeln.

Wahrscheinlich von der behämmerten Musik, dachte ich.

* * *

Hermann Frischauf zu beschatten, fand ich, war nicht schwieriger als den Kölner Dom im Auge zu behalten. Schlag zwölf schloss er die altmodische Glastür der Buchhandlung Leidenfrost hinter sich und trat auf die Wiener Straße. Dabei hoben sich, so schien es jedenfalls, seine Schultern und sein Kopf ein wenig, als wäre er erleichtert, seinem Arbeitsplatz den Rücken kehren zu können, wenn auch nur für einige Stunden. Sein Gang, fand ich, war wirklich etwas eigen; er ging wie auf Watte, den Blick auf die Schuhspitzen gerichtet. Wenn die Wiener Straße in diesem Abschnitt keine Fußgängerzone gewesen wäre, hätte man sich ernstlich Sorgen um die Unversehrtheit seiner Glieder machen müssen, als er die Straße überquerte, ohne auch nur ansatzweise nach rechts oder links zu blicken. Schnurstracks steuerte er auf eine Anker-Filiale am Riemerplatz zu, nur wenige Schritte von der Buchhandlung entfernt. Er machte auf mich den Eindruck eines in sich versunkenen, ja in sich verfallenen Mannes. Mit Augen wie ein gestochenes Kalb, aber vielleicht erzeugten diesen Effekt auch nur die dicken Brillengläser.

Ich war die paar Schritte vom »Miramar« zu meinem Haustor zurückgegangen und hatte die beiden halbwüchsigen Giftler nicht mehr vorgefunden, dafür aber den Granada. Besser als umgekehrt. Wahrscheinlich hatten die zwei Vögel schon irgendwo eingebrochen oder waren einfach weggegangen, um anderswo ein paar Euro für ihre Pulver aufzustellen. Ich konnte mich nicht um alles kümmern, und diese Gestalten fielen eindeutig unter Alles. Mit dem Granada war ich in die Innenstadt gefahren und hatte verbotenerweise in der Fußgängerzone direkt vor der Buchhandlung geparkt. Bei einem Mann, dessen Dioptrienanzahl nur wenig unter seiner Körpertemperatur lag, konnte ich es als Beschatter, fand ich, durchaus relaxed angehen.

Als ich es mir hinter dem Volant mit einer Gratislokalzeitung gerade bequem machen wollte, kam Frischauf aus der Anker-Filiale. Er hatte sich wohl für nicht mehr als einen Stehkaffee und vielleicht ein Nussbeugel Zeit gelassen.

* * *

Frischauf fuhr einen lindgrünen Ford Fiesta, was, fand ich jedenfalls, zu einem älteren Buchhändler passte. Ich hielt es nicht für nötig, mit dem Granada mehr als eineinhalb, zwei Autolängen Abstand zu halten. Er zockelte so langsam über die Wagramer Brücke, dass es fast schon wehtat. Als er nach der Brücke im letzten Aufglimmen des gelben Ampelsignals in die Wagramer Stroblkreuzung einfuhr, musste ich bei Rot stehen bleiben, während er nach links in die Bundesstraße einbog. Ich hatte die Schnecke verloren.

Erst beim Kreisverkehr vor Ratzersdorf holte ich den Fiesta wieder ein. Frischauf bog nach links und damit also wieder Richtung Stadt ab. Nach der Nordbrücke, die uns wiederum über den Fluss brachte, ging es abermals nach links in die Herzogenburger Straße, in diesem Abschnitt nicht mehr als ein schmales, gewundenes Straßenband durch ein ausgedehntes, menschenleeres Augebiet. Was hier ein Buchhändler, ein Papiermensch zu suchen hatte, war mir absolut schleierhaft. Alles in allem, fand ich außerdem, waren wir mit der Kirche ums Kreuz gefahren. Versuchte Frischauf, überlegte ich, etwaige Verfolger abzuschütteln, indem er kilometerlange Umwege fuhr? Das passte allerdings gar nicht zu dem Höllentempo von circa 30 km/h, mit dem er durch die Stadt gondelte. Vielleicht aber konnte eine mit Verlaub blinde Nuss wie er, selbst wenn er wollte, gar nicht schneller fahren, ohne einen Unfall zu verursachen oder von der Straße zu fliegen. Der Mann, dachte ich, braucht wirklich Hilfe, aber weniger durch einen Detektiv, sondern mehr durch einen Augenarzt.

* * *

Im Februar, dachte ich, ist die ganze Stadt wie von einem Maler gemalt, dem die Farben ausgegangen sind und der stattdessen seine Pinsel in kaltes, verunreinigtes Regenwasser, in altes Eis vom Straßenrand, in griesigen Sand und liegen gebliebene, zerriebene Birkensamen vom Vorjahr gestippt hat. Die Parks sahen aus wie entjungferte Stachelschweine. Im Februar blieb all der Dreck, den die Winterwinde angeweht hatten, liegen. In den Geräteschuppen der Straßenkehrer kreisten werktags handliche Wodkaflaschen für die Gesäßtaschen. Im Februar waren nicht einmal die blutjungen Mädchen schön, selbst ihre Gesichter trugen Schleier aus gallertigem, farblosem Licht wie die Eihaut von Embryonen. Im Februar wurden die Diäten begonnen, die im August letal endeten, zum Tod durch Austrocknung und multiples Organversagen führten. Betrunkene Männer schlugen ihre Stiefkinder dumm und dämlich. Im Krankenhaus wurden mehr und mehr Beatmungsmaschinen abgestellt, alle schweren Fälle schienen plötzlich hoffnungslos. Im Februar wurden keine Sünden vergeben. In dieser Zeit sprangen mehr Harlander vor die Loks der Westbahn und vor die Trucks bulgarischer Obst- und Gemüsefrächter als in all den anderen Monaten des Jahres, die Gasrechnungen explodierten ebenso wie manche Wohnungen. Vielleicht war der Februar ja der beste Monat zum Sterben. Das Weihnachtsfest und Silvester hatte man noch erlebt, aber es war noch zu früh, um sich vernünftigerweise auf Ostern zu freuen. Auch Ausflüge waren noch nichts, außer vielleicht zur Tankstelle, um den kleinen Kanister füllen zu lassen, dessen Inhalt man dann im Wohnzimmer versprengte. Endlich verbrannte auch das potthässliche Stilleben – von Tante Erna zur Hochzeit geschenkt bekommen, hatte einem der Anblick fast zwanzig Jahre lang das Leben vergällt. In der Scheidungsdepression hatte man sich nicht dazu durchringen können, es abzunehmen und zur Deponie zu bringen oder mit den Füßen zu zertreten. Nur halt keinen Diesel erwischen, der war praktisch nicht zum Brennen zu bringen. Relativ rasch wurden die Leichen nur entdeckt, wenn sie auf dem Rathausplatz lagen und laut »hier!« schrien, was natürlich so gut wie nie der Fall war. Der Tod der greisen Nachbarin machte sich dann erst im Mai olfaktorisch bemerkbar. Wenn man den Februar überleben wollte, konnte man sich eigentlich nur in der eigenen Wohnung verbarrikadieren und auf ein gutes Fernsehprogramm hoffen.

* * *

Das Gestrüpp, gegen das ich vordrang, bestand vor allem aus dicht nebeneinander stehenden, blattlosen Sträuchern mit roter Rinde. Wie gehäutete Soldaten schienen die schlanken, knapp mannshohen Gerten Wache zu stehen. Dazwischen altes, gelbbraunes Gras vom Vorjahr in riesigen Büscheln beziehungsweise ganzen Stöcken, in die meine Stadtschuhe einbrachen wie in eine vor Alter brüchige Schaumgummimatratze. Vereinzelt standen auch Gruppen von Erlen mit dünnen Stämmen, Aufwuchs, der noch nicht so alt sein konnte. Irgendwo in dem gelbbraunen, verfilzten Gewirr aus toten Pflanzenleibern gab es, das wusste ich, einen alten Kanal für Industrieabwässer, die man hier seit fast hundert Jahren klammheimlich versickern ließ.

Mitten im Augebiet hatte Frischauf den Fiesta plötzlich von der Straße gelenkt und abrupt im Gemüse angehalten. Um nicht allzu sehr aufzufallen, musste ich mit dem Granada an ihm vorbeiziehen und konnte erst nach einer leichten Biegung der Straße ebenfalls stehen bleiben. Ich hatte meinen Klassiker über das schmale Bankett hinaus einige Meter in die Au rollen lassen, bis das Gelände zu abschüssig geworden war. Die Stille war laut wie Weihnachten gewesen, als ich ausgestiegen war. Der Auwald hatte wie ein großes, behaartes Tier geatmet. Um mich nur tote Pflanzenleiber, gelbe Grasstöcke, Streifen fast mannshoher, verdorrter Disteln, blattloses Gesträuch. Unter der abgestorbenen Pflanzendecke schliefen Erdkröten den großen Schlaf. Zwischen den Disteln stand fingerhoch zähes, übel riechendes Wasser. Ich war durch das Gelände in Richtung von Frischaufs Wagen geknatscht und hatte dabei ein sensationelles Sonderangebot ruiniert, meine italienischen Importschuhe, handgefertigt aus Lederimitat und ein bisschen Spucke. Als ich schließlich den Fiesta erreicht hatte, war von Frischauf keine Spur mehr zu sehen. Einen nichts ahnenden, halb blinden Mann innerhalb von zehn Minuten zweimal zu verlieren, dachte ich, war wieder einmal ein bemerkenswerter Tiefpunkt in meiner Berufskarriere. Also blieb mir nichts anderes übrig, als mir eine von drei noch sinnvollen Himmelsrichtungen auszusuchen und mich im langsamen Trab wieder ins Gebüsch zu werfen. Von meiner Winterjacke hingen bereits die Fetzen herunter und meine fast neue Cordhose war inzwischen dreckiger als weiland das Braune Haus in München, metaphorisch gesprochen.

Natürlich fand ich Frischauf in dem weitläufigen Gelände nicht, dafür er mich. Nachdem ich von Osten her bereits einige Minuten in die dichte Pflanzenöde vorgedrungen war, spürte ich plötzlich etwas hinter mir. Mein imaginäres Hinterhauptauge ist zwar zuverlässiger als Radar, dachte ich, aber es kostet mich jedes Mal ganz schön Nerven. In seiner Nadelstreif-Buchhändlerkleidung – nur die Krawatte hatte er wohl im Auto abgelegt – stand Hermann Frischauf mit einem Mal hinter mir, in der linken Hand trug er ein eingerolltes Maßband, in der rechten eine rot-weiß-rot lackierte Eisenstange, die an einem Ende zu einer veritablen Spitze zugehämmert war. Eigentlich eine Wurfwaffe, dachte ich, aber wenn er damit wirklich etwas gegen mich vorgehabt hätte, wäre ich schon längst tot.

In seinem ältlichen, blassen Gesicht stand ganz groß eine Frage geschrieben: Was tut der Typ bloß hier?

»Schneeglöckchen«, antworte ich rasch auf die Frage, die er gar nicht ausgesprochen hatte.

»Was?«

»Seit Jahrzehnten pflücke ich, wenn es an der Zeit ist, in der Altmannsdorfer Au ein paar Schneeglöckchen, mein Großvater hat mir die Stellen gezeigt.«

Vom Beschatteten nicht nur entdeckt zu werden, sondern ihn auch noch in ein Gespräch zu verwickeln, dachte ich, ist wohl der Gipfel der Unprofessionalität – reife Leistung, Miert!

»Das hier ist aber nicht die Altsmannsdorfer Au.«

»Völlig richtig, genau. Das hier ist die Viehofener Au. Aber das Hochwasser letztes Jahr hat die Altmannsdorfer Brücke geholt und man kann jetzt eben vom Ort nicht mehr in die Au fahren.«

»Woher wissen Sie, dass es ausgerechnet hier Schneeglöckchen gibt? Noch dazu im Februar?«

»In jeder Au gibt es Schneeglöckchen, Bärlauch und Sauerampfer. So viel weiß ich noch von der Natur, auch wenn seit vielen Jahren meine Beziehung zu ihr vor allem darin besteht, dass ich ganz gern etwas Schnittlauch auf der Suppe habe …«

»Hier gibt es das alles nicht, schon gar keine Schneeglöckchen.«

Offenbar wollte mich Hermann Frischauf von diesem öden Ort weghaben, aber ich blieb einfach stehen wie ein Ölgötze und setzte ein fragendes Gesicht auf.

»Keine Schneeglöckchen?«

Der Grad an Enttäuschung, den ich in meine Stimme legte, war ziemlich übertrieben, reinstes Burgtheater.

»Dieser Ort ist verflucht. Halten Sie mich nicht für verrückt, aber dieser Ort ist wirklich verflucht!«, redete sich der Buchhändler mit dem eisernen Speer in Rage.

Mit einem solchen Ausbruch hatte ich ehrlich gesagt nicht gerechnet. Na schön, dachte ich, aber jetzt ist mir der Bursche eine Erklärung schuldig.

»Das Gelände ist ja nicht eingezäunt, also dachte ich …«, spielte ich weiter den unschuldigen Blumenfreund.

»Es war eingezäunt! Mit Stacheldraht! Haben Sie nicht die ganzen Betonsteher bemerkt?«

»Welche Betonsteher?«

»Haben Sie keine Augen im Kopf?«, fragte der Halbblinde, dessen dicke Augengläser vor Aufregung leicht angelaufen waren, machte einen Schritt zur Seite und begann an den vertrockneten Resten eines dicken Buschens von wildem Wein und Efeu zu zerren, der an einem knapp übermannshohen Baumstumpf hochgewachsen war. Als er damit fertig war, kam darunter kein dürres Altholz zum Vorschein, sondern Beton, alter Beton. Ein viereckiger Betonquader mit zwei Ausnehmungen, eine im oberen, eine im unteren Drittel des Stehers.

»Sieht nach altem Beton aus.«

»Ich bin gerade dabei, die genaue Lage all dieser Pfeiler zu vermessen. Dann kann ich die Gesamtfläche des Areals angeben.«

Mit der Spitze der Messstange begann Frischauf, die dünne Decke aus abgestorbenen Pflanzen aufzureißen. Dann bückte er sich und wühlte mit bloßen Händen angestrengt im Boden herum.

Er könnte Hilfe dabei gebrauchen, dachte ich, die Eisenstange ist ja wahrscheinlich schwerer als der ganze Mann.

»Sieht nicht so aus, als ob Sie jemanden hätten, der Ihnen das Maßband anhält oder so, einen Hilfsvermesser sozusagen?«

»Ich habe niemanden.«

Frischauf war mit wachsbleichem, schweißigem Gesicht aus seiner gebückten Haltung hochgekommen und präsentierte mir ein Stück schwarz oxydierten Stacheldrahtes.

»Was ist das hier?«

»Ein Lager, ein vergessenes Zwangsarbeiterlager«, antwortete Hermann Frischauf leise. »Auch wenn das für Sie vielleicht unglaubwürdig klingen mag, weil es ja nach der offiziellen Lesart in Harland niemals Zwangsarbeiter, sprich Sklaven gegeben hat.«

»Machen Sie das im Auftrag irgendeiner Institution? Bundesdenkmalamt? Historikerkommission? Stadtverwaltung? Landesarchiv?«

»Ich habe wie gesagt niemanden.«

»Was ist mit Ihrer Frau? Sie sind doch sicher verheiratet, oder?«

»Die interessiert sich für das alles nicht. Die sähe es lieber, wenn ich Rosen züchtete oder den Lions beiträte.«

In seinem feinen Anzug wirkte er inmitten dieser öden Stätte wie eine Allegorie der Verlorenheit. Er war so fehl am Platz wie eine Tiefkühltruhe am Nordpol, wahrscheinlich war auch sein ganzes Projekt deplatziert, jedenfalls gesamtgesellschaftlich gesehen. Kaum begegne ich mal einem Intellektuellen, dachte ich, verwende ich auch schon diese verquasten Wörter.

»Was dagegen, wenn ich mal diese Messlatte schwinge?«, hörte ich mich plötzlich zu meiner eigenen Verblüffung fragen. Manchmal verstand ich mich selbst nicht. Statt Hermann

Frischauf auftragsgemäß und ordnungsgemäß zu beschatten, dachte ich, verärgert über mich selbst, beginne ich hier eine Dr.-Watson-Nummer abzuziehen. Das letzte Mal hatte ich mich während meines Wehrdienstes freiwillig gemeldet und das war damals schon ein schwerer Fehler gewesen, der mir eine ganze Nacht unbezahlten Servierdienst beim Garnisonsball für die Herren Offiziere eingetragen hatte.

»Nichts dagegen, der Herrgott hat Ihnen ganz im Gegensatz zu mir auch die entsprechenden Schultern gegeben.«

»Das ist wahr, bei meinen Schultern hat er nicht gespart.«

Unvermutet kam mir einer meiner Lieblingswitze in den Sinn: Ein Patient erwacht im Krankenwagen und fragt den Sanitäter neben ihm: »Wohin fahren wir?«

»Der Doktor hat gesagt, ins Leichenschauhaus.«

»Aber ich bin doch nicht tot, ich lebe noch!«, protestiert der Patient.

»Wir sind ja auch noch nicht am Ziel.«

Irgendwann kommt das Leben mit uns ans Ziel, dachte ich, aber bis dahin sollten wir uns bemühen, keine Ruhe zu geben und dann und wann kräftig umzurühren.

* * *

Frischauf redete unaufhörlich. Während er die Messlängen zwischen den Zaunpfeilern, die wir fanden, in sein Notizbuch eintrug, redete er. Während er über Stacheldraht und Äste stolperte, redete er. Während er mit dem einen Ende des Messbandes zu einem weiteren Pfeiler trottete, redete er. Dabei hatte er nur ein Thema, nämlich das größte Zwangsarbeiterlager der NS-Zeit auf dem Gebiet der heutigen Landeshauptstadt Harland, von dem nur mehr die Grundmauern einer Baracke, ein halb verschütteter Luftschutzbunker, eine ganze Menge von Betonpfeilern der einstigen Stacheldrahtumzäunung und ein halber Pfeiler des hölzernen, ebenfalls stacheldrahtbewehrten Lagertores vorhanden war. Die Viehofener Au überwucherte mittlerweile das gesamte Terrain, das, so Frischauf, nach der Befreiung Harlands kurz auch als Anhaltelager für Zivilgefangene, sprich Nazis oder wen die Besatzer halt dafür hielten, und danach in der Zeit der größten Wohnungsnot als Barackensiedlung für sozial deklassierte Harlander diente. Ältere Einheimische hatten Frischauf den Namen genannt, den man diesem schauderhaften Ort in der Nachkriegszeit gegeben hatte: Korea. Ende der Sechzigerjahre wurden die Baracken dem Erdboden gleichgemacht.

»Auf einem Luftbild, das ein amerikanisches Aufklärungsflugzeug am 2. oder 3. April 1945 aufgenommen hat, erkennt man sechs große Baracken, drei davon in Nord-Süd-Richtung, die anderen drei in Ost-West-Richtung. Bauherr dieses Barackenlagers ›In der Au‹ war die ›Glanzstoff-Fabrik Harland Aktiengesellschaft‹, die in einem am 10. Juli 1943 bei der Stadtverwaltung eingereichten Plan sogar eine künftige Erweiterung um drei zusätzliche Baracken anmeldete. Quer über die Gleise der Herzogenburger Bahn und die Herzogenburger Straße wurden die Zwangsarbeiter Tag für Tag in die nahe Glanzstoff eskortiert. Der erwähnte Plan ist übrigens das einzige Dokument über das Lager, das sich in den Archiven erhalten hat. Eigentlich weiß man nicht einmal, welche kriegswichtigen Produkte die Glanzstoff-Zwangsarbeiter herzustellen hatten. Fallschirmseide oder Reifencord für Militärfahrzeuge wären denkbar«, erzählte Frischauf.

Er scheint ja schon ganz schön weit gekommen zu sein mit seinen Recherchen, dachte ich, ich frage mich schön langsam, was ihm die als Nächstes zuschicken werden. Einen abgeschnittenen Finger seiner Frau?

»Die Nazibürokratie hat für alle Harlander Zwangsarbeiter Meldescheine angelegt, die sich im Meldearchiv der Stadt erhalten haben. Allerdings ist es eine wahre Sisyphusarbeit, aus den circa zweihunderttausend Meldescheinen von der Monarchie bis zum Ende der Sechzigerjahre diejenigen der Zwangsarbeiter herauszusuchen. Ich habe den Stein gerade erst mal den halben Berg hinaufgerollt. Dieser Mühe hat sich vor mir noch niemand unterzogen, und daher lässt sich auch die Gesamtzahl der in all den Kriegsjahren in die sechs Baracken eingepferchten Glanzstoff-Zwangsarbeiter bis jetzt noch nicht angeben. Es werden wohl insgesamt mehrere Hundert gewesen sein. Eine Aufstellung des Unternehmens für die Polizeidirektion Harland vom 5. November 1944, die einem Ansuchen um Übermittelung der ›neuen Volkstumsabzeichen‹ beigelegt war, nennt jedenfalls exakt dreihundert sogenannte Hilfswillige, fast zwei Drittel davon Frauen. Von der Nationalität her waren es vor allem Ukrainer und Russen, darunter viele aus dem zerstörten Stalingrad, aber auch Franzosen, Italiener, Tschechen, Armenier, Griechen, Weißrussen, Rumänen, Letten und Exoten wie etwa die vierköpfige, persische Familie Kadyrow, welche die Wirren des Weltkrieges nach Budapest verschlagen hatte. Selbst eine am 19. November 1943 ausgestellte Identitätskarte der Königlich Schwedischen Gesandtschaft in Budapest konnte die Kadyrows in den letzten Kriegsmonaten nicht mehr davor schützen, als sogenannte ›Hilfswillige‹ ins Reich verschleppt zu werden. Am 22. November 1944 kamen sie vom Durchgangslager Strasshof an der Nordbahn nach Harland und wurden ins Glanzstoff-Zwangsarbeiterlager ›In der Au‹ gebracht«, erzählte Frischauf, während ich die Messlatte zum x-ten Mal knapp neben einem umgestürzten Zaunpfeiler in den Boden rammte.

»Nicht alle Zwangsarbeiter haben die Enge, die mangelhafte Ernährung, die strenge Bewachung, die Ausbeutung in der Fabrik und das Fernsein von der Heimat ertragen. So etwa der einunddreißigjährige russische Hilfsarbeiter Sergej Jeremenko, der laut Meldeblatt am 14. Jänner 1944 vom Arbeitsamt zur Glanzstoff überstellt wurde und mit 22. Februar 1944 als ›arbeitsflüchtig und derzeit unbekannt‹ galt. Bereits am 18. Jänner 1943 war der zwanzigjährige russische Schlosser Wasil Iljuschin aus dem Lager geflüchtet. Aber auch Frauen wie etwa die zwanzigjährige Maria Nabokowa, die am 17. Jänner 1944 dem Stacheldraht in der Au Adieu sagte, lehnten sich gegen die Fron auf. Über das weitere Schicksal dieser Menschen ist so gut wie nichts bekannt. Eintragungen auf den jeweiligen Meldeblättern lassen aber vermuten, dass ihre Freiheit jeweils nur wenige Tage gedauert hat. Welche Strafe sie für ihre ›Arbeitsflucht‹ erwartete, darüber geben die Meldeblätter leider keine Auskunft. Es gab allerdings noch eine weitere Möglichkeit, dem Lager und dem jämmerlichen Sklavendasein im Feindesland zu entfliehen: So trank etwa die Arbeiterin Forma Swinarenko am 4. Dezember 1944 um vierzehn Uhr in der Glanzstoff so viel Lauge, dass sie wenigstens im Tode frei war.«

Nicht nur meine eher robuste Kleidung, sondern vor allem Frischaufs Nadelstreifanzug war mittlerweile in einem ziemlich derangierten Zustand. Der Stacheldraht, das Gebüsch, die Äste der Sträucher und Bäume und seine chaplinesken Stürze in dem unebenen Gelände hatten ihren Tribut gefordert. Wie kann er so in die Buchhandlung zurück, dachte ich.

»Wir könnten auch noch die Betonfundamente der Baracke vermessen, es gibt dort sogar noch einen Bunker, der wohl den Wachen und Aufsehern als Unterstand bei Bombenangriffen gedient haben wird. Den Rest der Baracken hat die Au verschlungen oder die Leute haben die Holzböden und -wände in den Sechzigerjahren verheizt und mit den Blechdächern Kaninchenställe und Holzstöße abgedeckt.«

Ich nickte, wie Moses auf dem Berg Sinai genickt haben mag, als er die Zehn Gebote in Empfang nahm. Der gleiche Gott, der mich dazu gebracht hatte, für einen Don Quijote wie Frischauf den Sancho Pansa zu spielen, würde schon dafür sorgen, dass dieser vermaledeite Bunker nicht über mir zusammenkrachte, wenn ich ihn vermaß.

* * *

Der Sandler, der sich im halb verschütteten Bunkereingang aus alten Kleidungs- und Deckenresten einen Unterstand, ein Schlafnest geschaffen hatte, war wohl tagsüber in der Umgebung oder in der Innenstadt mit seinen kleinen Durchstechereien und Vergnügungen, sprich mit der Alkoholbeschaffung beschäftigt. Auf jeden Fall dürfte er abends »Gösser Gold« als Schlummertrunk bevorzugen, wie die zahlreichen leeren Dosen im Gelände bezeugten. Die Schreie der Opfer, dachte ich, sind so gründlich verhallt, dass man sogar über der Hölle schlafen kann.

Darüber hinaus verspürte der unbekannte Sandler in seiner Freizeit offenbar auch ein starkes Dekorierungsbedürfnis, jedes Bäumchen, jeder Strauch, jeder Zweig rund um seine Schlafstatt war mit farbigen Wäschekluppen, Zuckerl-Einwickelpapier, Streifen aus Alufolie, bunten Verpackungsresten, leicht beschädigtem Weihnachtsschmuck, Kerzenresten, leeren Schnapsfläschchen und grüngoldenen Gösser-Dosen geschmückt. Noch nie in seiner ganzen Geschichte, dachte ich, ist Korea wohl so schön gewesen.

»Die Opfer dieses Zwangsarbeiterlagers wurden am städtischen Hauptfriedhof in der Reihe VI begraben, eine unbezeichnete, bis heute namenlose Schacht- beziehungsweise Wiesengrabanlage, in der in der Kriegs- und unmittelbaren Nachkriegszeit Hunderte Menschen verscharrt worden sind: Zwangsarbeiter, Kriegsgefangene, auswärtige Bombenopfer ohne Angehörige, verstorbene Insassen des Altersheimes in der Ertlstraße, die wahrscheinlich ebenfalls ohne Anhang waren, ungarisch-jüdische Zwangsarbeiter eines weiteren Lagers in der Viehofener Au, tödlich verunfallte Auswärtige und sogenannte Volksdeutsche, die geglaubt hatten, im Reich als Herrenmenschen ihr Glück zu machen, russische und ungarische Soldaten sowie auch einige exekutierte Deserteure und Plünderer.«

Sich in unserer Spaß- und Wellnessgesellschaft ausgerechnet für diese traurigen, alten Geschichten zu interessieren …, dachte ich, der Mann muss in den letzten Monaten ganz schön einsam gewesen sein.

Während wir im Schlafzimmer des Sandlers, sprich im Bunker die Wände und Decken vermaßen und Frischauf die Werte eifrig in sein Notizbuch eintrug, fragte ich mich in Gedanken: warum? Erschreckenderweise konnte offenbar auch Hermann Frischauf meine Gedanken lesen, denn er setzte zu einer gewundenen Begründung, zu einer Antwort auf meine gar nicht gestellte Frage an.

»Mitte April 1945 ist den Russen das gesamte Aktenmaterial der Kreisleitung in die Hände gefallen. Bei ihrem Abzug

1955 haben sie dem hiesigen Stadtarchiv rund 19.000 Personenakten von hiesigen Mitgliedern der NSDAP übergeben. Fast ein Drittel der damaligen Bevölkerung. Schätzen Sie, wie viele davon heute noch vorhanden sind? Na los, schätzen Sie mal!«, insistierte Frischauf.

»Keine Ahnung. Woher soll ich das wissen?«, meinte ich. »Wenn ich jetzt 19.000 sage, so ist das wahrscheinlich falsch …«

»Gerade einmal dreitausend dieser Akten sind noch da.«

»Wo ist der Rest?«, fragte ich verblüfft.

»Skartiert, unter den Tisch gekehrt, verbrannt, in private Dossiers eingeordnet. Alle Akten von Ehemaligen, die es nach 1945 in Harland noch einmal zu etwas gebracht haben, sind mittlerweile verschwunden. Die dreitausend Restakten sind nur von Parteigenossen, deren Familien inzwischen weggezogen oder ausgestorben sind. Nach der Aktenlage war kein Harlander Kommunalpolitiker, Lehrer, Journalist, Unternehmer, Gastwirt, Gewerkschafts- oder Handelskammerfunktionär und so weiter jemals Mitglied der NSDAP oder einer ihrer Gliederungen.«

»Aber das ist ja Geschichtsfälschung …«

»Und seit Jahrzehnten gängige Praxis, also muss ich mich beeilen, bevor sie meine Akten und die Rudimente wie dieses Lager hier auch noch entsorgen oder zubetonieren. Ganz zu schweigen davon, dass uns die Zeitzeugengeneration gerade wegstirbt.«

»Wer sind sie? Wer sind diese Aktenvernichter? Diese Geschichtsfälscher?«

»Keine Ahnung, ich konstatiere nur den Aktenschwund im Stadtarchiv, inzwischen schon so etwas wie mein zweites Wohnzimmer.«

»Trotzdem müssen Sie verdammt gute Quellen haben, um all das behaupten zu können!«

»Sie werden nicht wissen wollen, welche, oder?«, fragte Frischauf.

Ich an seiner Stelle, dachte ich, hätte auch gelegentlich eine solche Testfrage gestellt.

»Vollkommen richtig. Ich habe schon Zores genug mit mir selbst.«

Zu meinem Pech stolperte Frischauf gleich darauf auf dem Weg vom Bunker zu der östlichen Reihe von Zaunpfählen über einen ganzen Schlag von Schneeglöckchen. Voller Begeisterung wies er mich auf die mickrigen Pflänzchen hin, die sich mühsam aus einer dicken Schicht abgestorbenen, gelben Grases gequält hatten. Während ich mich nolens volens nach den Blümchen bückte und wahllos ein paar pflückte, machte er Anstalten, sich von mir zu verabschieden. Ich konnte nichts dagegen tun, ohne meine ohnehin schon schwache Legende als harmloser Blumenfreund zu gefährden.

»Sie haben, was Sie gesucht haben, und ich komme schon alleine zurecht«, meinte er und stapfte weiter hinein in die tote Au. Ich hatte gute Lust, den Schneeglöckchen vor lauter Wut die Köpfe abzubeißen.

* * *

Von den Fensterplätzen des »Rimini« am Herrenplatz hat man die beste Aussicht auf den Eingang und die Auslagen der Buchhandlung Leidenfrost. Das war so ziemlich das Beste, was man über dieses Speiselokal sagen konnte. Denn zu essen, wenn man dieses Verb wirklich verwenden wollte, gab es nur Gerichte wie Algenromanasalat mit Sake und weißem Balsamicoessig, Artischockencreme mit rosa Pfeffer und Limettensaft, Fischsorbet mit Rum-Rosinenreis, Mignons vom Kalb auf Calvadossauce mit Kaviartomaten auf Zitronenthymian und Senfsprossen und Pommes Duchesse im Hippenblatt mit marinierten Feigen. Die ganze Speisekarte, dachte ich, ist irgendwie dubios, so etwas esse ich nicht. Weit und breit natürlich kein Schweinsbraten, nicht einmal Spaghetti Bolognese. Ich orderte einen Valpolicella, der bescheiden, aber annehmbar schmeckte, und schenkte der blutjungen Kellnerin die Schneeglöckchen. Sie schreckte sich und zog sich flugs hinter die Bar zurück, von wo sie mich hinfort misstrauisch beäugte.

Ich hatte über eine Stunde im Fond des in der Au abgestellten Granada gewartet, aber Frischauf war entweder den gleichen Weg, auf dem wir gekommen waren, zurückgefahren oder er streunte noch immer in der Au herum. Schließlich war es mir zu blöd geworden und ich war wieder in die Stadt gefahren, um vor Frischaufs Buchhandlung Posten zu beziehen. Irgendwann, hatte ich gedacht, musste seine Mittagspause ja zu Ende gehen.

Ich hatte mir vorgenommen, in Zukunft irgendein Buch ins Handschuhfach zu legen. Meinetwegen Gadeanus Anthologie des Siebenbürger Fin de Siècle, die ich von Opa Miert geerbt hatte. Nur halt keinen aktuellen Krimi – all diese literarische Blutsäuferei, mehr schlecht als recht aus medizinischen Sachbüchern abgekupfert. Da könnte man ja gleich ein dickes Lehrbuch der pathologischen Anatomie lesen. Auch was in den meisten dieser Bücher von Spannung geschwafelt wurde, kam in der Realität nicht vor. Man verbrachte sein Berufsleben wartend im Auto, in billigen Kaffeehäusern und Gaststätten, Vor- und Besprechungszimmern, auf der Straße, ohne jede

Spannung, zumeist mittelprächtig gelangweilt, in Gedanken an die Höhe der im nächsten Monat abzuführenden Sozialversicherung, den nächsten Einkauf oder Zahnarzttermin, einen defekten Duschkopf und so weiter. Nur die Krimiautoren zauberten sie hervor, die Spannung, den großen Wunschtraum in Zeiten wie diesen, die kaum noch maskierte Sehnsucht nach dem Tod. Dafür stürzte man sich an einem Gummiseil von Brücken, dafür hüpfte man im Neoprenanzug in jeden besseren Wildbach, dafür segelte man von ein paar Quadratmetern Stoff getragen die unwahrscheinlichsten Abhänge hinab, dafür trat man auf der Autobahn das Gaspedal bis an die Bodenplatte durch, dafür bumste man sich durch die Touristenbordelle von Khao Lak und Maputo. Ich dagegen könnte mir ein Leben im Fernsehsessel durchaus vorstellen, ein Dasein als geruhsamer Gartenfreund, dessen größte Aufregung in der Organisation einer nachbarschaftlichen Grillparty bestand. Auch hätte ich gerne einmal einen Fall gehabt, der sich leicht anließ, wie wenn man mit einen heißen Messer durch Butter schneidet. Aber für einen Diskontdetektiv aus der Provinz wie mich, das jedenfalls hatte mich meine Berufserfahrung gelehrt, gab es solche Fälle gar nicht.

* * *

»Warum erkundigen Sie sich ausgerechnet nach Herrn Frischauf?«, fragte die Geschäftsinhaberin indigniert, eine zahnbehaarte Brunhilde mit blondgrauem Dutt in einem grünbraunen Lodenkostüm über kräftigen Altweiberknien.

Ich zeigte meinen Dienstausweis und meine großen, bösen Lächelzähne. Beides wirkte nicht. Auf nichtneurotische Frauen habe ich noch nie Eindruck gemacht.

»Außerdem schließen wir in fünf Minuten und ich habe keine Lust, den heutigen Abend mit Ihnen zu verbringen.«

Das beruhte, dachte ich, durchaus auf Gegenseitigkeit.

In den gar nicht mal so kleinen, aber verwinkelt-altmodischen Verkaufsräumen der Buchhandlung Leidenfrost, in deren Regalen, Borden und Vitrinen vor allem Schul- und Taschenbücher, Lexika, Noten, Papierwaren und erotische Bildbände angeboten wurden, konnte ich kein weiteres Verkaufspersonal und auch keine Kundschaft mehr entdecken.

»Aber Sie sind doch offensichtlich die Chefin und Herr Frischauf arbeitet doch hier? Ich schulde ihm nämlich einen gewissen Betrag, den ich ihm gerne zurückgeben würde«, beharrte ich auf einer Auskunft. So leicht konnte man einen wie mich nicht abwimmeln, schon gar nicht durch platte Unhöflichkeit.

»Das ist ausschließlich Ihre Sache und geht mich nichts an, nicht die Bohne. Außerdem habe ich Herrn Frischauf heute gekündigt.«

»Warum?«, fragte ich erstaunt.

»Seine ausufernde Freizeitbeschäftigung war nicht mehr mit dem Dienst hier vereinbar!«

»Sie wissen Bescheid über seine Recherchen?«

»Er hat ja schließlich über nichts anderes mehr geredet, auch mit den Kunden!«

»Wie lange besteht Ihre Buchhandlung schon?«

»Ein entfernter Verwandter von mir hat sie 1935 gegründet«, antwortete sie nicht ohne Stolz.

»Nicht sagen, dass der eine oder andere Zwangsarbeiter vor 1945 hier im Antiquariat geschuftet hat und dass Hermann Frischauf auf dieser von ihm ausgegrabenen Tatsache gelegentlich herumgeritten ist …«, dachte ich laut.

»Scheren Sie sich bloß raus, bevor ich den Polizeinotruf wähle!«, fauchte sie.

»Danke für die Auskünfte, Gnädigste!«, verabschiedete ich mich nonchalant und retirierte zur Tür, bevor sie womöglich noch anfing, Brockhaus-Bände nach mir zu werfen. Als ich die Glastür der Buchhandlung hinter mir geschlossen hatte, hob sich meine Brust und ich atmete wie befreit auf. Dabei könnte ich nicht sagen, dass mich Bücher einschüchtern würden, wenn ich auch das bisschen Bildung, das ich mein Eigen nannte, hauptsächlich dem Fernsehen zu verdanken hatte. Schon als Kind hatten mich die skandinavischen Liebes- und Eheromane und die Readers-Digest-Hefte, die ganze Reihe von billigen Agatha-Christie-Taschenbüchern und die Fülle von antiquiert-verlogenen Heimatromanen von Rosegger bis Waggerl, die meine Eltern im Bücherregal horteten, gepflegt gelangweilt. Nur den fünf oder sechs Karl-May-Bänden, die ich als Neunjähriger zu Weihnachten geschenkt bekommen hatte, konnte ich einiges abgewinnen, ja in gewisser Weise war jede Lektüre nach Winnetou mehr oder weniger eine Enttäuschung für mich. Auch die Schule war an mir heruntergeronnen wie warmer Mairegen. Mit wirklichem Interesse las ich mittlerweile eigentlich nur mehr Speisekarten.

An sich, dachte ich auf der Straße, habe ich bisher immer eine feine Witterung für nicht ganz koschere Fälle bewiesen, aber bei Hermann Frischauf bin ich mir noch nicht sicher. Auch nicht bei seiner Frau. Na ja, eigentlich nicht einmal bei mir selbst.

* * *

Was die heutzutage modischen, leichten Angestelltenweine für mich untrinkbar machte, waren der trendig gewordene Überhang an Fruchtsäuren und die vinologisch gestylten Pastellfarben dieser schwächlichen Gewächse im Glas, so farb- und körperlos wie das ganze Produkt selbst. Aber die Werbedesigner, PR-Fuzzis und Controller, die nach der Arbeit in ihren hippen Bars noch ein paar schnelle Achtel kippen wollten, ohne auf dem Heimweg durch allzu große Besoffenheit aufzufallen, hatten diese bestenfalls weinähnlichen, stylischen Krepierln, die vor allem aus der Steiermark kamen, längst zum Megaerfolg und zum dominierenden Segment am österreichischen Weinmarkt gemacht. Ich dagegen war für Knall und Fall, für den Rausch, ich war für Visionen und daher für schwere, tiefgründige Bordeaux-Weine, die blitzten wie Karfunkel und schmeckten wie ein Traum Gottes. Vor mir standen eine Flasche Château Palmer, ein großes Glas und eine kleine Portion einfacher Schafkäse-Nudeln. Mira hatte all das für mich ausgesucht, und ich war fest entschlossen, leichtsinnigerweise ein paar hundert Euro von Frau Frischauf in vinologische Geschmackssensationen im »Medici«, also eigentlich in ein paar Worte mit dessen hinreißender Sommelière Mira zu investieren, die als Güleser in einem ostanatolischen Bergdorf geboren worden war, das inzwischen nicht mehr existierte, weil die türkische Armee dort seit fast dreißig Jahren verbissen Granatwerferangriffe auf PKK-Stellungen übte. So viel wusste ich von der kleinen, rundlichen Person mit der Überfülle an schwarzblauem Kopfhaar und so wenig wusste ich über sie, ganz genau eigentlich nur, dass ich sie vor gar nicht so langer Zeit auf meine vertrackte Art und Weise schwer verehrt hatte und sie inzwischen jemand anderen geheiratet hatte.

In mehr als ein paar feuchten Träumen hatte sie sich mir niemals geschenkt.

Noch auf der Türschwelle der Buchhandlung hatte ich mir für heute freigegeben – einer der unbestreitbaren Vorteile, wenn man in einer Ein-Mann-Firma beschäftigt war, die einem selbst gehörte – und hatte mich in das nur einen Katzensprung entfernte »Medici« begeben, Harlands einziges Fast-Haubenlokal, in dem die Nouvelle Cuisine dreißig Jahre nach ihrem Höhepunkt verbissen nachgekocht wurde. Aber dafür konnte Mira nichts, sie war nur für die exquisite Weinkarte verantwortlich, die Connaisseurs wie mir heiße Tränen der Dankbarkeit in die Augen trieb, um es einmal blumig-geblümt auszudrücken. Ich hatte mich dort lange nicht mehr blicken lassen, einerseits weil die Klientenhonorare nicht gerade üppig sprudelten, andererseits, weil mich der Gedanke an Miras Eheglück nicht gerade in Verzückung versetzte. In der Provinz, in Harland wurde man an sein Unglück ein Leben lang immer wieder erinnert, einfach weil die Katalysatoren oder Verursacher der jeweiligen unglücklichen Lebenslagen in der Regel ebenso wie man selbst nie aus dem Weichbild der Stadt verschwanden.

»Und wie geht es eigentlich deinem Göttergatten?«, fragte ich vorsichtig, während Mira den Wein zu dekantieren begann.

»Ach der …«

Oha, dachte ich, das klingt aber gar nicht gut, sprich fantastisch.

»Ach der?«

»Das geht dich eigentlich überhaupt nichts an, Miert.«

Ich schwieg und überlegte, ob mich das nicht doch etwas anginge.

»Ich wünschte, es würde mich doch etwas angehen.«

»Für deine Verhältnisse, Miert, klingt das wie eine Liebeserklärung.«

»Wenn ich einmal wirklich in Schwierigkeiten geraten …«

»Was für Schwierigkeiten denn, Miert?«

»Ich meine nur so. Wenn ich also einmal arge Wickel hätte, würdest du mich bei dir verstecken? Für ein paar Tage?«

»Marek, du spinnst! Ich bin nicht so eine! Du redest mit einer verheirateten Frau!«

Noch immer?, fragte ich mich in Gedanken, sagte aber nichts mehr. Der Korb, den ich gerade erhalten hatte, war schon groß genug – zum Einkaufen für eine Großfamilie oder für eine ganze Apfelernte, wenn man einen Garten hatte.

Während der Wein aus der Flasche langsam in eine Glaskaraffe floss, fiel mir ein, dass ich dummerweise von Frischauf weder eine Telefonnummer noch eine Adresse hatte. Der Fall, dachte ich, lässt sich ja enorm gut an, der Fall passt einfach zu meinem Leben.

»Von mir gibt es eigentlich nur ein einziges Porträtfoto. Das sollen sie einmal austeilen am Friedhof mit den kleinen Zetteln«, überließ ich mich meiner momentanen Verstimmung.

»Mach hier nicht auf Werther, Miert«, meinte Mira nur.

Die Frau, fand ich, hatte ein gutes Gespür für meine Stilisierungen.

»Natürlich würde ich dich verstecken. Ich bräuchte seit Jahren jemanden, der meine riesige Etikettensammlung einmal systematisch ordnet«, sagte Mira beiläufig und reichte mir einen ersten Schluck im Probierglas.

Als der Wein meine Zungenspitze berührte, wäre ich fast

ohnmächtig geworden vor Glück. Ein Château Palmer Jahrgang 1990 hatte nichts Irdisches mehr an sich, flüssiger Himmelsstaub aus dem Weingarten Gottes, der er war.

»Habt Ihr hier im Lokal ein Telefonbuch?«, fragte ich und das war so ziemlich das Unpassendste, was man auf ein Angebot wie das von Mira erwidern konnte.

* * *

Während ich den Granada durch den abendlichen Stoßverkehr der Innenstadt lenkte, schrieb ich im Kopf ein schlechtes Liebesgedicht nach dem anderen und überlegte, ob ich Mira heute nach Lokalschluss von ihrer Arbeitsstelle abholen sollte. Wie verheiratet ist sie wirklich, fragte ich mich.

Wenn sich in meinem großen Körper ein Fläschchen Wein verteilte, kam auf den Blutkreislauf sicherlich kein halbes Promille. Trotzdem machte ich mir Sorgen ob meiner Fahrtüchtigkeit, allerdings weniger wegen des genossenen Weines, sondern mehr der lyrischen Verzückung wegen. Ich lenkte den Granada daher in die spärlich besetzte Bahnhofshochgarage, die noch gratis war.

In der gelben Etage fand ich einen bequemen Parkplatz und stellten den Wagen ab. Bis zu meiner Bude hinter dem Bahnhof waren es nur ein paar Schritte, und im Gehen konnte man besser dichten und denken. Wäre Goethe Autofahrer gewesen, dachte ich, hätte er die Friederikenlieder nie geschrieben.

Auf dem Gang zum Pissoir begegnete ich einem großen, rotgesichtigen, verschwitzten Mann im grünen Lodenmantel, der einen dunkelblauen Kübel mit Deckel trug. Nicht nur die braunen Flecken auf seinen Händen und seinen Unterarmen, wenigstens der Geruch hätte mir auffallen müssen, aber ich ließ einen der seit Jahren meistgesuchtesten, unangenehmsten Kleinkriminellen Harlands ungehindert an mir vorübergehen und wunderte mich nur, dass die Leute offenbar im Winter ihre Duschen kaum benützten. Als ich die Tür zum Männer-WC öffnete, war mir aber schlagartig klar, dass Gagamel soeben wieder zugeschlagen hatte. Jedenfalls nannte sich der Typ so, der seit Jahren immer wieder öffentliche Toilettenanlagen, aber auch die Kunden-WCs von Banken, Kaufhäusern, Krankenkassen und so weiter mit seinem eigenen Kot, den er offenbar Tage und Wochen zuvor sammelte, beschmierte, ja geradezu von oben bis unten bemalte. Den Namen Gagamel schrieb er dabei jedes Mal überaus sorgfältig mit seinem bevorzugten Arbeitsmaterial auf die eine oder andere Wand der Anlage, die er heimsuchte, wobei er meistens in den Abendstunden zuschlug und keinen wesentlichen Unterschied zwischen Damen- und Herrentoiletten machte.

Warum er das tat, konnte letztlich niemand so recht sagen, weder die Psychologen noch die Sozialarbeiter, auch nicht die Polizisten und schon gar nicht die Lokalpolitiker, also nicht einmal diejenigen, die sonst immer alles besser wussten. Nun ja, diese Leute standen ja auch nicht wirklich unter Druck, denn die devastierten Toilettenanlagen hatten nicht sie, sondern ganz andere zu reinigen, die Üblichen nämlich, also ältere, ungelernte Unterschichtfrauen und jüngere Migrantinnen, wobei es schon zu zahlreichen Selbstkündigungen bei den diversen beauftragten Reinigungsfirmen gekommen war. Die Stadtpolizei konnte Gagamel jedenfalls seit Jahren nicht fassen oder wollte das vielleicht auch nicht, denn allein bei dem Gedanken, diesen Kotbeutel nach getaner Tat arretieren zu müssen, konnte einem schon der komplette Magensaft hochkommen. Dafür hatten die Kieberer mehr oder minder regelmäßig die teils entsetzten, teils süffisanten Kommentare in den Lokalzeitungen zu ertragen.

* * *

»Jetzt habe ich aber wirklich lang genug zugeschaut!«, sprach mich der Alte vom Fensterbrett aus an und drückte seinen mächtigen Oberkörper, der in einer weiten, grünbraunen Strickjacke steckte, mit den Ellbogen hoch. »Warten Sie, ich komme hinunter.«

Ich kannte den Mann nicht, jedenfalls nicht wirklich. Er lehnte seit Wochen auf dem breiten Fensterbrett einer Wohnung im zweiten Stock eines Zinshauses auf der anderen Straßenseite schräg gegenüber meinem Hauseingang und war, soweit ich wusste, mit kaum etwas anderem beschäftigt, als auf die Gasse zu schauen. Manche Leute sparten das Geld für einen Fernseher eben von vornherein ein. Wenn ich es mir recht überlegte, sah der alte Mann mitunter auch aus einem Fenster im ersten und manchmal aus einem im dritten Stock der graubraunen Mietskaserne aus der Gründerzeit, die auch schon bessere Zeiten gesehen hatte und von einer Wiener Wohnungsgenossenschaft zu Spekulationszwecken gehalten und notdürftig verwaltet wurde. Variatio delectat, dachte ich, aber er konnte unmöglich den ganzen Wohnblock gemietet haben. Wahrscheinlich standen in der desolaten Zinskaserne eine ganze Reihe von Wohnungen leer und der merkwürdige Alte trieb sich darin herum. Eine Zeit lang hatte ich ihn sogar regelmäßig gegrüßt, mir war aber nur selten gedankt worden. Er schien mir so konstant da zu sein, dass ich ihn oft übersah.

Manchmal war er aber auch tagelang nicht zu sehen gewesen. Ob er in diesen Zeiträumen seine Prostata operieren hatte lassen oder sich wirklich auffällig um das nicht allzu weit entfernte »Miramar« herumgetrieben hatte, wie Madame Sybilla behauptet hatte, war mir sowohl unbekannt als auch ziemlich egal.

Mit einem Mal stand er nun jedenfalls in seiner Strickjacke vor mir auf der Gasse. Er war klein wie ein Pubertierender, hatte ziemlich breite Schultern und massige Unterarme, kreisrunde, grünblaue Augen, dichtes, graumeliertes Haar wie aus Stahlwolle und ein großes, offenes Gesicht. Er trug eine dunkelgrüne Tennistasche mit sich.

»Sie sind engagiert, Miert! Kommen Sie mit!«

Der Alte steckte mir unvermutet und geschickt ein Bündel Geldscheine in meine Jackentasche. Grün, dachte ich, Hunderter.

»Was … wer … woher«, verlieh ich meiner Verblüffung sprachlichen Ausdruck, wenn auch notgedrungen sehr restringierten.

»Eine gerechte Sache, Miert! Na los, kommen Sie! Es sind ja nur ein paar Schritte!«, meinte der Alte über seine Schulter hinweg. »Mein Name ist Wickerl Goritschnig und ich habe wirklich lange genug zugeschaut. Viel zu lange!«

»Wobei, verdammt noch mal?«

»Ich bin immer früh schlafen gegangen wie die Bäcker, und auf einmal war ich siebzig und mein Leben vorbei«, antwortete der Alte. Das konnte man, dachte ich, nicht gut eine sinnvolle Antwort nennen.

Ich weiß bis heute nicht, warum ich ihm letztendlich die rund hundert Meter die Gasse hinunter gefolgt bin. Wahrscheinlich aus purer Neugier. Es war irgendwie faszinierend, auf welch schillernde Ideen Schizophrene und Schizoide manchmal kamen. Selbst die schönsten Lügen, die uns unsere Politiker auftischten, waren direkt fantasielos und banal dagegen.

* * *

»Da in etwa könnten Sie stehen bleiben, dann wird er Sie als Ersten sehen!«

Ich war hinter Goritschnig in das Stiegenhaus einer verkommen-behäbigen Mietskaserne aus der Gründerzeit gelaufen, deren halbes Dach und linke Hälfte bereits von einem davor stehenden Löffelbagger abgerissen worden waren. Den Maschendraht-Bauzaun vor dem Eingang hatte der aufgeregte Alte einfach niedergerannt und umgetreten, irgendwelche Bauarbeiter, die ihn daran erfolgreich hätten hindern können, waren nicht zu sehen gewesen.

Im Hausflur hatte überall alter, schon gärender Abfall gelegen, und das knöchelhoch. Einen Moment lang hatte ich mich wie auf der Abfallhalde einer Mondstation in einem »Alien«-Film gefühlt. Es hatte nach fünf Monate alten McDonald's-Cheeseburgern, Abführtee und Depressionen gerochen. Der Alte hatte die Tür einer Erdgeschosswohnung ohne Namensschild aufgedrückt und mich in einen relativ kleinen Vorraum ohne jede nennenswerte Einrichtung hereingewunken. Der Gestank und der Bodenbelag waren in etwa gleich geblieben, vielleicht war die Müllschicht in diesem Vorzimmer sogar noch eine Spur höher als am Gang.

»Was soll das? Wer wohnt hier, wenn man das überhaupt wohnen nennen kann?«

Kaum hatte ich diese naheliegenden Fragen ausgesprochen, denen ich eigentlich noch eine ganze Reihe weiterer Fragewörter und Fragesätze folgen lassen wollte, wurde die Wohnungstür von außen ruppig aufgestoßen und ein vierschrötiger Kleiderkasten stand vor mir im Vorzimmer und starrte mich verblüfft an wie einen fliegenden Pinguin.

Eines muss man diesem kauzigen Alten lassen, dachte ich, ein Timing hat der wie einst Manni Kaltz bei seinen Präzisionsflanken. Der unvermutete Besucher, oder vielleicht war es auch der Mieter dieser Abbruchwohnung oder gar der Besitzer des stinkenden Lochs, trug einen schwarzgrauen, zerschlissenen Jeansanzug und eine abgenutzte, schwarze Schirmkappe wie ein in die Provinz strafversetzter NKWD-Offizier, hatte breit ausladende, verfettete Schultern wie ein in die Jahre gekommener Jahrmarktsboxer, eine unreine, derbe Gesichtshaut, eine mächtige Kaumuskulatur und eine Unheil verkündende, zwei- oder dreimal gebrochene Rabaukennase. Blaue, tätowierte Schlangen züngelten aus einem fahlgelben, ungebügelten T-Shirt an seinem Hals empor. Am liebsten hätte er mich wohl augenblicklich sicherheitshalber in jede Art von Vorhölle geprügelt und danach erst die Frage gestellt, was ich hier zu suchen hatte. Auf jeden Fall, das ging aus seiner drohenden Körperhaltung hervor, würde er keinen Richter brauchen, um mich eigenhändig wegen Besitzstörung zu bestrafen. Gestalten wie der, dachte ich, verkaufen in den Lokalen und vor den Schulen die Pulver, welche Zwölfjährige in die Stratosphäre schießen, Leute wie der rekommandierten die Kundschaften in die Bahnhofstoiletten, damit die sich dort hastig und gierig an bereitgestellten Dreizehnjährigen vergreifen konnten.

Instinktiv nahm ich eine Art Verteidigungsstellung ein, wobei ich allerdings von den hochritualisierten Kampftechniken Asiens nicht viel hielt. Eine Judorolle in bürgerlicher Kleidung beispielsweise war ungefähr so sinnvoll und zielführend wie Skifahren auf Mallorca. Die beste Nahkampftechnik, dachte ich, ist immer noch der einfache, konzentrierte Fußtritt in den Unterleib und dann auf ihn mit Gebrüll und mit meinem ganzen Kampfgewicht. Das war auch für Anti-Bewegungstalente wie mich schaffbar.

Nur seltsam, dachte ich, dass Goritschnig mitsamt seiner Sporttasche hinter der Tür verschwunden ist und der Dealer ihn überhaupt nicht wahrgenommen hat. Wie denn auch, außer er wäre imstande, Goritschnigs Herz klopfen zu hören, aber die Herzen von alten, raffiniert vorausplanenden Männern schlagen langsam und leise.

»Was bist du für eine dämliche Arschgeige?«, knurrte der Kleiderschrank und machte zwei kurze, schnelle Schritte auf mich zu. In seiner rechten Pranke hatte er plötzlich einen veritablen Totschläger, der darin aber wie Spielzeug wirkte.

Was ist das nur für ein komisches Vorzimmerballett, fragte ich mich in Bruchteilen einer Sekunde, das Goritschnig da mit mir aufführt. Was konnte es ihm schon nützten, dachte ich in aufkommender Panik, wenn ich in diesem engen, dreckigen Vorraum totgeprügelt wurde und er dabei hinter der Wohnungstür zuhören konnte. War ich einem Totschlagsspanner aufgesessen, der meine letzten Schmerzenslaute aufnehmen und ins Internet stellen würde? Auf jeden Fall, dachte ich noch, ist meine bisherige Lebenserfahrung wieder einmal glänzend bestätigt worden: Wenn es wirklich brenzlig wird, ist man immer allein.

* * *

Und dann krachte etwas wie die Seilbahn am Ende von »Alexis Sorbas«, und der Kleiderkasten lag mit einer blutenden Kopfwunde auf der Müllschicht, die seinen Fall zweifellos etwas gedämpft hatte. Über ihm stand Goritschnig. In seinen Händen hielt er einen kurzen, dicken Holzprügel, an dem ein feiner, hellroter Blutfaden hing. Ich schaute mit den Augen, wie man so sagt.

»Allmächtiger! Halten Sie sich etwa für Bruce Lee? In Ihrem Alter? Was soll das?«, fuhr ich den Alten an.

Ich war entsetzt. Ich hatte mich von einem offensichtlich Meschuggenen in etwas hineinhetzen lassen, was nach ein paar Jahren Gefängnis roch, mindestens.

»Ich an Ihrer Stelle würde 133 wählen. Damit unsere Stadtpolizei diesen Dreck da aufsammeln kann. Bei dem finden die sicherlich fast so viele Pulver und verbotene Substanzen wie in Medellin. Den Prügel mit meinen Fingerabdrücken lasse ich da. Ich melde mich, wenn Sie wieder aus dem Kotter heraus sind. Habe die Ehre, Miert!«

Das Holz landete auf dem Hals des Niedergeschlagenen, während der alte Mann überraschend flink zur Tür retirierte. Während ich noch überlegte, ob ich einen Siebzigjährigen mit körperlicher Gewalt daran hindern durfte, war nur mehr sein Rücken im Türrahmen zu sehen.

»Vergessen Sie eines nicht: Ich bin Ihr Klient. Und vor allem: Beschützen Sie die Kleine, dafür werden Sie schließlich bezahlt!«, schallte es aus dem Stiegenhaus.

»Lucky? Was ist mit Lucky?«

Im Vorraum stand plötzlich ein großes, mageres Mädchen mit nicht mehr als Boxershorts bekleidet. Sie hatte Augen so groß wie Tennisbälle, eine seifenblaue Haut und zerkratzte, zerstochene Arme. Die blutjunge Süchtige war unvermutet aus der Substandard-Wohnung gekommen, in deren Vorzimmer sich eben die hässliche, kleine Gewaltszene abgespielt hatte. Vermutlich wohnte sie sogar in diesem stinkenden Loch, das nicht einmal die meisten Junkies ertragen hätten, obwohl die ja viel gewöhnt waren. Ihr Dealer, der noch immer regungslos, steif und starr am Boden lag wie eine zertretene Weinbergschnecke, hieß also Lucky. Kein besonders passender Name, fand ich, wenn man gerade an einen komplett Verrückten wie Goritschnig geraten war und eindeutig den Kürzeren gezogen hatte.

Alle meine Nervenstränge, selbst die zu den Nebenhoden, vibrierten und feuerten nur eine einzige Nachricht: Weg! Abhauen! Aber dalli!

Wenn man gerade in eine Totschlagssache geraten war, selbst wenn die Tatwaffe die Fingerabdrücke eines anderen trug, war ein rascher, diskreter Abgang wohl das Klügste. Außerdem, dachte ich, musste ich mir wegen der potenziellen Zeugin keine Sorgen machen, die Pupillen des Mädchen waren derart weit und überreizt, dass sie mich wohl nicht einmal richtig wahrgenommen hatte. Sehr viel mehr als hell und dunkel und grobe Umrisse würde man mit diesen erschreckend kaputten Augen nicht unterscheiden können.

Mitten in diesen in meinen Augen sehr vernünftigen Überlegungen stürzte das Mädchen wie der Teufel an mir vorbei, als wäre ich Aladins Geist. Nach ein paar schnellen, aber linkisch-wackeligen Schritten fiel sie auf den Niedergeschlagenen drauf wie ein Deckel auf einen Topf. Mit fast tierhaften Lauten des Schmerzes und der Zuneigung erbrach sie sich schließlich auf Hals und Kopf ihres Dealers. Heftige, konvulsivische Wellen durchliefen ihren erschreckend mageren, halb nackten Körper. Dann wurde sie ohnmächtig, wie wenn ihr mit einem Schlag der Kopf abgehackt worden wäre, und blieb bäuchlings auf dem Erbrochenen und Lucky liegen.

Ach, du dickes Ei!, dachte ich, nichts ist es mehr mit dem Stiftengehen, sonst geht hier vielleicht nicht nur dieser widerliche Dealer drauf, sondern auch das Mädchen.

Ich holte das Handy hervor und wählte die Notrufnummer des Roten Kreuzes. Mir würde, dachte ich angeekelt, wohl oder übel auch nichts anderes übrig bleiben, als mit meinen Fingern rasch das Erbrochene aus Mund und Rachen des Mädchens zu entfernen und sie in eine stabile Seitenlage zu bringen, wenn ich sie nicht ersticken lassen wollte. Es ist nicht immer ein Spaß, dachte ich, ein Lebensretter zu sein. Goritschnig verfluchte ich mit Ausdrücken, die man nicht zu Papier bringen kann.

* * *

»Sie rauschen also mit einem Ihnen angeblich völlig Unbekannten in eine wildfremde Wohnung hinein und prügeln den erstbesten Besucher nieder, der im Türrahmen erscheint?«, fragte Oberleutnant Gabloner.

Ausgerechnet von Gabloner, meinem ehemaligen Chef im Wiener Sicherheitsbüro, der mich einst verraten und verkauft und danach ziemlich unsanft aus dem Polizeidienst gedrängt hatte, verhört zu werden, machte mir ernstliche Sorgen. Der Mann war erfahren, bösartig und, wie ich wusste, zu allem fähig. In seiner bisherigen Dienstzeit hatte er wohl mehr Linke gedreht als ein durchschnittlicher georgischer Waffenschieber und Mädchenhändler. Als er vor Jahren nach Harland strafversetzt worden war, hatte er damit begonnen, mir das

Leben hier zur Hölle zu machen. Dass meine Detektei so miserabel lief, war nicht zuletzt auch ihm zuzuschreiben, er behinderte und quälte mich, wo er nur konnte. Manchmal tagträumte ich im Zusammenhang mit ihm von Körperverletzung mit Todesfolge und anderen lustvollen Delikten gegen seinen Leib und sein Leben, aber es war noch nicht ganz so weit, dass ich deswegen einen Spezialisten aufsuchen hätte müssen.

Die beiden Streifenpolizisten, die, von der Rettung verständigt, noch vor dieser am Tatort eingetroffen waren, hatten zuerst den blutenden Kleiderkasten und das noch immer ohnmächtige, halb tote Mädchen zu meinen Füßen entdeckt und mich dann sicherheitshalber mit Pfefferspray außer Gefecht gesetzt. Nur kein Risiko eingehen bei Leuten meiner Statur. Außerdem hatten sie mir noch zwei deftige Stockhiebe auf den Hinterkopf und den Hals verpasst, sodass ich erst in Oberleutnant Gabloners Büro im Stadtpolizeikommando Harland wieder einigermaßen zu mir kam. Ich saß auf einem ungepolsterten Holzstuhl, der wie fast das gesamte Mobiliar noch aus dem Fundus der Gestapo stammen dürfte, die weiland in diesem Gebäude residiert hatte. Ich war andererseits aber heilfroh, dass es den Sessel gab und ich mich an seinen kühl-glatten, hölzernen Armlehnen anhalten konnte.

»Ich habe nicht gesagt, dass der mit dem Prügel ein Mann war. Ich habe überhaupt nichts gesagt, weil es sich um einen Klienten von mir handelt. Oder um eine Klientin«, versuchte ich mich zu wehren.

Meine Zunge fühlte sich an wie der staubtrockene Pelz eines toten, einbalsamierten Waschbären, und ich wunderte mich, dass ich überhaupt reden konnte. Außerdem wunderte ich mich über jeden Teil meines Körpers, der wieder halbwegs funktionierte. Im Übrigen konnte ich noch immer kaum aus meinen dick verschwollenen Augen sehen und mein Magen fühlte sich an, als sei er schon vor Stunden aufgeplatzt. Nicht einmal nach den allerüppigsten Weihnachtsvöllereien hatte ich mich jemals derart elend gefühlt.

»Beleidigen Sie nicht meine Intelligenz mit Ihren vermaledeiten Spitzfindigkeiten! Der Dealer hat einen Schädelbasisbruch! Und das Ding soll ihm eine anämische Pfarrerstocher verpasst haben?«

»Glauben Sie etwa, dass es mir viel besser geht?«, argumentierte ich mühsam. »Tut Ihnen der Pusher etwa leid?«

Jetzt rede ich auch schon, dachte ich, wie dieser meschuggene Alte. Eine gerechte Sache – dass ich nicht lache! So etwas gibt es doch gar nicht, jedenfalls nicht in Harland, dachte ich, hier gibt es nur Sieger und Besiegte. Und ich befand mich im Moment nicht gerade auf der Siegerstraße.

»Sie reden sich um Kopf und Kragen, Miert!«

»Beides ziemlich derangiert, dank Ihrer Schergen …«, murmelte ich.

»Wir haben das bisschen Blut aus der Platzwunde an Ihrem Hinterkopf eh gestillt und desinfiziert.«

Fragt sich nur womit, dachte ich, vielleicht haben die ja draufgespuckt.

»Sie saufen zu viel, Miert, Ihre Augen!«, verhöhnte mich Gabloner. Er zog eben alle Register.

»Erinnern Sie mich bei Gelegenheit daran, dass ich in den Keller lachen gehe«, antwortete ich.

»Die Sprüche werden Ihnen schon noch vergehen. Spätestens dann, wenn Sie im landesgerichtlichen Gefangenenhaus dem Untersuchungsrichter vorgeführt werden.«

Oberleutnant Gabloner trug ein hellgrünes Schurwollsakko, eiergelbe Hosen und eine absolut unauffällige, rote Krawatte, was er wohl alles im Ausverkauf am Mexikoplatz erstanden hatte. Wahrscheinlich gehörte dieses unwahrscheinliche Outfit zum dritten Grad bei Verhören. Modebewusstere Menschen als ich brachen sicherlich schon beim bloßen Anblick des Chefs der Harlander Kriminalabteilung zusammen und gestanden jedes Verbrechen, das ihm gefiel, ihnen zur Last zu legen. Dazu trug auch der unglaublich breite Oberkörper bei, den ein geradezu monströser Kopf krönte. Er hatte eine große, unmäßige Trinkervisage, die aussah, als würde er schon seit einer Woche darin übernachten.

»Ich werde meinen Klienten trotzdem nicht preisgeben«, sagte ich langsam, obwohl mir alles andere als wohl dabei war.

»Sie sind kein Arzt, kein Priester, kein Rechtsanwalt, kein Treuhänder. Juristisch gesehen dürfen Sie vor uns nicht einmal Ihre Schuhgröße geheim halten!«

»Sie sind zweifellos im Recht, aber trotzdem …«

»Wissen Sie, was Beugehaft ist, Miert?«

»Ich bin vielleicht ein bisschen angeschlagen, aber noch nicht ganz gaga, Gabloner.«

Fast hätte ich zu kichern begonnen. Der Stabreim am Ende meiner blödsinnig großkotzigen Meldung erheiterte mich ungemein, wahrscheinlich eine Nebenwirkung des Schlages auf meinen großen, sturen Schädel. Hoffentlich gibt sich das wieder, dachte ich, ich möchte nicht als zweiter Harald Serafin durchs Leben gehen. Noch dazu, wo mir jetzt wahrscheinlich das Gefängnis nicht erspart bleiben würde, im Häfen würde man mit so einer Störung keine zwei Wochen überleben.

»Sie sind ja vom Fach, Miert – Sie wissen, wie Geständnisse

zustande kommen: entweder durch einen DNA-Beweis, mit dem man den Täter konfrontiert …«

Wenn die mir Goritschnigs Prügel nicht in die Hand gedrückt hatten, während ich bewusstlos war, dachte ich, konnten sie sich die Hoffnung auf solche und ähnliche Sachbeweise sparen. Ein durchaus zweischneidiger Gedanke, fand ich dann allerdings.

»… oder eben, wie es so schön heißt, durch Anwendung körperlicher Zwangsgewalt, sprich durch Watschen! Ihr Gesicht könnte ich zerschlagen! Hier und jetzt!«

Natürlich könnte er, dachte ich, keiner würde etwas sagen, weil seine beiden Kollegen bei meiner Festnahme schon gute Vorarbeit geleistet hatten.

»Es würde Ihnen keinen Spaß machen, weil ich mich im Moment nicht einmal wehren könnte.«

Das war, dachte ich, nicht mehr als eine ziemlich kühne, auf keinerlei Tatsachen gestützte Vermutung. Gabloner sagte jedenfalls nichts darauf. Stattdessen erhob er sich langsam von seinem Chefsessel hinter dem Schreibtisch und war mit drei, vier zäh-langen Schritten in einer Ecke bei der Tür. Der Schirmständer. Ein gutes Versteck.

Behutsam wie ein Neugeborenes trug er die Flasche zum Schreibtisch, holte ein Stamperl aus einer Lade und genehmigte sich einen Doppelten. Ich roch Wacholder.

Gabloners Herz war zwar wahrscheinlich nicht größer als ein Stecknadelkopf, aber ich hatte es getroffen. Auf diesem Punkt, fühlte ich, musste ich weiterbohren.

»Es war in meinem ersten Spiel für den HSE. Der rechte Flügelstürmer des Gegners war schnell wie ein Halbgott, dreimal hatte er mich bereits auf der Außenbahn spielend überlaufen und dabei ein schönes Tor von halbrechts erzielt.

Ab seinem vierten Sturmlauf habe ich nicht mehr auf den Ball geachtet, sondern nur mehr auf seinen linken Knöchel.«

Gabloner schenkte sich noch einmal ein.

»Am Ende des Spiels hatte ich ihn sechs- oder siebenmal mit voller Absicht derb gefoult und dafür nicht einmal eine Karte kassiert. Sein Knöchel war schließlich so dick wie sein Knie. Er hat kein weiteres Tor mehr erzielt und wurde kurz vor Schluss ausgetauscht.«

»Das Einzige, was ich hören möchte, ist der Name Ihres Totschläger-Kumpans und Sie erzählen mir stattdessen irgendwelche idiotischen Geschichten vom Ballestern! Sind Sie jetzt endgültig übergeschnappt, Miert?«

»Der Punkt ist, dass ich Hermes zwar auf diese Art und Weise erfolgreich abmontiert habe, aber lieber, viel lieber … wäre ich schneller gewesen als er!«

»Ich will den Namen dieses Wahnsinnigen oder Sie sind dran wegen Beihilfe zu versuchtem Totschlag!«

»Ich bin mir sicher, dass Sie das hinkriegen, wenn Sie wollen. Andererseits bin ich mir auch sicher, dass es Ihnen keinen Spaß, keinen wirklichen Spaß macht, auf eine sitzende Ente zu schießen.«

»Wie hart muss man Sie eigentlich noch auf den Schädel schlagen, damit Sie endlich den Mund aufmachen, Miert?«

»Ich möchte mir meine Augen auswaschen«, sagte ich.

»Dafür werden Sie noch mehr als genug Zeit in einer unserer gastlichen Zellen haben.«

»Wohin habt Ihr das Mädchen gebracht, Gabloner?«

»Ins Krankenhaus natürlich. – Glauben Sie denn, dass wir so wahnsinnig darauf erpicht sind, dass uns die halb toten Junkies die Dienstzimmer vollreihern?«, zischte der alte Oberleutnant.

»Was kann ich Ihnen anbieten, dass Sie mich aus der Sache rauslassen?«, fragte ich. Es war mehr eine rhetorische Frage, weil ich nicht damit rechnete, dass mich Gabloner aus irgendetwas rauslassen würde, nicht einmal aus einem Micky-Maus-Abo.

Die Antwort überraschte mich daher völlig, etwa wie ein Kantersieg des österreichischen Fußballnationalteams über die Seleção im Minerão-Stadion von Belo Horizonte.

»Darüber sollten wir bis morgen nachdenken. Ich hier in meinem Büro und zu Hause vor dem Fernseher und Sie in der lausigsten, kältesten Zelle, die wir hier im Polizeigefangenenhaus nur auftreiben können«, meinte Gabloner.

Ich sagte nichts mehr, schloss meine brennenden, beißenden, tränenden, krebsroten Augen und dachte daran, wie ich mir in der warmen Jahreszeit manchmal aus einer aufgegebenen Wohnung im zweiten Stock meiner verlassenen Mietskaserne einen alten, weißen Korbsessel holte und mich damit in den Hinterhof setzte. Die Aussicht war nicht eben berauschend. Die Feuermauern der Nachbarhäuser, das Wrack eines hellblauen VW-Käfers ohne Scheiben, in dem die halbwilden Katzen der Gegend gebaren, die Schuppen der ehemaligen Mieter, in denen schon seit Langem niemand mehr Braunkohle, Holz und Werkzeug hortete, verwilderte Ribiselstöcke, Löwenzahn zwischen den Bodenplatten und verwitterte Plastikfetzen, die der Wind anwehte. Manchmal suchte ich ein bisschen Holz zusammen, zündete es an und briet mir in der Glut Erdäpfel, eingewickelt in Alufolie. Dazu schmeckte ein körperreicher Merlot aus dem Veneto am besten. Wenn ein bisschen Geld von einem Auftrag übrig geblieben war, leistete ich mir auch mal ein Hüftsteak oder gar Riesengarnelen. In einem der Schuppen hatte ich den Kühlergrill eines uralten Opel gefunden, der einen fabelhaften Rost abgab. In meinem Hinterhof war ich ein König und ich wollte in solchen Momenten, wenn ich zum Beispiel eine ausgelöste Garnele in die Knoblauchsauce stippte und den Bissen mit einem interessanten, wenn auch völlig unpassenden Röschitzer Zweigelt hinunterspülte, mit niemandem tauschen. Andererseits, dachte ich, würde wohl auch niemand mit mir tauschen wollen.

»Stehen Sie auf, Miert!«, riss mich Gabloners scharfer, gebellter Befehl aus meinem Wachtraum. Der alte Oberleutnant kam mit Handschellen auf mich zu. Ich stand langsam auf und streckte meine Arme vor. Dann glitt ich so schnell wie möglich wieder in die Gedanken an die Hinterhofgrillerei zurück. Als Nächstes spürte ich einen oberflächlichen Schmerz an meinem rechten Handgelenk.

»Das gibt es doch nicht! Dass Ihre Handgelenke so breit sind, dass ich die verdammten Handschellen nicht schließen kann!«, fauchte Gabloner und riss mich schon wieder aus meiner Traumzuflucht. Er roch nach Bosheit und Alkohol und bemühte sich nach Kräften, mir die Eisen möglichst rüde anzulegen.

»Doch. Aber ich verspreche Ihnen, dass ich auch ungefesselt nicht über Sie herfalle.«

Ich blutete inzwischen ein bisschen am rechten Handgelenk. Gabloner stellte seine Fesselungsversuche ein. Nicht etwa in einem Anfall plötzlicher Philantropie, wahrscheinlich wollte er nur vermeiden, dass seine unglaublich stilvollen Büroklamotten blutig wurden.

»Ich würde mir wünschen, dass Sie über mich herfallen. – Dann hätte ich nämlich freie Hand!«

»Verstehen Sie doch, Gabloner – wenn ich Ihnen den Namen meines Klienten verrate, dann bin ich als Detektiv erledigt und kann meinen Beruf an den Nagel hängen!«

»Ein herber Verlust für die Kriminalistik!«, ätzte der alte Oberleutnant.

Manchmal dachte ich mir das ja auch, aber ich hatte halt nichts anderes als diesen unmöglichen Beruf.

***

Auf den endlosen Gängen des Stadtpolizeikommandos, das eher einem verwinkelten Fuchsbau glich als einem rational geplanten Amtsgebäude, bekam ich es mit einem Mal mit der Angst zu tun. Die beiden uniformierten Sicherheitswachebeamten, die Gabloner telefonisch gerufen hatte, um mich abführen zu lassen, hatten beim Anblick meiner Massigkeit ohne Befehl ihre Gummiknüppel aus den Leibgurten gezogen. Ich wusste, sie würden genauso wie ihre Kollegen in der Wohnung der Süchtigen nicht viel Federlesen mit mir machen, wenn ich mich nicht exakt so verhielt, wie sie es von mir erwarteten. Allerdings würde ich noch eine Ladung Pfefferspray und noch eine Tracht Prügel heute nicht mehr aushalten. Sie eskortierten mich schweigend durch Gänge und Flure, Stiegenhäuser und diverse Wartezimmer, in denen niemand mehr wartete, wobei der eine neben mir und der andere zwei Schritte hinter mir ging. Wenn eine Richtungsänderung bevorstand, piekte mich der Hintere mit seinem Knüppel in die rechte oder linke Schulter. Zuletzt benutzen wir einen uralten Lastenaufzug. Einer der beiden drückte auf K für Kellergeschoss. Die Angst füllte meine Bauchhöhle inzwischen fast vollständig aus. Ich hatte das Bedürfnis, einen Teil dieser Angst heraufzuwürgen, aber ich wusste, wenn ich einem der beiden die Uniform vollkotzte, schlügen sie mich halb oder ganz tot. Also zwang ich mich, die Angst wieder hinunterzuwürgen und zu schlucken.

»Fußballer gewesen? Beim HSE?«, fragte der hinter mir plötzlich. Offenbar ein Zuschauer oder Fan, der einige meiner seinerzeitigen Auftritte als eisenharter Verteidiger in der Liga Unteres Traisental miterlebt hatte. Als Ballesterer selbst in einem letztklassigen Verein konnte man noch so einen Topfen zusammenspielen, für die Lokalzeitung und das Kabel-TV und damit für eine gewisse Bekanntheit reichte es allemal.

»Meinen Sie mich?«, versuchte ich möglichst emotionslos zurückzufragen. Ich konnte ja nicht wissen, ob er sich seinerzeit über meine Kickerkünste geärgert hatte oder nicht, und war nur allzu bereit, bei Bedarf meine Zeit in der HSE-Kampfmannschaft zu verleugnen.

»Da haben Sie vielleicht noch den Pamminger gekannt, oder? Der Fünfer vor dem HSE-Tor hat jedenfalls ihm gehört. Hände wie zwei Klodeckel. Schultern so breit wie die Donau, und zwar ganz am Ende beim Schwarzen Meer. Und keck wie ein junger Maulesel bei jeder Attacke. Angst hat der keine gehabt. Der Fünfer hat dem Pamminger Fredl gehört, da hat es nichts gegeben, Gott hab den Fredl selig. Solchen wie Ihnen gehört nur die Linie, Sie hopsen da blöd herum, und wenn so einer wie der Pamminger oder ich das Leder abziehen, dann fliegen Sie mit der Wuchtel ins Netz. – So schaut's aus!«

Nicht viel dagegen zu sagen in meiner derzeitigen Situation, dachte ich, aber ich bin kein Tormann gewesen, sondern der linke Mann der Viererkette. Mir hat nicht nur der Fünfer gehört, sondern auch der halbe Sechzehner. Und die Spitze der rechten Außenbahn bis zur Kornerfahne sowieso.

Der Lift hielt an, der Keller war erreicht. Der vordere Beamte drückte die Lifttür auf, ein Schwall alter Luft kam uns entgegen. Meine Augen brannten noch immer von der Ladung Piperin. Ich konnte in der Kellerdunkelheit kaum sehen, was mich erwartete.

»Ab in den Folterkeller oder was?«, bewegten sich meine Lippen, aber aus meiner Kehle drang nur ein stumpfer, tonloser Piepser wie von einem Pelikan, dem man jede Menge Löcher in seinen ledrigen Hals gebohrt hatte. Naturgemäß erhielt ich von den beiden Henkern keinerlei Antwort.

* * *

»Damit Sie wissen gleich: Für Taliban mich halten alle. Für Fall nur, dass Sie mir Bett nehmen wollen, vorwarne ich!«, sagte der schmächtige, braunhäutige Mann. Er trug verwaschene Jeans und ein ausgefranstes ORF-T-Shirt mit dem grinsenden Bildnis Armin Assingers auf der Brust. Dem Porträt des omnipräsenten Fernsehkärntners fehlten die linke Augenbraue und das Kinn, was dafür sprach, dass der kleine Häftling nicht gerade über eine umfangreiche Garderobe verfügte und noch nicht verurteilt war. Nur Untersuchungs- und Schubhäftlinge durften ihre Privatkleidung tragen. Liegend hatte er seinen kleinen Körper möglichst großflächig über die einzige Bettstatt in der hintersten Ecke der Zelle verteilt.

»Ich bleibe eh nicht lange. Höchstens ein paar Jahre«, erwiderte ich. »Wir haben also Zeit genug, uns zu arrangieren.«

Die Zelle war vor Jahren, wenn nicht Jahrzehnten in einem netten Rotzgrün ausgemalt worden, das sich an einigen Stellen zu einem seltsamen Gelb ausgebleicht hatte, das irgendwie dem Harn eines Zuckerkranken glich. Die circa zwanzig Kubikmeter Luft in der fensterlosen Zelle stanken penetrant nach dem Schweiß der Hekatomben von verzweifelten oder zornigen Männern, die hier schon eingesessen hatten. Außerdem gab es in dem circa zehn Quadratmeter kleinen Raum einen Tisch, einen Sessel und ein Sitzklosett, das durch eine Art Duschvorhang abgetrennt war. Auf dem transparenten Plastik waren Hunderte kleine, marineblaue Delphine aufgedruckt, die alle lachten.

Die EU, hatte ich irgendwo gelesen, schrieb neuerdings für Einzel-Hundezwinger in Tierschutzheimen fünfzehn Quadratmeter vor. Da konnte man eben sehen, wo für uns Europäer die Prioritäten lagen.

»Mich sie vorher abschieben nach Afghanistan.«

Der befürchtete Folterkeller erwies sich schließlich als Zellentrakt für Schubhäftlinge. Es war dunkel und kalt dort unten und es roch unsagbar schlecht nach Essensresten, Milbenkot und Selbstmordgedanken.

Alle anderen Zellen schienen hoffnungslos überbelegt zu sein, also hatte mich meine Eskorte zu dem kleinen, bartlosen Afghanen verfrachtet.

In so mancher Ehe, versuchte ich mich zu trösten, ist es wesentlich schlimmer als im Polizeigefangenenhaus.

»Wie sind Sie bloß zu dem ORF-Leiberl gekommen? Ist das hier ›Versteckte Kamera‹ oder was?«, herrschte ich meinen Zellengenossen an.

Während ich das fragte, hörte ich mir selbst irgendwie von außen und von oben zu. Kaum fünf Minuten in einer Zelle und schon aggressiv wie ein tollwütiger Makake, dachte ich, über mich selbst ein wenig erschrocken, am liebsten würde ich dem Kerl in den Hals treten.

»Sie schon gehört von Taliban?«, murmelte der kleine Afghane nervös und rückte noch mehr in die Bettecke der Zelle.

»Hören Sie schon auf mit dem Schmus! Sie brauchen eh keine Angst haben, ich werde versuchen, auf dem vermaledeiten Sessel zu schlafen!«, keifte ich.

In dieser gereizten Stimmung schwiegen wir uns einige Minuten lang an.

Es war mein Mithäftling, der das Eis schließlich brach.

»Sie Abendessen verpasst. Halbe Stunde.«

»Was hat es gegeben?«

»Birchermüsli.«

»Dann habe ich nichts verpasst.«

»Ich Schokolade versteckt. Wollen Sie?«

Der ist wahrscheinlich ein besserer Mensch als du, Miert, dachte ich.

»Mir ist es sowieso bisher um zwanzig, dreißig Kilo zu gut gegangen. Ein bisschen Abspecken kann da nicht schaden. Aber danke jedenfalls für das Angebot!«, antwortete ich und setzte mich auf den rohen, unbezogenen Holzsessel. Doch ein Folterkeller, dachte ich.

»Ich würde mir gerne meine Augen auswaschen.«

»Wasser nur von Spülkasten von WC. Abdeckung herunter und mit Becher schon schöpfen kann man. Kann Ihnen borgen meinen.«

»Kann man nicht den Wärter rufen und um ein wenig sauberes Wasser ersuchen?«

»Er nicht hören uns. Von Prinzip und wegen mich Taliban.«

»Wie heißen Sie übrigens?«, fragte ich meinen Zellengenossen, der sich auf der Bettstatt aufgesetzt hatte.

»Dr. Ahmed Basa Najibullah Adin.«

»Geht es nicht irgendwie kürzer? Wie nennen Sie beispielsweise Ihre Freunde?«

»Meine Freund tot alle.«

* * *

Eines Abends im September 1996 nahmen die Taliban unter dem Applaus der USA und mehrerer europäischer Staaten, die sich endlich stabile Verhältnisse in Afghanistan erhofften, die Stadtleiche Kabul, wobei sie auch das lokale UNO-Hauptquartier stürmten, wo sich seit Jahren der frühere Staatspräsident Najibullah als politischer Asylant aufhielt. Sie verschleppten ihn in eine Garage und schnitten ihm in der Nacht scheibchenweise Finger und Zehen, Hände und Füße, Arme und Beine ab. Am Morgen hängten sie ihn an das Gestänge einer nicht mehr funktionierenden Ampel mitten in Kabuls zerschossener Innenstadt. Adins Vater, ein Arzt und Studienkollege Najibullahs, der im Gesundheitsministerium arbeitete, hatte da mehr Glück, ihm schlugen die neuen Herren in seinem Büro nur den Schädel mit den Kolben ihrer Kalaschnikows ein. Adin brauchte danach noch fünf Jahre, um außer Landes zu kommen, fünf lange Jahre. Er durfte nicht mehr als Gynäkologe arbeiten. Unter den Taliban gab es nämlich gar keine Gynäkologie mehr, weder in den wenigen noch funktionsfähigen Krankenhäusern noch in den Arztpraxen, denn der Einzige, der ihrer Ansicht nach eine Frau entblößt sehen durfte, war der Ehemann. Ein Usbeke brachte schließlich Adin, seine Frau und seine elfjährige Tochter außer Landes – für den Rest der Ersparnisse dieser afghanischen Mittelstandsfamilie. Über drei Monate lang waren sie in größeren und kleineren Gruppen unterwegs und lebten in LKW-Laderäumen, Güterwaggons, verfallenen Lagerhallen, Erdhöhlen. Meistens war ihnen nicht einmal klar, durch welches Land es gerade ging. Die Verpflegung war minimal, manchmal gab es ganze Tage lang kein Trinkwasser. Wer ernstlich krank wurde, starb. Wer starb, starb allein. Adins Frau entwickelte ein Hungerödem am Bauch. Die Schlepper waren in der Regel bewaffnet und sprachen schon bald kein Paschtunisch mehr, nicht einmal Englisch. Auch Arabisch, das Adin im Religionsunterricht gelernt hatte, wollten oder konnten sie nicht verstehen. Nach etwa zweieinhalb Monaten kam Adin aus organisatorischen Gründen auf einen anderen LKW als seine kleine Familie. An der nächsten Zwischenetappe angekommen, wurden seine Fragen nach seiner Frau und seiner Tochter in einer unverständlichen Sprache beantwortet. Wann immer er seine Fragen in den folgenden Wochen, in denen seine Familie nicht mehr auftauchte, wiederholte und dabei verständlicherweise auch mal lauter wurde, zeigten ihm die Schlepper demonstrativ ihre diversen Hieb-, Schlag-, Stich- und Schusswaffen. Eines Nachts wurde er mit einer Gruppe von sechs, sieben Flüchtlingen mit einem Lieferwagen an das Ufer eines breiten, tiefen Flusses gekarrt und dort von zwei Schleppern mit Brechstangen in den Händen, die sie in einer unverständlichen, aber irgendwie europäisch klingenden Sprache anschrien, in das Wasser gestoßen. Adin hatte noch versucht, den einen Schlepper mit dem scharfkantigen Deckel einer Konservendose zu attackieren, aber auf seine zornig vorgebrachte Frage nach dem Verbleib seiner Frau und seines Kindes erhielt er keine andere Antwort als ein paar deftige Flüche und einen gut gezielten Schlag mit der Eisenstange auf seinen rechten Unterarm, der ihm Elle und Speiche brach. Im kalten Wasser, dessen starke Strömung gegen seinen Körper drückte, hatte Adin schließlich aufgegeben, sich selbst und seine Familie. Er machte keinerlei Schwimmbewegungen mehr, nicht einmal mit seinem unverletzten Arm, und wartete nur noch darauf, dass ihn sein eigenes Gewicht und die Strömung nach unten zogen. Das Wasser schmeckte süß und bitter zugleich. Neben, vor und hinter ihm kämpften die anderen Flüchtlinge um ihr Leben. Auch unter Wasser konnte er wie aus der Ferne ihre Schreie und ihr verzweifeltes Atmen und Keuchen hören, grundiert von den dumpfen Geräuschen des Flusses, der nicht nur die paar Menschlein, sondern Tonnen und Abertonnen von Geröll, Splitt, Schlamm und Treibgut mit sich nahm. Kurz bevor Adin das Bewusstsein verlor, stieß etwas Stumpfes sanft in seinen Rücken, reflexartig griff er mit dem unverletzten Arm danach – es war der Wurzelstock eines mittleren Baumes, Treibgut des Lebens wie die Flüchtlinge, den der Fluss Richtung Donau beförderte.

»Ich so islamisch ungefähr wie Österreicher katholisch, aber das waren Gott!«, ereiferte sich Adin in fremdartigen Gesten und dem Deutsch, das er im Asylantenheim, auf Wachstuben und auf der Straße gelernt hatte.

Die Hölle wird eines Tages ziemlich überbucht sein, dachte ich, aber nicht nur von den Schleppern, sondern auch von all den europäischen Pfeffersäcken, deren Geiz und Kaltherzigkeit so etwas erst hervorruft. Im Grunde meines Herzens, dachte ich aber auch, und das war ganz schön schizophren, wollte ich alle diese Sachen nicht einmal mehr hören, im Grunde meiner Mördergrube wollte ich wie alle anderen nichts davon wissen, was jenseits des Horizonts in Ländern wie Afghanistan, Somalia, Tschetschenien, dem Sudan oder dem Kongo geschah, und schon gar nicht so schrecklich detailliert. Ich schloss die Augen und konzentrierte mich auf meine Schmerzen, die noch immer anhielten.

Als ihn der Baum, erzählte der kleine Afghane weiter, vielleicht eine Viertelstunde später irgendwo am österreichischen Ufer der March anlandete, wollte Adin die wunderbare Rettung, um die er nicht gebeten hatte, nicht annehmen und sich noch einmal in die Wasser des Flusses, in das Vergessen, in einen leicht scheinenden Tod stürzen. Aber er war einfach zu erschöpft dazu und blieb bis zum Morgengrauen, mit den Füßen noch halb im Wasser, mit den Gedanken bei seiner verschwundenen Familie, am sandigen Ufer liegen, wo ihn schließlich zwei österreichische Soldaten mit Kindergesichtern und Maschinenpistolen im Anschlag fanden.

Adin, dachte ich, musste wohl schon länger in Einzelhaft dahinvegetieren, denn sein Redeschwall blieb ungebrochen.

Seine Anhörung im Asylverfahren, erzählte mein Zellengenosse weiter, habe gerade mal fünf Minuten gedauert. Der von Amts wegen zugezogene Übersetzer sei ein Marokkaner gewesen, ein ehemaliger Arabisch-Student, der von Paschtunisch keinerlei Ahnung gehabt habe. Adin selbst stand bei der Vernehmung unter starken Schmerzmitteln, weil man den Knochenbruch an seinem Unterarm in Traiskirchen für eine gröbere Prellung gehalten und entsprechend behandelt hatte. Nach einem Jahr, sein Asylverfahren war noch lange nicht abgeschlossen, wurde er eines Morgens vor die Tür des Flüchtlingslagers gesetzt. Er war verblüfft und ging einfach in irgendeiner Richtung aus der Stadt heraus und wanderte auf der Landstraße der Sonne entgegen. Der Erste, der den dunkelhäutigen und nicht gerade elegant gekleideten Autostopper mitnahm, war ein junger Imker aus Bad Tatzmannsdorf, der seine Ernte nach Harland lieferte.

»Seit sechs Jahre ich spazieren in Harland. Nicht dürfen arbeiten, nie. Keine Arbeitsbewilligung.«

Das Harlander Sozialamt zahlte ihm ein Zimmer bei einem karitativen Verein, der Abbruchhäuser notdürftig in Flüchtlingsheime umfunktioniert hatte. Alle paar Monate wurden Adins jeweilige Zimmergenossen in Schubhaft genommen oder sie verschwanden einfach. Das Amt zahlte ihm pro Monat mal fünfzig, mal dreißig, mal gar keinen Euro Taschengeld. Jahrelang lebte er nur von Brot, Datteln und Tee aus dem Supermarkt, bis er in einem Bikergasthof am Rande Harlands Schwarzarbeit als gelegentlicher Abwäscher fand. Wenn man ihn dabei erwischt hätte, wäre er natürlich sofort in Schubhaft genommen und mit einem förmlichen, lebenslangen Aufenthaltsverbot in Österreich und in der ganzen EU belegt worden. Wer in Europa, Tochter aus Elysium, hungert, darf sich nicht selber helfen, dachte ich, Freude, schöner Götterfunken. Die Berufungen gegen die negativen Bescheide der Fremdenpolizei, der Sicherheitsdirektion, des Bundesasylamtes und so weiter schrieb ihm die Aushilfskellnerin im Gasthaus. Er gab sein gesamtes Geld für Stempelmarken und Gerichtsgebühren aus und ernährte sich von Essensresten auf den Tellern der feisten Radsportler, wobei er versuchte, Schweinekoteletts möglichst zu meiden. Alles, was er damit erreichte, war, dass seine Abschiebung immer wieder auf ein paar Wochen oder Monate aufgeschoben wurde, weil sie in realiter sowieso unmöglich war. Für das Innenministerium war es nämlich ziemlich schwierig, in einem Land wie Afghanistan irgendeine offizielle Stelle zu finden, die einen Flüchtling, noch dazu einen laizistisch orientierten ehemaligen Najibullah-Anhänger wieder zurückhaben wollte und mit der sich verlässlich ein Rückschub organisieren ließe.

Auch den Amerikanern, dachte ich, die in dem Land das Sagen hatten, war wohl ein möglichst menschenleeres Afghanistan lieber – weniger Einheimische, weniger Probleme. Die russische Taktik in Tschetschenien unterschied sich nur in Nuancen davon. Imperiale Mächte, dachte ich, benützen eben keine Samthandschuhe.

Vor acht Monaten, erzählte Adin weiter, wurde seine Sozialhilfe endgültig auf null gekürzt. Der zuständige Sachbearbeiter riet ihm, bei einer Werbemittelfirma Prospekte zu verteilen. Aber selbst dafür hätte ein Asylwerber eine Beschäftigungsbewilligung gebraucht, was der Beamte nicht wusste oder nicht wissen wollte. Das Fenster von Adins Zimmer wurde immer undichter und die Zentralheizung funktionierte nur mehr stundenweise an ein, zwei Tagen in der Woche. Auf dem Gang vor dem Zimmer wohnte der Hund des Vereinsvorsitzenden, den dieser nicht mehr haben wollte, aber das Tierheim war eben voll. Jeden zweiten, dritten Tag kam der Vorsitzende vorbei, um ihn zu füttern. Der Hund entwickelte eine Phobie und traute sich nicht mehr aus dem Haus. Manchmal schaffte es mein nunmehriger Zellengenosse, ihn in den kleinen Vorgarten zu locken. Depressiv, mager und dauerverkühlt entwickelte Adin nach zwei Jahren Harland eine chronische Ohrenentzündung mit Schwindelanfällen. Als er sich deswegen im städtischen Krankenhaus einige Tage lang stationär behandeln ließ, stellte man ihm eine Rechnung über fast viertausend Euro aus. Natürlich konnte er nicht einmal ein Promille davon bezahlen, wurde aber fortan vom Spital als Schuldner geführt, dem man alle halben Jahre ein Inkassobüro an den Hals hetzte. Sollte es Adin wider Erwarten schaffen, in Österreich bleiben zu dürfen, würde er sein neues Leben mit einem Schuldenbinkerl von 9.300 Euro beginnen, darauf hatte sich die Schuld dank Zins und Zinseszins und der Spesen der Geldeintreiber inzwischen vermehrt.

»Seit sechs Jahren ich spazieren in Harland. Ich müde. Wollen Freiheit. Bezahlt haben für Freiheit.«

Vor fünf Monaten hatten die Eingaben der Aushilfskellnerin schließlich nichts mehr genützt; die Republik hatte den unbescholtenen Adin ins Gefängnis gesteckt und versuchte seitdem, ihn irgendwie loszuwerden. Afghanistan war ja jetzt nach Meinung der verantwortlichen Instanzen ein demokratisches, praktisch talibanfreies Land, ein kleines Paradies auf Erden, fast eine Art zentralasiatische Schweiz hinter dem Hindukusch. Nur ein Hungerstreik oder der Tod konnten Adin über kurz oder lang noch von der Abschiebung, so schwierig deren Organisation auch sein mochte, bewahren, wobei er sich das wochenlange Hungern, das er doch schon jahrelang praktiziert hatte, nicht mehr so recht zutraute – Hungerkünstler, ganz im Gegensatz zu anderen Künstlern, wurden durch die oftmalige Ausübung ihrer Kunst nicht besser, sondern schlechter. Ob er sich den Tod zutraute, sagte er mir nicht. Den Wahnsinn traute er sich mittlerweile schon zu. Denn weil ihn die Wachen hier von Anfang an für einen verkappten Taliban gehalten hatten, blieb er als Einziger im Trakt der Schubhäftlinge den ganzen Tag lang in seiner Zelle eingesperrt. Dafür hatten sie ihm einen Koran besorgt, in dem er aber nicht lesen konnte, weil es sich um eine türkische Übersetzung handelte. Wenn er sich über diese Behandlung beschwerte, rieten ihm die Tagwachen, sich unter Angabe der Dienstnummer beim Salzamt zu beschweren. Als ihre Dienstnummern, die sie ihm öfters lachend nannten, gaben sie 007 und 4711 an. Die Nachtwachen reagierten nicht einmal darauf, wenn er in seiner Zelle tobte oder schrie. Vor eineinhalb Wochen etwa, erzählte er, habe er sich erstmals in der Zelle vom Teufel verfolgt gefühlt, und zwar in Form von Iblis, dem alten Deibel aus dem Koran. Seither schlafe er nur mehr kurz und schlecht wie ein Keuchhustenkind.

Das war das Letzte von Adins Erzählungen, woran ich mich erinnern konnte. Vor meinen entzündeten Augen flirrte noch einmal eine sinnlose Folge von Bildern auf, von Frau Frischauf, die ihre edle Perlenkette, aber sonst nichts trug, vom kleinbreiten Goritschnig in voller Aktion mit dem Knüppel, von einer Katze, die in dem Autowrack in meinem Hinterhof mit einer Kinderpuppe ohne Kopf Katz und Maus spielte, und dann war mir die Flucht aus diesem desaströsen Tag in einen dünnen, unbequemen Schlaf gelungen.

* * *

Ich wusste, dass es der Papst war. Und gleichzeitig war es nur ein Schauspieler, und ich wusste nicht warum. Vor dem geschlossenen, roten Theatervorhang in meinem Kopf standen ein einfacher Schminktisch, ein Stuhl, ein Kleiderständer. Der Papst trat in Straßenkleidung vor den Vorhang. Eine ältliche Garderobiere half ihm wortlos in das Kostüm des römischen Oberhirten. Mit der Tiara auf dem Kopf wurde er anschließend von ihr geschminkt, wobei er ununterbrochen redete.

»Es gibt überhaupt zu viele Theologen. Der üble Odem *ist durch eine Ritze in den Tempel Gottes gedrungen*. Ritze, ratze, voller Tücke eine Lücke. Das Elend der Theologen! Nur eine Exegese! *Nur die heilige Kirche erkennt den wahren Sinn der Schrift auf unfehlbare Weise! Vom Aufgang der Sonne bis zum Niedergang ist mein Name groß! Von meinem Stuhl aus sprüht das Licht, das sich zerstreut und verbreitet, um das Universum zu erleuchten! Von meiner Tiara, mit der meine Schläfen umgeben sind, gehen die Strahlen aus, die alle Bischöfe erhellen! Aber wir stehen unter einer finsteren Herrschaft!«*

Dann verfiel der Papst in eine Art Litanei und bewegte den Oberkörper rhythmisch vor und zurück: *»Beschütze mich wider die Nachstellungen und Versuchungen des bösen Feindes und bewahre mich vor allen Übeln der Seele und des Leibes! Suche diese Wohnung heim und vertreibe aus derselben alle Nachstellungen des bösen Feindes!«*

Die Garderobiere hörte auf, ihn zu schminken, der Papst monologisierte weiter: »Der schwarze Pudel! Die geistige Ordnung dieser Welt! Aleister Crowley! Auch ein Theologe! Durch eine Ritze! Die Welt geht dem finsteren Fürsten entgegen!«

Dann stand der Papst langsam auf und schlurfte von der Bühne. Die Garderobiere schleppte mühsam den kleinen Schminktisch, den Sessel, den Kleiderständer mit der Straßenkleidung des Papstes und ihren Schminkkoffer davon.

Fragend hatte ich der Garderobiere ins Gesicht gesehen und erkannt, dass sie eines ihrer Ohren mitten auf der Stirn trug. Da hatte ich endgültig geahnt, dass ich mich mitten in einem ziemlich irrwitzigen Traum befand. Es dauerte trotzdem noch ein wenig, bis mich die Verliese des Vatikans losließen und ich erwachte. Ich spürte die harte, hölzerne Sessellehne in meinem Rücken. Meine Brustwirbelsäule fühlte sich an, als würden fünfundzwanzig unerfahrene Jungakupunkteure gleichzeitig mit ihren Nadeln darin herumfuhrwerken.

Brechen lasse ich mich meinetwegen, dachte ich, wohl etwas high von den Schmerzen, aber biegen nicht.

* * *

»Tagwache! Hoch mit dir, Miert! Hast es überstanden!«, schnaubte der Uniformierte, der wie ein großer, dunkelblauer Schatten in der geöffneten Zellentür stand und mit seinem imposanten Schlüsselbund gegen die Wand klopfte, um mich vollends aufzuwecken. Wenn mein Hirn frühmorgens ohne Koffein funktionieren würde, hätte ich erkannt, dass er zwar schnaubte, aber durchaus freundlich, jedenfalls für die Verhältnisse eines Harlander Kieberers. Das Neonlicht von der Decke stach in meine Augen wie der Wurzelbohrer eines sadistischen Zahnarztes.

»Ich könnte ein bisschen Kaffee vertragen.«

Ich fühlte meine Zunge pelzig im Mund, meine Zähne waren von einem dünnen Schleim bedeckt und ich konnte jeden meiner diversen Körperteile riechen. Genauer gesagt: Ich stank wie ein Iltis.

»Holla! Mit einer Frühstückspension hat uns auch noch keiner verwechselt!«

«Kann ich mir vorstellen, dass da wenig Gefahr besteht.«

»Also raus mit dir! Oder willst du hier anwachsen?«

Die größte Überraschung war, dass ich unter einem alten Kotzen im Bett lag und Adin grotesk verkrümmt auf dem Sessel mehr hängend als sitzend schlief. Er begann seinen Unterkiefer zu bewegen, wurde aber beileibe nicht wach. Ich schlug die Decke zurück und stand langsam auf. Dabei unterdrückte ich den üblichen Morgenschmerz in meinem rechten, kaputten Kickermeniskus und machte einen Probeschritt auf den Sessel zu. Feiner Kerl, dachte ich, der hat mir doch tatsächlich offenbar irgendwann in der Nacht das Bett überlassen!

»Einen Moment noch!«, antwortete ich. Dann packte ich den kleinen Afghanen an der Schulter und an einem Oberschenkel, hievte ihn langsam hoch und legte ihn möglichst vorsichtig auf das Bett. Er schlief weiter wie Lazarus.

»Sie haben ja Kräfte, und das um fünf Uhr in der Früh!«

In der Stimme des Polizisten lag eine winzige Spur von Anerkennung.

»Wenn Sie mir vorher verraten hätten, wie früh es ist, hätte ich das nicht zustande gebracht.«

»Gemma!«

»Wenn der ein Taliban ist, bin ich der Innenminister«, konnte ich mir nicht verkneifen zu bemerken.

»Wäre nicht der einzige Politiker, der eigentlich eingesperrt gehört«, meinte der Beamte. »Haben Sie noch irgendwelche Sachen in der Zelle? Wenn ja, dann nehmen Sie das Zeug besser mit!«

»Sehen Sie hier irgendwo einen Kulturbeutel, frische Wäsche, meinen Sonntagsstaat und meinen großen Schminkkoffer?«

»Na dann, gemma! Aber hurtig, hurtig!«

Der Keller war kalt und dunkel wie das Darminnere eines Zooelefanten, der an einem Einlauf gestorben war, aber ich hatte keine Angst mehr. Aus diversen Zellen drangen Traumworte und -schreie in mehreren fremden Sprachen, die ich nicht einmal dem Namen nach kannte.

Was ist der Mensch schon mehr als ein Häufchen Unglück, dachte ich.

***

»Haben Sie es sich überlegt, Miert? Ist Ihnen der Name Ihres Klienten doch noch eingefallen?«

Gabloner hockte wie eine riesenhafte Erdkröte hinter seinem Schreibtisch, während ich davorstand wie ein Taferlklassler, der etwas angestellt hatte. Weit und breit kein Besucherstuhl. Mit Absicht natürlich, denn der alte, erfahrene Kieberer überließ bei seinen Verhören sicherlich nichts dem Zufall. Er trug noch dieselbe dezente Kleidung wie gestern Abend, was mich einigermaßen verwunderte, obwohl ich unfreiwilligermaßen ja auch die Fetzen von gestern am Leibe hatte. Hat der Mann kein Zuhause mehr, fragte ich mich, dass er jetzt schon in dieser ehemaligen Gestapostube wohnt. Wie wenig ich eigentlich wusste von einem, der wieder einmal versuchte, mich endgültig zu ruinieren. Würde ich wegen Beihilfe zu einem versuchten Totschlag angeklagt, wäre es mit meiner fabelhaften Karriere in der Sicherheitsbranche wohl endgültig vorbei. Na ja, sagte ich mir, und wenn schon, die Erde würde sich weiterdrehen und als Halbtags-Regalbetreuer in einem Supermarkt würde ich summa summarum praktisch das Gleiche oder sogar ein wenig mehr verdienen.

»Ich glaube, die Sache haben wir gestern schon besprochen, ziemlich erschöpfend noch dazu.«

»Es ist vollkommen idiotisch, Miert, dass Sie hier den Märtyrer spielen«, schnaubte Gabloner.

Auf seinem Schreibtisch stand ein brauner Plastikbecher. Der Becher schien leer zu sein, aber der Duft der Bitterstoffe und des Koffeins war noch ansatzweise im Raum. Für einen einzigen Schluck heißen Milchkaffees und einen einzigen Bissen von einer Buttersemmel hätte ich im Moment jeden meiner Klienten verraten, Wickerl Goritschnig inklusive. Gabloner, dachte ich, hätte es so einfach haben können, aber der Mann hatte eben kein Gespür.

»Ich spiele keineswegs den Märtyrer, sondern übe meinen Beruf aus, so wie ich es für richtig halte.«

»Was Sie für richtig halten – Blunzen! Wissen Sie eigentlich, dass Ihr Klient eine verdammte lokale Berühmtheit ist, oben im Weinviertel? Wir haben seine Fingerabdrücke auf dem Holzprügel gefunden und ihm zuordnen können. Ein Krimineller und ein Psychopath, wie er im Müller steht, aber in jedem Wirtshaus dort oben klopfen sie ihm verdammt noch einmal auf die Schultern und geben ihm einen aus! Ich habe mit einem pensionierten Postenkommandanten von dort gesprochen, der auch unter Schlaflosigkeit leidet.«

Ich hielt erst einmal den Mund, um nicht in irgendeine Verhörfalle zu tappen, und konstatierte verblüfft, dass Gabloner offenbar die ganze Nacht durchgearbeitet hatte.

»Mit achtzehn hat er sich in eine gestohlene Army-Uniform geworfen und ist nach Vöslau, zum Ami-Luftwaffenstützpunkt mitten in der russischen Zone, gefahren. Mit einem Lastwagen voller Coca-Cola hat er die Basis wieder verlassen. Den LKW hat er dann übrigens an die Russen verkauft, zuvor aber noch die ganze Brause an diverse Wirte auf dem Weg ins Weinviertel zurück. Die Amis waren natürlich stinksauer und haben alle Hebel in Bewegung gesetzt. Schließlich hat ihn ein Neider denunziert, sechseinhalb Jahre haben sie ihm auf Betreiben der Besatzer aufgebrummt. Das war Anfang 1955, aber mit dem Staatsvertrag im gleichen Jahr war er natürlich sofort frei. Die Vorstrafe ist längst gelöscht, aber die Fingerabdrücke nicht. Selbst die ältesten Prints wurden vor Jahren gescannt und ins System gespeist. Deshalb wissen wir, dass Ihr Prügelschwinger Ludwig Goritschnig heißt. Unser Spurensicherer hat mich zwar verflucht, aber trotzdem bis in die Nacht abgeglichen.«

»Damit haben Sie ja jetzt, was Sie wollten, und können mich aus dem Kraut lassen!«

Gabloner ging in keinster Weise auf meine Aufforderung ein und redete einfach weiter: »Ende der Fünfzigerjahre hat es in seiner Gegend einen aufsehenerregenden Fall von Päderastie gegeben, einen Klavierlehrer, der halt auf Buben, sprich auf seine Schüler gestanden ist. Die Sache ist zwar vor Gericht gelandet, was damals eigentlich eine Seltenheit war bei solchen Delikten, aber nur mit einer Geldstrafe abgetan worden. Goritschnig hat sich den Kerl auf dem Heimweg von einem Feuerwehrfest gegriffen, hat ihm einen Sack über den Kopf gestülpt. Der Rest ist dort oben bis heute legendär, aber trotzdem genau so geschehen, wie später das Bezirkgericht festgestellt hat: Hose herunter und eine Zuckerrübe mittlerer Größe mit Gewalt hineingetrieben. Der Knabenfreund musste jedenfalls genäht werden wie nach einer Hämorrhoidenoperation. Goritschnig ist wegen Körperverletzung nur zu einer bedingten Freiheitsstrafe verurteilt worden, weil die Eltern der Buben als Leumundszeugen für ihn aufgetreten sind.«

»Was hat das alles mit mir zu tun? Ich habe den Mann in meinem ganzen Leben genau fünf Minuten lang gesehen! Wollen Sie mich für jeden Meschuggenen verantwortlich machen, der bei uns in Harland mit einem Prügel durch die Gegend rennt? Da komme ich ja mein Lebtag nicht mehr aus dem Häfen heraus!«, protestiere ich, aber Gabloner ließ mich weiter wie einen Schuljungen vor seinem Schreibtisch stehen und spulte sein Programm ab.

»Anfang der Achtzigerjahre, als der erste Kleindealer in der Bezirksstadt vor einer Schule aufgetaucht ist, hat Goritschnig sein Auto angezündet und ihn dann mit einem Kälberstrick aus der Stadt getrieben«, ignorierte mich Gabloner völlig, wie es so seine Art war. Was Verhörführung betraf, fand ich, konnte man sich von dem alten Oberleutnant eine Scheibe abschneiden, vor allem, wenn Alkohol mit im Spiel war. Besoffen verhörte der noch abgefeimter als nüchtern.

»Damit habe ich jetzt aber eine ganze Reihe von schwerwiegenden Delikten Goritschnigs übersprungen. Aber das Muster ist immer gleich. Alles in allem hat Ihr Klient immer wieder solche Stückerln geliefert und ist dafür auch öfters angeklagt und verurteilt worden. Aber sein Chef, ein Weinviertler Kiesgrubenbetreiber, hat trotz der langen Latte an Vorstrafen immer zu ihm gehalten und ihn nie entlassen.«

»Was hat das alles bloß mit mir zu tun?«, fragte ich enerviert.

»Der Postenkommandant hat sich fast dreißig Jahre lang mit Ermittlungen gegen Goritschnig lächerlich und unbeliebt gemacht. Solch ein Schicksal möchte ich mir ersparen. Reden Sie mit dem alten Trottel und bringen Sie ihn dazu, dass er verdammt noch einmal wieder ins Weinviertel zurückgeht! Wir können hier keinen wie ihn brauchen!«

»Ich werde es zumindest versuchen. Jedenfalls wenn ich ihn überhaupt noch einmal treffe und nicht hier in Ihrem Flüchtlingskeller versauere, Gabloner!«

Wenn Gabloner mich so früh am Morgen wecken ließ, um die Entlassung durchzuführen, dachte ich, dann hieß das, dass er sie im Alleingang durchzog und keinen weiteren Anordnungsberechtigten, keinen seiner Vorgesetzten dabeihaben wollte. Weder der Polizeidirektor noch der leitende Staatsanwalt saßen um diese Zeit in ihren Büros.

»Nur mit diesem Versprechen allein kann ich Sie nicht rauslassen. Das reicht beileibe nicht aus, um Sie herauszuhalten aus einem Fall von versuchtem Totschlag, um Sie von einem Mittäter in einen bloßen Zeugen zu verwandeln!«

»Nicht?«

»Bei Weitem nicht! Sie müssen schon noch mehr bringen, um hier mit einer halbwegs weißen Weste herausspazieren zu können.«

»Was?«, fragte ich überflüssigerweise. Ich war nicht gerade ein Morgenmensch, und der totale Mangel an Koffein lähmte inzwischen fast mein gesamtes Nervensystem.

»Einen Zund natürlich, Sie Koffer! Liefern Sie mir zum Beispiel ein paar von diesen dahergelaufenen Ukrainern ans Messer, die sich neuerdings hier herumdrücken und gleich die halbe Stadt einsacken wollen. Ich hätte nämlich schon längst Lust auf eine Razzia, bei der ich das ›Miramar‹ kurz und klein schlagen kann und alle, die darin kreuchen und fleuchen! Und so eine Razzia macht halt viel mehr Spaß, wenn man schon vorher weiß, wonach man suchen muss!«

Heutzutage lernt es sich leicht, dachte ich, wie man über die Klinge springt.

»Woher glauben Sie eigentlich zu wissen, dass ich mich ausgerechnet in einem letztklassigen Bordell wie dem ›Miramar‹ herumdrücke?«

Ich hatte mir ja immer gedacht, dass mir Gabloner hin und wieder nachspionieren ließ, aber dass ihm mein Tagesablauf mehr oder weniger im Detail bekannt war, erschreckte mich doch ein wenig.

»Tun Sie nicht so verdammt heilig!«, grollte Gabloner. »Erstens wohnen Sie in unmittelbarer Nähe und Schmeißfliegen halten sich halt gern in der Nähe von Dung auf. Zweitens ist es immer gut, wenn man Problemfälle wie Sie gelegentlich unter Beobachtung stellt. Und drittens geht es Sie überhaupt nichts an, woher ich gewisse dienstliche Erkenntnisse gewonnen habe. Haben Sie mich?«

Zweifellos hatte er mich da, wo er mich haben wollte.

»Zimmer 34 im zweiten Stock des ›Miramar‹. Sie könnten darin nach einem mehr als seltsamen Satanistenpärchen suchen, das gerade ordentlich einen draufmacht.«

»Sie verwechseln mich nicht etwa mit einem Pfarrgemeinderat oder einem Klatschreporter, oder doch?«

»Ein paar verbotene Sachen – Pulver, Waffen, was weiß ich – finden Sie sicher bei denen, und Satanismus macht sich immer gut in den Lokalzeitungen, die Leute stehen auf solchen Schmus!«, redete ich um meine Freiheit. »Außerdem habe ich im ›Miramar‹ in den letzten Wochen einen Haufen Kisten vom Keller in den Raum hinter der Rezeption geschleppt.«

»Was für Kisten?«

»Holzkisten ohne Aufschrift, schwarze, vernagelte Bretter. Was weiß ich, was da drin war. Von der Stinger bis zu Heizungsteilen alles möglich, auf jeden Fall bin ich jedes Mal ganz schön ins Schwitzen gekommen.«

»Haben die Ihnen schon einen Mitgliedsausweis ausgestellt?«

Hätte ich den Schwachsinn bloß nicht erzählt, dachte ich.

»Okay, ich habe verstanden, ich werde mir die erste Melange des Tages in Zukunft woanders holen.«

»Ganz im Gegenteil, Sie werden sich dort weiter herumdrücken wie ein läufiger Kater und Ihre großen, etwas zerschlagenen Ohren spitzen. Außer unser Keller ist Ihnen lieber …«, meinte Gabloner lakonisch. »Ich brauche einen Informanten, einen Mann innen, ohne stichhaltigen Informationen kann ich die nicht so fertigmachen, wie ich es mir wünsche.«

»Undercover bei der Mafia? Da brauche ich Bedenkzeit, Gabloner!«

»Von mir aus ein paar Tage oder Wochen oder Monate.

Ich telefoniere inzwischen nach dem Revierinspektor, der Sie hergebracht hat. In unserem Loch kann man besonders gut nachdenken, da ist man durch nichts abgelenkt, außer durch ein paar Kanaken.«

»Okay, wir haben uns verstanden, ich habe doch keine Bedenkzeit gebraucht.«

»Gratuliere Ihnen zu Ihrer Entscheidung! Die Fetzen werden fliegen!«

»Sie umgehen damit den Dienstweg, nicht? Sie trauen sich da was!«

»Ich mag nur diese Tschuschen nicht, die sich überall breitmachen!«

Das kann ja heiter werden, dachte ich, mein Führungsoffizier bei einem lebensgefährlichen Undercovereinsatz war ein rassistischer Psychopath, der nicht nur Ukrainer, sondern sicherlich auch mich jederzeit über die Klinge springen lassen würde.

»Was haben Sie übrigens bei dem Dealer in der Wohnung gefunden?«

»Mehr verbotene Substanzen als in einem Amsterdamer Coffeeshop. Reicht für ein, zwei Jahre Kost und Logis beim Bund.«

»Lassen Sie mich deswegen aus der Sache raus?«

»Das ganze Zeug bei dem Pusher spricht für Goritschnig, nicht für Sie.«

»Was spricht in Ihren Augen für mich?«

»Dass Ihnen keiner eine Träne nachweinen würde«, meinte Gabloner. »Und jetzt dürfen Sie sich hier rausscheren!«

»Dr. Adin ...«, wollte ich noch ein gutes Wort für das Verreckerl von einem Afghanen einlegen, der die Isolationshaft vielleicht nicht mehr lange aushalten würde.

»Lassen Sie mich bloß mit diesen stinkenden Kellerkanaken in Ruhe! Und vergessen Sie nicht, mich gelegentlich anzurufen, Miert, sonst schicke ich Ihnen den grünen Heinrich in Ihr räudiges Grätzel.«

Gabloner hatte mich, dachte ich deprimiert, genau da, wo er mich immer haben wollte.

* * *

»Ich war Postbote des Jahres.«

»Bei die Zehner in Spratzern wäre ich fast picken geblieben. Wenn nur die blöde Geschichte mit dem Panzer nicht gewesen wäre! Müssen die ihre Schrebergartensiedlungen überall hinbauen?!«

»Müd' bin ich wie einer von den Gantern da ...«

»So was ...«

»Im Internet sollen schon wieder so viel' Viren sein. Besonders auf den Pornoseiten.«

»Mein Bub ist ja auf Ersatz. Aber der würgt die Pulver wieder herauf und verkauft's als G'spiebene. Eigentlich verdient der ja mehr als ich damit, aber natürlich ist die Marie gleich wieder weg.«

»Komasaufen ist auch nichts Neues.«

»Rheinfränkisch ist nicht urgermanisch.«

»Ich bitte Sie, es gibt nichts Neues unter der Klimaerwärmung.«

»Na geh!«

»Er hat gesagt, Herbert heißt er. Nicht Daniel.«

»Ich kann mir das alles nicht mehr anschauen im Fernsehen.«

»Heutzutage ist eh alles wurscht.«

»Wann waren Sie denn Postbote des Jahres?«

»Da können Sie sich aber freuen, habe ich ihm gesagt.«

»Notstand ist ja an sich nicht so toll, aber ich geh daneben Fliesen picken.«

»Am Nachmittag geh ich probeliegen … nicht in die Bestattung, zum Leiner!«

»Der Dolm hat mich nur ausgelacht.«

»Koffer halt!«

»Gibt es denn so etwas?«

»Ein ordentlicher Cocktail aus Rum und Rohypnol, und das Trauerspiel hat ein Ende.«

»Softgun?«

»Meine Alten kriegen jetzt ein Videosystem, das jeden Einbruch automatisch meldet.«

»Wo ist schon wieder die Zeitung?«

Das Café »Gamerith« am Beginn der Prandtauerstraße war nicht wesentlich größer als ein Badezimmer im Präsidententrakt der Hofburg. Man konnte dort nicht nur sehr intensiv die Unterhaltung sämtlicher Gäste mithören, sondern sie auch fast ebenso intensiv riechen. Weil der Kaffee dort aber so stark und gut war, dass man Tote damit erwecken konnte, war das »Gamerith« schon in aller Herrgottsfrüh ziemlich voll, ja eigentlich vor allem in der Früh. Der Cafétier sammelte Enten und ließ sich durch ständig wechselnde, bosnische Serviererinnen vertreten. Eigentlich hatte ihn noch keiner der Gäste je leibhaftig zu Gesicht bekommen, aber in jedem Winkel, in jeder Nische, auf jedem Tisch und jedem Fensterbrett standen Enten. Enten aus Porzellan, Enten aus Salzteig, Enten aus Glas, Enten aus Schrauben und Muttern, Enten aus Steingut, Enten aus Rosenquarz, Enten aus Faltpappe, Enten aus Keramik, Enten aus Blech, Enten aus Stroh, Enten aus Plastik, Enten aus Dörrobst, Enten aus Messing, Enten aus Heu, Enten aus Kupfer, Enten aus Pappmaché, Enten aus Holz, Enten aus Zuckerguss, Enten aus Stahl, Enten aus Kieselsteinen, Enten aus Fahrradreifen, ja sogar Enten aus Elfenbein und Obsidian. Das Kaffeehaus war wohl auch deswegen so beliebt und praktisch immer voll, weil man dort so leicht Enten stehlen konnte. Dabei wurde die Anzahl der Viecher mit der Zeit nicht geringer, eher im Gegenteil, der Besitzer kaufte den Schwund regelmäßig nach.

Ich hatte einen Hockerplatz am äußersten Rand der kleinen Theke ergattert und wartete jetzt mit zittrigen Händen auf eine Melange, auf das Glas Leitungswasser dazu, auf den Milchschaum mit einem Klacks Kakaopulver darauf, auf das Löffelchen und die dicke Porzellantasse, auf das metallene, kleine Tablett, auf dem das Ganze serviert wurde, und natürlich auf den zellophanverpackten Keks, der neben der Schale als kleine Zugabe liegen würde. Kurzum, ich wartete auf ein Stück Normalität.

Gabloner hatte einfach seine Bürotür hinter mir geschlossen und ich war frei gewesen wie eine Marionette an der Strippe. Den Weg aus dem Gebäude, über den Europaplatz und ins Kaffeehaus am anderen Ende des Platzes hatte mich nicht mein Großhirn, sondern bestenfalls mein limbisches System geführt. Eigentlich hätte ich jetzt sofort damit beginnen müssen, mir einen Plan zu überlegen, ein Szenario zu entwickeln, Überlegungen anzustellen, wie dieser Gabloner'schen Zwickmühle vielleicht doch noch zu entkommen wäre, aber ich dachte zunächst nur daran, dass ich es nicht geschafft hatte, Mira gestern Abend nach Dienstschluss von ihrem Arbeitsplatz abzuholen. Meine Lider hingen mir bis zu den Knöcheln und ich fühlte mich so müde wie eine Nachteule am hellen Mittag. Die Melange, deren Serviertwerden ich kaum erwarten konnte, hätte ich am liebsten intravenös zu mir genommen.

»Robert, wenn wir uns nicht mehr sehen – sind wir gestorben«, verabschiedete sich im »Gamerith« ein Gast vom anderen.

***

Die ukrainischen Investoren hatten vor einiger Zeit ganz unscheinbar damit begonnen, desolate Immobilien wie das ehemalige Eisenbahner-Wohnheim in meiner Gasse billigst aufzukaufen und sozusagen neuen kommerziellen Nutzungen zuzuführen. Es waren Geschäftsleute, die vor allem Anwälte, Notare und Treuhänder zu beschäftigen schienen und die ihre lokalen Konkurrenten, zwei alteingesessene Bordellbetreiber und ein paar Nebenerwerbszuhälter, nicht etwa über den Jordan schickten, sondern schlicht und einfach aufkauften und teilweise sogar weiter Verwendung für sie fanden, wenn auch in untergeordneten Positionen. Den hiesigen Markt für lokale Drogen hatten sie damit aufgeschnupft, dass sie ebendiesen eine Zeit lang mit enormen Mengen zu Dumpingpreisen überfluteten. Den lokalen, bis dahin relativ unabhängigen Dealern und Pushern war schließlich nichts anderes übrig geblieben, als sich der neuen Verteilerorganisation anzuschließen, und zwar zu deren Bedingungen. Zwei, drei ebenso tödliche wie bedauerliche Verkehrs- und sonstige Unfälle in Harland und dessen Umland waren damit nur schwer in Verbindung zu bringen. Alles in allem, dachte ich, ist die Übernahme der Harlander Geschäftsfelder so erstaunlich ruhig und wohlorganisiert über die Bühne gegangen, dass kaum jemand Notiz davon genommen hat, außer Gabloner, dieser alte Schweißhund.

Ich riss das Fläschchen mit der teuren Pinienkern-Duschcreme aus der Geschenkverpackung und verteilte die exklusive Flüssigkeit über meine drei, vier Quadratmeter Haut. Eine neurotische Visagistin, die eineinhalb Wochen ziemlich vernarrt in mich gewesen, dann aber doch lieber mit einem Pottenbrunner DJ nach Ibiza geflogen war, hatte es mir einst zum kurzen und schmerzlosen Abschied geschenkt. Aus sentimentalen Gründen hatte ich das Schnickschnack-Kosmetikum in irgendeinem Kasten aufgehoben. Für einen besonderen Tag. Heute war dieser besondere Tag gekommen, dachte ich. Denn vielleicht nur allzu bald würden mir die Ukrainer, wenn sie erst einmal dahinter gekommen waren, dass mich Gabloner als seinen Spitzel zu ihnen schickte, zuerst bei lebendigem Leibe den Kehlkopf herausschneiden, um ihn mir dann in den Mund zu stopfen. Oder denen, dachte ich deprimiert, fällt noch etwas Lustigeres ein, hätte mir aber derlei ausführliche Vorahnungen unter der Dusche gerne erspart. Aber mein Kopf dachte wie immer, wohin er wollte.

Zuvor hatte ich alle kratzigen, uralten Handtücher in der Mülltonne am Gang entsorgt und das gesamte originalverpackte Frotteesortiment hervorgeholt, das mir diverse Banken und Sparkassen in den letzten fünfzehn, zwanzig Jahren zum Weltspartag generös geschenkt hatten. Ich konnte mich gar nicht mehr daran erinnern, jemals bei der lokalen Raiffeisenbank Kunde gewesen zu sein.

Mit Kaffee im Magen und Koffein im Blut war die Heimfahrt ohne besondere Vorkommnisse vonstatten gegangen. Ich hatte den Granada aus der Garage geholt und war die paar hundert Meter bis nach Hause gegondelt, ohne mich allzu oft nach irgendwelchen großen, schwarzen Mafiakarossen umzusehen. Da in der heruntergekommenen Gegend die meisten Autobesitzer ihre Vehikel in Garagen und Hinterhöfen versteckten und mit Stahlketten, Lenkradsperren und allerlei elektronischen Systemen sicherten, war auch ein Parkplatz direkt vor der Haustür kein Problem gewesen. Ein Ford Granada Baujahr Mondlandung war hier so sicher wie auf dem Autofriedhof. Vor dem Haus war ich von keinem Stück brüchiger Jugendstilfassade erschlagen worden, und im Haus war keine der porösen Gasleistungen explodiert. Die Gefahr durch das bisschen Gas, hatte ich gedacht, das sich gelegentlich in den Kellern ansammelte, war noch immer kalkulierbar. Auch in meinem Wohnbüro hatte mir niemand aufgelauert, ich hatte alles so vorgefunden, wie ich es gestern Vormittag verlassen hatte. Ausgenommen vielleicht die Quartalsrechnung des Wasserwerks, die der Postbote unter der Tür durchgeschoben hatte, weil die samt und sonders aufgebrochenen Hausbriefkästen nicht mehr funktionstüchtig waren.

Nach dem Duschen zählte ich im Bademantel am Schreibtisch das Bündel Scheine, das mir Goritschnig gestern zugesteckt hatte und das mir bei meiner Verhaftung seltsamerweise ebenso wenig abgenommen worden war wie die Autoschlüssel und meine Brieftasche, von Kleinigkeiten in meinen Hosen-, Hemd- und Jackentaschen wie Visitenkarten, Malzbonbons, einer kleinen Rolle Blumendraht und einem winzigen Schraubenzieher ganz zu schweigen.

Goritschnigs angezahltes Honorar betrug zweitausend Euro. Ich nahm sechs Scheine weg, packte den Rest in einen dick wattierten Umschlag und schrieb meinen Namen und meine Adresse darauf. Dann verschloss ich das Kuvert sorgfältig mit Tixo. Ich hatte vor, den Brief bei Gelegenheit in einer besseren Gegend unfrankiert in einen Briefkasten zu werfen, und steckte ihn einstweilen in die Hosentasche. Durch das fehlende Porto, kalkulierte ich, würde sich die Zustellung weiter verzögern, da mich der Briefträger persönlich antreffen musste, um die Nachgebühr zu kassieren. Wenn ich nicht da war oder ganz einfach die Tür nicht öffnete, würde der Brief noch zwei Wochen im Postamt lagern – so sicher wie in Abrahams Schoß.

Auf dem Schreibtisch standen ein großes, bauchiges Glas und eine Karaffe. Darin wartete der teuerste Wein auf mich, den ich je besessen hatte. Ein Château Lafite 1963, den mir ein schwerreicher Autobastler einst verehrt hatte, als ich mit mehr Glück als Verstand seinen gestohlenen Lotus in Favoriten wiederbeschafft hatte. Der Freak hatte sich sogar den Motorblock vergolden lassen und aß über eine Woche lang, bis ich das heiß geliebte Sammlerstück ausgemacht hatte, vor lauter Aufregung nur mehr Kohlsuppekapseln. Er soll vor zwei Jahren bei einem Roadrunnerrennen um den Ratzersdorfer See umgekommen sein. Anderen Quellen zufolge wurde er von einem arbeitslosen Geometer, der etwas mit seiner Frau hatte, mit einer Bettdecke erstickt. Seinen überirdischen Wein hatte ich mir jedenfalls schon mehrere Jahre aufgespart. Hoffentlich nicht für die Henkersmahlzeit, dachte ich.

* * *

»Das ist gestern gekommen, nachdem ich von der Vorsprache bei Ihnen nach Hause gekommen bin.«

Diesmal trug Frau Frischauf ein dunkelgraues Businesskostüm, aber das Dekolleté des sattblauen Tops darunter erforderte zweifellos Mut, vor allem in dieser Jahreszeit und in dieser Gegend. Andererseits war der dunkelgrüne Raiffeisen-Bademantel, den ich als einziges Kleidungsstück trug und der sich im Schritt meines Embonpoints wegen nicht gänzlich schließen ließ, auch nicht ohne.

Frau Frischauf nahm den Deckel einer braunen Schuhschachtel ab. Darin lag eine imposante, rostrote Rinderzunge. Sie stellte das Ganze auf meinem Schreibtisch ab.

»Mit Rosmarin und Majoran in Traubenkernöl kräftig herausgebraten könnte ich mich dafür schon begeistern«, bemerkte ich.

Meine Klientin sah mich fassungslos an.

»Ist das alles, was Ihnen dazu einfällt?«

»Natürlich nicht, man könnte auch eine verdammt gute Sulz daraus machen mit Babykarotten, Jungerbsen und Eierschwammerl.«

»Wie war Ihre Observation? Was hat mein Mann gestern so getrieben? Wie weit ist er bei seinen Recherchen? Schließlich bezahle ich Sie nicht für's Weintrinken am helllichten Vormittag!«

»Ab wann würden Sie es denn finanzieren, gnädige Frau?«

»Wenn ich mich auszählen lassen will, gehe ich ins Kabarett«, entgegnete Frau Frischauf trocken.

»Okay. Also, ich war zu Mittag bei der Buchhandlung und bin ihm mit dem Wagen Richtung Norden gefolgt. Er ist nach Pottenbrunn gefahren, in einen Austreifen an der Traisen.«

»In die Pottenbrunner Au? Was hat er dort bloß gemacht?«

»Meiner Meinung nach ist er ziellos herumgewandert und hat Schneeglöckchen gepflückt.«

»Mir hat er jedenfalls keine mitgebracht«, meinte sie ruhig.

Jede andere Ehefrau, dachte ich, wäre jetzt wahrscheinlich ordentlich eifersüchtig, beleidigt oder beunruhigt gewesen und hätte einen ganz schönen Tango aufgeführt.

»Vielleicht haben sie sich nicht so lange gehalten oder sie waren für die Buchhandlung bestimmt. Nach dem Intermezzo in der Au hatte ich leider auf der Fahrt in die Stadt ein Vergaserproblem und habe ihn verloren.«

Es ist mir bis heute ein Rätsel, warum ich Frau Frischauf diese Geschichte auftischte. Vielleicht hatte mich der Château Lafite zum hemmungslosen Fabulieren verführt. Solche überirdischen Weine, hatte ich schon oft gehört, erzeugten gelegentlich Visionen, wobei es bei einem relativ fantasielosen, unschöngeistigen Hinterhofdetektiv wie mir halt nur dazu reichte, einer Klientin, der vom Bauchgefühl her vielleicht zu misstrauen war, etwas vorzuflunkern.

»Und was haben Sie heute in Bezug auf meinen Mann gemacht?«, fragte meine Arbeitgeberin streng.

»Ehrlich gesagt noch nichts, ich hatte in einer wichtigen Angelegenheit mit dem Stadtpolizeikommando, mit Oberleutnant Gabloner, dem Chef der hiesigen Kriminalpolizei, zu kooperieren.«

»Ich kann allein schon an ihrer Kleidung ermessen, wie unendlich wichtig die Causa gewesen sein muss …«, meinte Frau Frischauf vorwurfsvoll.

»Wenn Sie wüssten.«

Warum erzählt sie mir nicht, dachte ich verwundert, dass ihr Mann gestern gekündigt worden ist? Hat er es ihr bis jetzt verschwiegen?

»Sie bemühen sich zu wenig!«

»Und Sie stehen nicht einmal im Telefonbuch.«

»Sie bemühen sich zu wenig, dabei könnte ich alles für Sie sein!«, hauchte Frau Frischauf und schlängelte sich um den Schreibtisch herum auf mich zu. »Ihre kleine Sklavin zum Beispiel, großer Mann! Fesseln Sie mich und Sie werden schon sehen!«

Domina träfe es wahrscheinlich besser, wenn ich mir ihren Göttergatten so ansah, wehrte ich ihr eindeutig zweideutiges Angebot zunächst einmal in Gedanken ab.

»Sie haben sicherlich noch ein Schlückchen Wein für mich übrig?«

Nicht von diesem Wein, dachte ich und entgegnete kalt: »Das können Sie nicht ernst meinen, wenn Sie mich in diesem Raiffeisen-Bademantel hier vor sich sehen.«

»Nicht?«

»Das Einzige, was ich von Ihnen will, ist Ihre Eheadresse, damit ich Ihren Gatten weiter beschatten kann. Sie stehen nämlich, Gnädigste, beide nicht im Telefonbuch, und ich bin kein Hellseher.«

* * *

In dieser Gegend hatten nur mehr die Wettbüros Konjunktur, die Peepshows, die Autobelehnungen, die Huren und die Stricher, die Sozialmärkte und die Sozialarbeiter, die Kreditbüros, die Versicherungsbetrüger und die Einschleichdiebe, die Giftler und ihre Pusher, die Hehler und die Tandler, die Totschläger, die Selbstmörder und die Schizoiden. Wer hier gelandet war, hatte das Beste in seinem Leben hinter sich. Ich war da vielleicht keine Ausnahme.

Als Frau Frischauf endlich gegangen war, hatte ich mich schnell angezogen und Opa Mierts Schrotflinte und eine

Handvoll Patronen aus dem Kleiderkasten geholt. Ein ehemaliger Mieter aus dem dritten Stock, den seine Urenkelschar ins Altersheim expediert hatte, um an seine mickrigen Ersparnisse zu kommen, hatte in einem Schuppen im Hinterhof einen alten, wackeligen Schraubstock und ein bisschen Werkzeug hinterlassen. Dort hatte ich schon vor Monaten den Lauf der Flinte mit einer Eisensäge um drei Viertel gekürzt. Den Kolben hatte ich mit einem Fuchsschwanz komplett abgesägt. Die Waffe passte nun in meine innere Jackentasche, ohne das Kleidungsstück allzu sehr auszubeulen. Unter Druck war ich bisher immer zur Höchstform aufgelaufen, auf jeden Fall würde ich mich nicht widerstandslos irgendwo vergraben lassen wie ein zu Tode getretener Igel. In dieser Gegend, dachte ich, konnte man nur mehr vom Tod leben, entweder indem man Gift verkaufte, tödliche Träume, Cocktails aus Substitol und Rohypnol, oder indem man mit einer Riesenwumme arbeitete.

In das Handschuhfach des Granada legte ich die pure, apokalyptische Feuerkraft, eine russische Signalpistole, die ebenfalls noch von Opa Miert herrührte. Durch ihr hohes Gewicht von mehr als eineinhalb Kilo war sie zwar eher als Schlag-, denn als Schusswaffe geeignet, aber glücklicherweise passte die Schrotmunition in das massive gusseiserne Rohr. In der Altmannsdorfer Au hatte ich damit einmal probehalber einen Weidenstock von zehn Zentimetern Stärke glatt durchschossen. Die Mechanik von Hahn, Abzug und Schlagbolzen war derart simpel und massiv, dass die an sich museumsreife Waffe auch in zweihundert Jahren noch funktionieren würde. Alles in allem war ich also auf einen Waffenschein, den mir die Bundespolizeidirektion Harland wohl unter Gabloners Einfluss mehrmals verweigert hatte, nicht wirklich angewiesen, rein von der Feuerkraft her konnte ich es durchaus mit dem Terminator aufnehmen. Dann packte ich meine übliche Ausrüstung und ein bisschen Wäsche und Kleidung in einen Koffer zusammen.

Ein ehemaliger Kinderpornofilmer aus Krems war reich geworden, weil er in seinem Garten mehrere tiefe Löcher gegraben und darin billige, polnische Spanplattensärge versenkt hatte. Die Polen, war er der Meinung, verstanden etwas vom Sterben. Für eine Stunde Probeliegen verrechnete er Irrsinnstarife und konnte sich trotzdem vor Kundschaft kaum retten, wobei die Gebühr sich noch vervielfachte, wenn der findige New-Age-Unternehmer mit seinem Rasentraktor auch noch zeitweilig eine Betonplatte über das Grab schob, was den Thrill für seine Kunden erhöhte. Nach dem klaustrophobischen Trip konnte man in der ausgebauten Garage des Todeserlebnisunternehmers Chakrameditation oder Auro-Soma-Therapie belegen, von Padahyanga und Thaimassage mit Bachblütenyoga ganz zu schweigen.

Ich dagegen würde meinem Tod keinen Schritt entgegenkommen. Dieser ganze asiatische Gleichmut, dachte ich, ist nichts für einen wie mich, ich will etwas spüren, ich will meinetwegen kotzen vor Angst, ich will nicht im Lot sein, schon gar nicht in der Stunde des allerletzten Kampfes, bevor sie mir halt in Gottes Namen die rostigen Flügel aufmontieren.

* * *

Ohne Orientierungsprobleme fand ich keine hundert Meter die Gasse hinunter die halb abgerissene Mietskaserne wieder, zu der ich dem Alten mit dem Prügel im Laufschritt gefolgt war. Wieder waren weder ein Baggerführer noch sonstige Arbeiter zu sehen. Der lächerliche Bauzaun hatte noch immer die nämliche Lücke, wo ihn Goritschnig niedergetreten hatte. Die Haustür stand einen Spalt offen. Ich hatte vor, die Wohnung des Mädchens zu durchsuchen, bevor der Rest des Hauses abgerissen wurde. Man konnte nie genug über seine Klienten wissen.

Der Gestank im Stiegenhaus war im Vergleich zu meinem ersten Besuch noch etwas schlimmer geworden. Jemand hatte versucht, die Müllschicht auf dem Boden anzuzünden, es roch nach Ruß, halb verbranntem Plastik, kaltem, schwefeligem Rauch und Bitterkeit.

Davon ließ sich allerdings die zwergenhafte, verhuschte Erscheinung mit den engelhaften, aschblonden Haaren, die einen schwarzen, völlig verdreckten Arbeitsmantel trug, nicht stören, mit einem veritablen Schraubenzieher stocherte der Typ im Schloss derjenigen Wohnung herum, in die mich Goritschnig geführt hatte und wo wir auf das Mädchen und ihren Dealer gestoßen waren wie eine führerlose Lok auf den Prellbock in einem Kopfbahnhof. Das Polizeisiegel kümmerte den konzentriert werkenden Einbrecher ebenso wenig wie meine Person. Die Leute in dieser Gegend hatten es schon längst aufgegeben, Einbrüche zu melden oder gar die Einbrecher zu vertreiben, die waren so apathisch wie sedierte Kühe auf dem Weg zur Schlachtbank.

»He!«, fuhr ich ihn an und trat näher.

»Regen Sie sich nicht auf, es kommt eh der Osama bin Laden. Der ist schon in Libyen, in der Nähe des Golfs von Cynisia, und von da ist es nur mehr ein Katzensprung bis zu uns. Sagen jedenfalls meine intuitiven Eier.«

Der verkommene kleine Kerl, der keine zwanzig Jahre alt

war und dem strengen Hautgout nach, den er verströmte, schon eine Zeit lang nicht geduscht hatte, blickte nicht einmal auf, sondern fuhrwerkte weiter in dem Schloss herum.

»Schon mal mit Suggestion versucht? Vielleicht kriegen Sie das Ding damit eher auf …«

»Sie sollten sich einen Terrorkeller und eine Gasmaske zulegen und endlich die Goschen halten, alter Mann!«

»Ihr Gehirn hat verdammt viel Ähnlichkeit mit Ground Zero, aber da kann ich Ihnen auch nicht helfen«, meinte ich und zog die Schrotflinte aus der Jacke.

Jetzt hatte der Bursche endlich begriffen, zeigte aber die völlig falsche Reaktion, indem er hektisch herumwirbelte und den Schraubenzieher wie einen Schaschlikspieß im ausgestreckten Arm brüllend auf mich zustürmte. Durch den halb verbrannten Müll am Boden hatte er aber schon beim ersten Ausfalls- und Antrittsschritt wenig Grip, was seinem leicht vorhersehbaren Stoß gegen mich viel an Wucht und vor allem an Schnelligkeit nahm. Ich ließ mir trotzdem mit dem Sidestep keine Zeit und schlug mit dem Lauf der Schrotflinte mit aller Wucht auf seinen Arm, der die Stichwaffe gegen mich führte. Ich hörte ein hässliches Knackgeräusch, das garantiert nicht von dem massiven, geschmiedeten Stahlrohr in meiner Schlaghand herrührte, und sah dann den schwarzen Ärmelstoff des Mantels im Unterarmbereich ausgesprochen unnatürlich vom Ellbogen beziehungsweise vom restlichen Arm wegstehen.

»Ich verstehe ja ehrlich gesagt nicht allzu viel von Nahkampftechnik, aber eines weiß sogar ich: Wenn man den Ausfall mit voll durchgestrecktem Ellbogen beginnt, bietet man eine schöne Angriffsfläche. Außerdem nimmt man sich damit selbst die Möglichkeit zur finalen Beschleunigung der Angriffsbewegung«, bemerkte ich und schlug ungerührt noch ein zweites Mal zu, in etwa auf das rechte Schlüsselbein des Angreifers. Diesmal war kein Krachen zu hören, nur ein Laut, wie wenn man mit der Faust ein Schweinskotelett klopfen würde. Der Bursche ließ den Schraubenzieher endlich fallen, ging in die Knie und begann augenblicklich loszuheulen.

»Den Mordversuch an mir nehme ich dir ja nicht sonderlich krumm, aber wenn du noch einmal versuchst, hinter diese Tür zu gelangen, breche ich dir auch noch den anderen Arm.«

Wahrscheinlich hatte der arme Kerl eine blutjunge, erstgebärende Mutter gehabt, die dann auch noch eine Stillpsychose entwickelt hatte. Nach der Geburt wurde er wohl gleich zu einer Großmutter abgeschoben, der Vater hatte sich schon in den ersten Monaten der Schwangerschaft vertschüsst. Die Mutter sah höchstwahrscheinlich nicht mehr sehr regelmäßig nach dem Baby. Sie verwirklichte sich zuerst in einer Reinigungsfirma und später in einem Geheimbordell, wo sie sich erfolgreich einer Fettleber entgegensoff. Als der Sohnemann eingeschult wurde, heiratete sie einen Marktfahrer und zog aus der Stadt weg. Das Ergebnis war ein hyperaktiver Legastheniker, aggressiv wie eine zugedröhnte Hornisse, der nach kaum einem halben Jahr Volksschule in die Sonderschule abgeschoben wurde. Mit knapp zehn vielleicht die ersten aufgebrochenen Zeitungskassen und Zigarettenautomaten, der erste Klebstoff geschnüffelt. Als zum ersten Mal die Fürsorge mit der Polizei in der Gemeindewohnung seiner Großmutter auftauchte, schlug ihn die überforderte, alte Frau mit einem hölzernen Kleiderbügel fast tot. Sie starb in demselben Jahr an der drückenden Augusthitze in ihrer billigen, überhitzten

Dachgarconniere. Danach fand niemand mehr einen echten, tieferen Zugang zu dem Buben, nicht die häufig wechselnden Pflegeeltern, nicht die gepflegten Damen vom Jugendamt, nicht die Sozialarbeiter und schon gar nicht die Polizeibeamten, die er immer öfter zu sehen bekam. Ein ganzes Potpourri diverser Drogen- und Eigentumsdelikte, mit fünfzehn die erste Jugendstrafe wegen eines Mopeddiebstahls. Mit siebzehn verletzte er eine Pflegemutter mit einem Küchenbeil schwer. Nach einem dreiviertel Jahr in einer Jugendstrafanstalt begann er auf der Straße zu leben, um schließlich vor dieser verdreckten, zerkratzen Wohnungstür zu landen, circa siebzig Kilogramm weißer Müll, der jetzt winselte wie ein Kleinkind mit hartnäckigen Blähungen. Ich kannte diese Lebensgeschichten, die alle so ähnlich abliefen oder doch wieder nicht, aber der Typ mit dem Schraubenzieher, der da noch immer vor mir kniete, sich den gebrochenen Unterarm hielt und flennte, tat mir nicht sonderlich leid. Und das erschreckte mich zutiefst.

In all den Jahren seines patscherten Lebens, dachte ich, das wohl von Anfang an unter keinem blendenden Stern gestanden hatte, war niemand zu diesem Kerl durchgedrungen. Nicht die paar, die ihn vielleicht geliebt hatten, nicht die vielen, die ihn abgelehnt oder gehasst hatten, weder seine Opfer noch die, die wie ich an ihm zu Tätern geworden waren, der Kern seiner Person würde niemandem mehr aufgetan werden.

»Geh ins Krankenhaus und lass dir den Bruch einrichten, sonst kannst du nie wieder irgendwo einbrechen. Jedenfalls, wenn du deinen rechten Arm dazu nötig hast. Von einem wie dir werden sie in der Notaufnahme auch kein Geld verlangen, das peckt die Sozialhilfe.«

Dann ging ich, retirierte aus dem Haus, weil ich die Flennerei einfach satt hatte. Ich bin nicht besser, dachte ich, als all der Abfall auf unseren Straßen.

* * *

Die Fensterfront des ehemaligen Beisls war von innen mit braunem Packpapier blickdicht abgedeckt. Auf den Fensterscheiben hatten Staub und Wind, Regen und Abgase seltsame Muster und Schlieren hinterlassen, die nur der Chaostheorie gehorchten und dem Langsamsten, aber Schrecklichsten der apokalyptischen Reiter, den die prosaischen Physiker schlicht und einfach Entropie nannten. Fast jeden Tag ging ich an dem aufgegebenen Lokal vorbei, das immer gleich trostlos aussah. Nur heute klebte auf der rissigen, braunen Eingangstür, die über und über mit verwitterten, ausgebleichten Graffiti übersät war, ein kanarigelber Zettel etwa von der Größe eines Collegeblockes:

Für MM heute geöffnet

Ich war ziellos durch meine Gasse flaniert, um dem Falotten Zeit zu geben, sich über die Häuser zu hauen. Ich wollte den Burschen weder auf eine Polizeiinspektion noch ins Krankenhaus begleiten, und beging die Unterlassungssünde leichten Herzens. Das Böse in uns, dachte ich, ist so monströs-normal wie eine von Antibiotika- und Hormonresten vergiftete Leberkässemmel.

Nun stieß ich die Beisltür vorsichtig mit der Schuhspitze an. Butterweich ging sie sofort einen Spalt auf. Beeindruckend, dachte ich, der hat wahrscheinlich sogar die Angeln geölt. Ich drückte die Tür weiter auf und nahm den Zettel ab. Dieses Tor in die Unterwelt war nur für mich gedacht, dabei sollte es bleiben. Es ging tatsächlich zwei, drei Stufen hinunter in eine Art Kellerlokal mit schmierigen dunkelgrünen Terrazzostufen voller Mäusekot, Glas- und Keramiksplitter. Das Licht von der Türe reichte nur drei, vier Meter weit in eine Art Schankraum, dahinter hätte das Ende der Welt oder sonst was sein können. Es roch wie im Inneren eines Altmännersockens. Mit meinen Nasenhaaren spürte ich in der Dunkelheit eine ganze Menge Flankerl und Fussel in der Atemluft, jemand hatte sich noch vor nicht allzu langer Zeit durch dieses gottverlassene Kellerlokal bewegt.

Goritschnig hockte auf einem Alu-Bierfass und trug noch immer seine weite, grünbraune Strickjacke. Um ihn herum verstreut lagen Sesselfragmente mit ein oder zwei Beinen, halbe Tischplatten, leere Flaschen, ein Barhocker ohne Sitzfläche, ein hölzernes Lautsprechergehäuse und zerbeulte Blechtöpfe, alles mit einer mindestens zentimeterdicken Staubschicht bedeckt. Es roch nach Asselkot und vertrockneten Gewürzen, nach Fremdheit und Verlassenheit. Das hier, erinnerte ich mich, war einmal ein Mazedonier-Beisl gewesen. Die Wirtsleute und wohl auch die meisten der ehemaligen Gäste hatte man auf den Balkan zurückgeschoben, der Rest war nach Deutschland oder Italien weiter. Ich konnte mich an so eine Art Cevapcici mit fein geschnittenem rotem Paprika erinnern, sehr scharf und sehr fett. Dazu mazedonischen Wein, der allerdings gewöhnungsbedürftig gewesen war, nicht annähernd zu vergleichen mit den bulgarischen Qualitäten. Die Frau oder die Tochter des Wirts hatte an der hiesigen Volkshochschule Kurse in alpenländischer Hinterglasmalerei belegt. An den Wänden, meine Augen gewöhnten sich zunehmend an das schlechte Licht, hingen offenbar noch ein paar ihrer Werke, die irgendjemand mit einem Hammer oder einem Bierkrug bearbeitet hatte. Am Boden lagen überall dick bemalte Glassplitter in den unwahrscheinlichsten Farben.

»Es war nicht gerade ein Mordsspaß, Ihretwegen ins Loch gesteckt zu werden! Sie haben mich da ganz schön hineingeritten! Was haben Sie sich eigentlich dabei gedacht?«, knurrte ich Goritschnig an.

»Ich habe jemanden mit ein bisschen Rückgrat gebraucht. Im Übrigen bin ich froh, dass Sie wieder heraußen sind. Das können Sie mir glauben!«, antwortete Goritschnig.

»Erzählen Sie mir jetzt, wer das Mädchen ist?«, fragte ich.

»Hoffentlich werde ich, wenn es einmal so weit ist, von ihr begraben werden. Jedenfalls wünsche ich mir das. Meine anderen Verwandten sind tot oder wollen schon seit Langem nichts mehr mit mir zu tun haben.«

»Tut mir leid«, antwortete ich, »Verwandte sind Glückssache.«

»Vor drei Monaten etwa bin ich aus dem Weinviertel heruntergekommen und habe sie in diesem Zustand vorgefunden. Was ich alles unternommen habe, um sie von dem Dreckszeug wegzubekommen! Geplagt habe ich mich wie in all den Jahrzehnten in der Kiesgrube nicht! Aber sie hat jede Form von Therapie abgelehnt.«

»Das Gift war halt stärker.«

»Da habe ich mir gesagt: Dieser Lucky muss weg! Ich habe begonnen, ihn zu beobachten, ihn zu bedrohen und seine Geschäfte in der einen oder anderen Weise zu stören, aber letztlich hat das alles nichts geholfen.«

»Oberleutnant Gabloner wird Sie jagen«, meinte ich.

»Ja mei …«

In dieser lapidaren Geringschätzung einer konkreten Bedrohung, die andere in helle Panik und Aufregung versetzt hätte, lag die ganze Größe dieses seltsamen Gnomes, von dem wohl nicht nur ich nicht sagen konnte, ob er ein Verbrecher oder ein Heiliger war.

Goritschnig sagte eine Weile nichts mehr und schien in sich selbst hineinzuhorchen.

»Woher wissen Sie eigentlich, dass ich Sie nicht verraten habe und dass draußen vor diesem Loch nicht schon längst die halbe Alarmabteilung Position bezogen hat?«, brach ich das Schweigen.

»Haben Sie den Zettel abgezogen und eingesteckt?«, fragte Goritschnig.

»Ja.«

»Zeigen Sie mir zuerst den Wisch, dann können wir weiterreden.«

Ich kramte in meiner Hosentasche und zauberte schließlich das gelbe, zerknüllte Zettelwerk hervor.

»Sehen Sie, Miert, das ist für mich der Beweis, dass Sie mich nicht verraten haben.«

Pars pro toto, dachte ich, riskant, aber faszinierend. Außerdem entging dem so schnell nichts.

»Gabloner wird trotzdem nichts unversucht lassen ...«

»Hier in diesem Grätzel, in dieser Unterwelt des Niedergangs und des Zerfalls wird mich so einer wie der niemals kriegen, außer durch einen dummen Zufall oder eben durch Verrat.«

»Was wollen Sie jetzt tun?««

»Ich werde der Hierarchie der Verteilerorganisation nach oben folgen und Sie werden sich im Krankenhaus um meine Großnichte kümmern.«

»Ich?«

»Hier ist eine Vollmacht, notariell beglaubigt, und noch

einmal zweitausend Euro in Hundertern. Sie sind jetzt in meiner Stellvertretung der Vormund meiner Großnichte Jennifer Tisch, die außer mir keine anderen lebenden oder wohlmeinenden Verwandten mehr hat. Sie ist gerade mal achtzehn und braucht Sie, das können Sie mir glauben, sonst wird sie keine Weihnachten mehr erleben, vielleicht nicht einmal die nächsten Ostern. Es ist schlimm, wenn die Alten leben und die Jungen sterben.«

»Was ist mit den Eltern des Mädchens?«

»Es hat eigentlich immer nur eine Mutter gegeben. Eine echte Tisch, ein Gfrast sondergleichen. Die hat jahrelang von Versandhausbetrug gelebt, vom Heimarbeitsschmäh und davon, dass sie mit gestohlenen oder gefälschten Führerscheinen Gehaltskonten eröffnet und überzogen hat.«

»Was ist der Heimarbeitsschmäh, wenn ich fragen darf?«

»Ganz einfach: Man gibt Annoncen auf, in denen man sagenhaft gut bezahlte Heimarbeit anbietet, und das erste schwere Paket mit Arbeitsmaterialien, das im Übrigen nur ein paar Kugelschreiberteile und Ziegelsteine enthält, lässt man sich per Nachnahme teuer bezahlen.«

»Was ist mit Madame Tisch jetzt?«

»Vor einem Jahr etwa ist ihr hier der Boden doch zu heiß geworden. Angeblich ist sie jetzt in Südafrika und haut dort die Leute mit ihren Primitivschmähs ums Ohr. Möglicherweise verfault sie aber auch in einem thailändischen Kotter wegen irgendeiner Drogengeschichte.«

»Warum hat sie ihre Tochter nicht mitgenommen?«

»Die Kleine war ihr, glaube ich, von Geburt an nur eine Last. Das Kind ist bei einer Großmutter, bei diversen Pflegeeltern und in den Wartezimmern des Jugendamtes und der Sozialhilfe aufgewachsen.«

»Was ist mit dem Vater? Das wird ja keine Jungfernzeugung gewesen sein?«

»Der hat sich gleich nach der Geburt nach Schweden abgesetzt und ward nie mehr gesehen.«

»Wieso waren Sie sich gestern schon so sicher, Goritschnig, dass ich solch einen Auftrag annehmen werde?«

»Ich habe davor mit einem ganzen Haufen Leuten gesprochen, die mindestens einmal mit Ihnen zu tun hatten.«

»Und haben mich trotzdem engagiert?«, wunderte ich mich.

»Es waren nicht alle gut auf Sie zu sprechen, das schon, aber andererseits waren sich alle, mit denen ich geredet habe, darin einig, dass Sie ein ausgesprochen sturer Hund sind und dass in ganz Harland nur Sie solche Aufträge annehmen und vor allem auch wirklich ausführen!«

Zweifelhafte Komplimente, dachte ich, und wenn ich eine Wahl und mehr Zeit zum Überlegen gehabt hätte, hätte ich den Auftrag inklusive Gefängnisaufenthalt sowieso nicht angenommen. So blöd war schließlich nicht einmal ich.

»Von wo aus hatten Sie übrigens heute in aller Herrgottsfrüh bereits die Bundespolizeidirektion im Visier?«, fragte ich.

Immerhin hatte Goritschnig offensichtlich bestens Bescheid darüber gewusst, dass ich wieder draußen war.

»Das ist leicht, wenn man mit einem Stück Draht umgehen kann. Schräg gegenüber ist ja diese geschotterte Brachfläche mit den Mietparkplätzen für die Pendler. Da stehen auch immer ein paar Autos über Nacht, weil die Herrschaften manchmal in Wien übernachten müssen. Man darf sich nur kein allzu neues Modell aussuchen, diese elektronischen Anlagen sind oft ausgesprochen lästig.«

»Wenn Sie dem Verteilerkreis folgen, passen Sie bloß auf, dass die Ukrainer Sie nicht irgendwo lebendig oder tot einmauern, Goritschnig! Immerhin gehen Sie gegen eine größere Organisation vor, die nicht nur im Drogenhandel, sondern auch im Rotlichtmilieu und weiß Gott wo noch dick da ist. Sie werden gegen eine ganze Menge Geld und eine ganze Menge von Leuten anrennen«, hatte ich eine meiner unangenehmen Ahnungen.

»Ich werde den Lieferanteneingang nehmen. Sie sollten wieder nach vorne raus. Ich melde mich«, sagte Goritschnig darauf nur, stand von seinem Fass auf und war mit ein paar kurzen Schritten in der dunklen, staubigen Tiefe des devastierten Lokals verschwunden. Ein paar Sekunden später hörte ich ein Geräusch, wie wenn ein Vorhängeschloss aufgesprungen wäre.

Wieso mache ich da eigentlich mit, dachte ich. Es war ja nicht nur, dass der Kerl weit besser zahlte als Diogenes.

* * *

Madame Sybillas Melange für mich wurde diesmal sogar von echtem Kaffeeobers gekrönt. Ist wahrscheinlich von heute Nacht übrig geblieben, dachte ich, Igor der Schreckliche, oder wie der weißblonde Typ auch immer hieß, wird gestern wohl zu viel davon eingekauft haben, und das Zeug hält sich ja nicht. Manche Freier brauchten nach all dem Suff und der besinnungslosen Fickerei eben einen Kaffee im »Miramar«, und selbst der primitivste Haberer hatte da bestimmte Qualitätsansprüche, schließlich waren wir hier in Ostösterreich, von all der Kultur der vergangenen Jahrhunderte war immerhin noch ein bisschen Kaffeekultur übrig geblieben. Sorgfältig streute die kaum eineinhalb Meter kleine, vielleicht sechzigjährige Generalmanagerin dieser elenden Bumsbude mit einem anscheinend silbernen Löffelchen noch etwas Kakao über das hohe, fettig glänzende Obershäubchen im für mich reservierten Opahäferl. Sie schien sich ein wenig zu freuen, mich zu sehen, oder sie war eine burgtheaterreife Schauspielerin, die Elisabeth Orth jederzeit locker an die Wand spielen würde. Bei älteren Frauen hatte ich eigentlich immer schon sagenhaft hohe Beliebtheitswerte erreicht, dachte ich, nur bei der holden Weiblichkeit jüngerer Geburtsjahre lief es derzeit gar nicht gut.

»Danke«, bedankte ich mich brummend für die Kakaospende.

Ich war an diesem späten Vormittag nicht sehr gesprächig, dafür aber ordentlich nervös. Es war einfach etwas völlig anderes gewesen, mit Madame Sybilla aus lauter Langeweile den einen oder anderen Vormittag entspannt zu verplaudern, als nun darauf aus sein zu müssen, diese erfahrene Puffmutter nach allen Regeln der Kunst auszuhorchen und das Erspitzelte an Oberleutnant Gabloner weiterzugeben.

»Ich habe in dieser Branche echt zu viel mit Männern zu tun – das vergiftet meinen Geist. Anwesende natürlich ausgenommen«, meinte Madame Sybilla, wobei ihr undefinierbarer Akzent heute stärker herauszuhören war.

»Glauben Sie mir, ich habe in meiner Branche mit Menschen zu tun, was auch nicht immer das reinste Vergnügen ist.«

Madame Sybilla trug eine violette, elegant und knapp geschnittene Glitzerbluse und ihre alte, rosa Haustrainingshose. Dazu hatte sie ihre berühmten grünen Turnschuhe kombiniert, die ebenfalls sehr alt und sehr rumänisch aussahen.

Zum Glück musste ich nicht viel mehr reden, denn Madame Sybilla begann von einer bevorstehenden Zahnbehandlung zu erzählen und seltsamerweise von diversen kulinarischen Erfahrungen, die sie offenbar hierzulande gemacht hatte, zum Beispiel von ihrer ausgeprägten Abneigung gegen Saumeisen.

»Schmecken ja«, meinte sie, »wie Frolic für Menschen.«

Mit Speckkraut und Kümmelerdäpfel, dachte ich, aber gar nicht so schlecht – andererseits mag ich auf den Tod auch keine Paradeissauce, und ob ich auf ukrainischen Borschtsch nicht allergisch reagieren würde, weiß ich nicht.

Übergangslos sprang sie auf das Thema der Blitzebuben, welche die ohnehin schon unsichere Gegend noch unsicherer machten, und deutete so etwas wie eine bevorstehende, kleine Säuberungsaktion an, wenn auch sehr indirekt. Die haben sich erst mal eingerichtet und konsolidiert, dachte ich, jetzt wollen sie offenbar das Viertel komplett übernehmen und hier allein das Sagen haben. Auf jeden Fall mein erster Zund für Gabloner, ein möglicherweise bevorstehender Bandenkrieg mitten in Harland – damit konnte er sich bis hinauf ins Ministerium wichtig machen.

»Was ist mit Ihrem Satanistenpärchen von Zimmer 34? Schon abgereist?«, fragte ich.

»Die schlafen wahrscheinlich ihren Rausch aus. Seit heute Nacht ist es ruhig da oben.«

»Haben Sie noch einmal nachgeschaut?«

»Ich habe Heza gestern hochgeschickt, um das Zimmer mal zu reinigen. Die sind ja in zwei Tagen nicht ein einziges Mal rausgekommen. Sie war nach ein paar Minuten mit hochrotem Kopf wieder da. Lauter Sauereien haben sie ihr durch die Zimmertür gesagt.«

»Kenne ich zur Genüge«, murmelte ich.

»Noch einen Kaffee?«, fragte Madame Sybilla

»Wenn Sie mich am Leben erhalten wollen …«, antwortete ich und gab ihr mein leeres Häferl.

»Unbedingt, denn was würde ich beispielsweise heute ohne Sie machen, wo doch in dem Luster in der Lobby zwei Glühlampen ausgefallen sind.«

»Wo ist die Leiter?«, fragte ich nur.

Hoffentlich fällt ihr nicht auf, dachte ich, dass ich mich gegen diesen neuen Kaffeedienst nicht wie üblich wenigstens ansatzweise rhetorisch gewehrt habe.

* * *

Auf der Leiter hatte ich durch die hohe, verglaste Front der Lobby einen guten Blick auf die Gasse vor dem »Miramar«. Außer ein paar Nylonsackerl und Zeitungsfetzen, die ein geruhsamer Wind lustlos über den buckeligen, an vielen Stellen aufgeplatzten Asphalt trieb, war aber nicht viel zu sehen. Madame Sybilla beobachtete mich Kaffee schlürfend, wie ich die alten Glühlampen heraus- und die neuen hineindrehte, und in dem Kammerl hinter der Rezeption – das sah ich erst jetzt von meinem erhöhten Standpunkt aus – schlief sich der weißblonde Ukrainer auf einer schmalen, schwarzen Ledercouch die letzte Nacht aus dem harten Gesicht.

Im Gestänge dieses neobarocken Leuchtungetüms, dachte ich, könnte man ganz gut eine Wanze anbringen. Ich begann mich überhaupt langsam zu fragen, warum mich Gabloner mit keinerlei technischem Überwachungsequipment ausgestattet hatte. Die ebenso beunruhigende wie überraschende Antwort auf diese Frage kündigte sich mit einem

Mal akustisch an – mehrere Martinshörner, die sich dem »Miramar« zu nähern schienen. Ich blickte nervös zu Madame Sybilla, die hörte aber offenbar nicht allzu gut, war die Ruhe selbst, schlürfte weiter ihren Kaffee, und hatte offenbar Spaß daran, jemand anderem bei der Arbeit zuzuschauen. Dann aber ging es Schlag auf Schlag. Ein blaulichtblitzender Konvoi aus fünf oder sechs Polizeifahrzeugen und einem Notarztwagen kam direkt vor dem »Miramar« stilgerecht mit quietschenden und rauchenden Reifen zum Stillstand. Entweder, dachte ich verstört, ist hier auf einmal der Bürgerkrieg ausgebrochen oder Gabloner zelebriert ausgerechnet jetzt eine seiner legendären Razzien, besser gesagt einen seiner bewaffneten Überfälle. Beides hätte ich ganz gern verpasst, aber ich stand nun mal mittendrin auf einer zweieinhalb Meter hohen Klappleiter wie ein völlig fassungsloser, übergewichtiger Riesenflamingo.

Mit einem Mal wurde mir auch klar, dass Gabloner in Wirklichkeit gar keinen Spitzel im »Miramar« mehr brauchte, schon gar nicht mich, seinen langjährigen Widersacher und erklärten Lieblingsfeind. Höchstwahrscheinlich hatte er das Puff bereits wochen- oder monatelang observieren lassen und wusste mittlerweile über alle Vorgänge bestens Bescheid. Mit dem vermeintlichen Spitzeldienst, zu dem er mich gezwungen hatte, wollte er mich wohl nur in diese Razzia hineinreiten. Und ich Vollkoffer hatte wieder einmal nichts kapiert.

Der Erste, der aus einem polizeiweißen Kastenwagen seine Füße auf den Boden bekam, war Klempert, die lokale Nachrichtenhyäne mit besten Verbindungen zum Stadtpolizeikommando, ein Mann, der ohne zu zögern in jeden Haufen Dung griff, wenn er nur ganz frisch vor sich hin dampfte.

Über seinen sicherlich sauteuren Mailänder Nadelstreifanzug hatte er eine Bundesheer-Splitterschutzweste geworfen, die aufwendige Föhnfrisur war perfekt onduliert. Für einen älteren Quartalssäufer, dachte ich, ist der aber ganz schön sportiv aus dem Wagen gesprungen.

Hinter dem stylischen Pressemann ergoss sich eine halbe Hundertschaft an Kieberern in Uniform und Zivil aus den Autos auf die schmale Gasse. Wie ein Schwarm aufgeregter Jungkrähen harrten sie vor den Fahrzeugen nur mehr einer Aktion des Alphavogels, die ihnen die Richtung weisen würde. Und auf diesen Altspatz brauchten sie nicht lange zu warten, denn ich hatte unter ihnen das hochrote Gesicht von Oberleutnant Gabloner entdeckt, der solche Attacken tiefinnerlich liebte wie die Madonna ihr göttliches Kind. Mit gezogener Dienstpistole stürmte er auch schon wie ein wütender, leicht arthritischer Grizzly den Haupteingang des »Miramar«, eine sperrangelweit geöffnete, hohe Glastüre, während zwei Untergebene von ihm, Kriminalbeamte in Zivil, die an den Türstock links und rechts anschließenden großen Glasflächen mit zwei schweren Schlägeln einzuschlagen begannen, ein bisschen Lärm und Terror konnten nie schaden bei solchen Aktionen. Unmengen von Glassplittern spritzten krachend und grammelnd in alle Richtungen wie bei einem Bombenangriff auf die Swarovski-Fabrik. Mitten durch das Inferno kofferten dem alten Oberleutnant hinterdrein zwei junge uniformierte Beamte der Alarmabteilung mit Stahlhelmen und Sturmgewehren im Anschlag. Als auf die germanische Völkerwanderung spezialisierter Historiker hätte man diese Angriffsformation besoffenes Wildschwein mit jungen Ebern nennen können. Die ganze martialische Inszenierung war vor allem für die zwei Pressefotografen und das Team des lokalen Fernsehsenders gedacht, die sich Gabloner ebenso mitgebracht hatte wie diesen Klempert. Die versammelte Journaille stand bereits konzentriert und schussbereit neben dem Portal, als Gabloner seinen Sturmlauf begann. Sie blitzten und filmten dem alten Oberleutnant und seiner Rückendeckung begeistert in die Visagen. Was danach folgte, war der weit lustlosere Tross, bestehend aus Gabloners athletischem Stellvertreter Sladek und drei, vier uniformierten Sicherheitswachebeamten, von denen einer ein Sturmgewehr mit langem Stangenmagazin im Anschlag hatte. Hoffentlich sind die Waffen gesichert, dachte ich wie versteinert auf meiner dämlichen Leiter, sonst passiert hier noch ein Unglück. Als taktische Reserve hatte sich Gabloner noch zwei Hundeführer mit Dienstschäfern und einen Mannschaftstransportwagen voller aufgeregter, schwer bewaffneter Polizeischüler mitgebracht, alles in allem hätte man damit nicht nur ein Provinzpuff, sondern wahrscheinlich auch Osama bin Ladens Versteck stürmen können. Eine gewisse Verve, dachte ich, konnte man Gabloners Razzien nicht absprechen. Jetzt ging es nur mehr darum, wie viele Leute, mich eingeschlossen, er verprügeln und verletzten würde. Die Launen der Engel, der guten wie der bösen, waren unabsehbar.

* * *

Als Erstes traf die stürmende Armada in der Lobby dummerweise auf mich. Ich hatte damit gerechnet, dass Gabloner die Leiter einfach umtreten und mir, wenn ich mit dem einen oder anderen Knochenbruch am Boden läge, auf den Bauch oder den Brustkorb springen würde. Die anschließende Verhaftung durch seinen Tross würde dagegen eine Erlösung sein. Ich hätte es ihm auch zugetraut, dass er mich einfach von der Leiter herunterschoss wie einen komischen, flugunfähigen Riesenvogel. Widerstand gegen die Staatsgewalt war ja schnell konstruiert. Dazu reichte die Kartonverpackung der Glühlampen in meiner Hand völlig aus, die man zum gefährlichen Wurfgeschoss oder zur potenziell tödlichen Bombe hochstilisieren konnte. Zu meiner völligen Verblüffung, ja Verstörung, hielt Gabloner bei der Leiter aber nur kurz an und bemerkte laut und vernehmlich: »Danke für den Tipp, Miert!« Dann hastete die wilde Jagd unter seiner Führung weiter und stürzte sich wohl auf Madame Sybilla und den weißblonden Ukrainer. Ich bemühte mich jedenfalls krampfhaft, nur auf die Gasse zu schauen, wo die zurückgebliebenen Schäferhunde frustriert jaulten. In meinem Rücken hörte ich Schreie, Kommandos, dumpfe und krachende Geräusche, Wimmern und sogar einen Schuss.

Als es nach ein paar Sekunden wieder ruhig geworden war, stieg ich hastig von der Leiter, sprang schnell über den Scherbenhaufen und hatte auch schon das Freie gewonnen. Wie Orpheus bemühte ich mich noch immer krampfhaft, mich nicht umzublicken. Draußen auf der Gasse starrten mich die Polizeischüler und die beiden Hundeführer an wie eine Marienerscheinung, aber immerhin schoss mich keiner über den Haufen oder legte mich in Ketten. Die sagten nicht einmal etwas, nur die Schäferhunde verbellten mich verbittert.

Gabloner, dachte ich, hatte mich nach allen Regeln der Kunst verbrannt. Indem er mich öffentlich als Spitzel und Zundgeber brandmarkte, hatte er mich quasi zum Abschuss freigegeben. Wenn von den Ukrainern am Ende dieses Tages noch jemand übrig bleiben sollte, was bei einer solch verzweigten Organisation mehr als wahrscheinlich war, dann war mein Leben keinen Nasenrammel mehr wert.

* * *

Ein ordentlicher Rummel, Feuer und Verkehrsunfälle, Festnahmen und Schlägereien hatten auf die Harlander eine ungeheure Anziehungskraft. Was gab es schließlich Schöneres als das Unglück anderer Leute? Außerdem musste man dafür nicht einmal TV- und Rundfunkgebühr bezahlen. Auch eine Razzia war allemal noch interessanter als Fernsehen, selbst wenn man eine Satellitenschüssel hatte und 132 Programme. Dachte sich jedenfalls die Mehrheit der Bewohner meines Grätzels und strömte zuhauf zu dem Spektakel vor dem »Miramar«. Bald waren die Polizeifahrzeuge und die Rettung von einer erwartungsvollen und aufgeregt diskutierenden Menschentraube eingeschlossen und die Polizeischüler und die beiden Hundeführer durften sich wichtig vorkommen, indem sie die Menge erfolgreich daran hinderten, nach Gabloners Trupp ebenfalls das Bordell zu stürmen. Von schlecht ertragener Armut und würdelosem Alter, von grünem Veltliner, Inländer-Rum und noch Schlimmerem gezeichnete, verwahrloste Gestalten mit aufgeschwemmten oder strohdürren Gesichtern, selbst geschnittenen Frisuren und Kleidern von der Caritas, die vor den Polizeischülern im Kordon einsatztaktische Ezzes zum Besten gaben, als wären sie selbst der Polizeidirektor oder gar der Innenminister. Daheim hatten sie nicht einmal ein Badezimmer, aber hier ihre Show. Dazwischen immer wieder Grüppchen von zugedröhnten, jugendlichen Straßenpunks mit abenteuerlichen Ziegenbärten und Militaryhosen, die lustvollerweise kleinere Rempeleien mit den Polizeischülern anfingen. Auf den Handrücken hatten die meisten von ihnen Bündel von Blitzen eintätowiert, offenbar eine Art selbst gewählter Uniformierung. Ich war erstaunt, dass es so viele dieser Irrealos, dieser begabten nächtlichen Ruhestörer in unserem Viertel gab.

Zuerst brachte Gabloners Kommando den weißblonden Henker in Handschellen aus dem Gebäude. Er blutete heftig aus einer großflächigen Wunde auf der linken Wange. Der absurde, weiße John-Travolta-Anzug, in dem er steckte wie eine Spargelstange in einem Strohhalm, sah dementsprechend aus. Außerdem hinkte er jämmerlich, konnte offenbar den rechten Fuß kaum mehr belasten. Zwei Polisten hielten ihn beiderseits an den Schultern, halb trugen sie ihn, halb schliffen sie ihn über den Asphalt. Die Rettungssanitäter rührten sich nicht, standen weiterhin an das Heck ihres Notarztwagens gelehnt und rauchten Zigaretten. Bevor sie den Ukrainer im Arrestantenwagen verstauten, drückte ihm einer der Beamten ein Papiertaschentuch auf die blutende Backe. Das Publikum quittierte den Zustand des Gefangenen mit anerkennenden Rufen und Applaus. Offenbar waren nicht allzu viele Kunden des »Miramar« gekommen, um zu sehen, wie ihr Stammpuff auseinandergenommen wurde.

Dann schleppten sie einen vielleicht ohnmächtigen, vielleicht aber auch toten Kerl mit dichtem, schwarzem Haupthaar und Vollbart heraus. Er trug Diskontstiefeletten, schwarze Schlabberjeans, einen fadenscheinigen, türkisen Rollkragenpulli und eine gefütterte dunkelblaue Jacke mit Kunstfellkragen. Ich hatte ihn im »Miramar« noch nie gesehen. Beim Publikum fand der zweite Gefangene weit weniger Anklang, da er sich nicht bewegte und auch nicht merkbar blutete.

Schließlich wurde auch Madame Sybilla in Handschellen aus dem Gebäude geführt. Sie hatte einen hochroten, hypertonischen Kopf und ihr ansonsten streng toupierter Blondschopf war ordentlich zerzaust. Im Übrigen schien sie aber unverletzt zu sein, nur der rechte Ärmel ihrer violetten Glitzerbluse war ihr in Achselhöhe abgerissen worden. Der Auftritt dieser Gefangenen wurde vom p.t. Publikum dankbar mit Gelächter quittiert. Besonders die adipösen Vetteln aus den verschimmelten Zimmer-Küche-Wohnungen, deren Zins das Sozialamt bezahlte, taten sich hysterisch hervor, das üppige und schadenfrohe Lachen transformierte sich in ihren fetten, lautstarken Gurgeln zu seltsamen Lauten, die gewissen Bordell- oder Lokusgeräuschen nicht unähnlich waren, um es einmal sehr, sehr vornehm auszudrücken.

Als Nächstes begann es im Funkgerät eines Notfallsanitäters zu krachen und zu grammeln. Die Dunant'sche Raucherrunde dämpfte unwillig die Tschick aus und stürzte mit zwei Tragbahren ins »Miramar«. Das Publikum harrte voll sichtlicher Vorfreude der kommenden Ereignisse.

Auch ich hatte mich entschlossen, in der Nähe des Arrestantenwagens stehen zu bleiben und den Razzia-Adabei und Zores-Kiebitz zu mimen. Schließlich konnte für mich jedes Futzelchen Information über die »Miramar«-Leute im wahrsten Sinne des Wortes lebenswichtig sein, vor allem jetzt, nachdem Gabloner mich so wunderbar gelegt und hingehängt hatte.

* * *

Dass das Kamerateam, die beiden Pressefotografen und Klempert mit seiner zünftigen Splitterschutzweste wieder auf der Gasse auftauchten und vor dem Eingang des »Miramar« mit

Blick auf diesen Aufstellung nahmen, wurde vom Großteil des Publikums als günstiges Omen dafür genommen, dass mit weiteren spannenden Ereignissen in Kürze zu rechnen war. Die Entscheidung, das Nachmittagsprogramm auf den diversen Fernsehkanälen für heute sausen zu lassen, schien sich schon jetzt als goldrichtig zu erweisen. Der Schauwert eines geschlagenen, blutenden Menschen, dachte ich, ist hoch, diese trüben Tassen hier geilt das richtig auf. Fehlt nicht mehr viel und die nehmen an der Razzia außer Konkurrenz teil, um noch mehr Blut zu sehen. Einzeln würden die sich vor einem meiner Hausschuhe fürchten, im Rudel konnten sie aber sicherlich ganz schön unangenehm werden.

Aus der Sicht des Publikums waren natürlich die beiden mit Tüchern und Teppichen verhängten Tragbahren, die eben jetzt aus dem »Miramar« geschleppt wurden, der bisherige absolute Höhepunkt. Die Sanitäter waren sich ihres Startums für fünf Minuten bewusst und agierten wie Sargträger beim Begräbnis eines Staatspräsidenten. Die Polizeischüler mühten sich redlich, so etwas wie einen konzertierten Angriff der Punks auf die vordere Bahre abzuwehren, wobei die Menge eher aufseiten der Angreifer zu stehen schien, da jeder gerne die beiden Toten näher in Augenschein genommen hätte. Ich allein ahnte, dass es sich dabei um Dr. Seltsam und seinen Ödipuskomplex handelte.

Einer der Punks schubste entschlossen und ruppig zwei Polizeischüler beiseite und stellte dem vordersten Sanitäter geschickt ein Bein. Blitzartig hatten die beiden düpierten Polizeischüler ihre Knüppel gezogen und prügelten damit derart heftig und erbittert auf den Punk ein, dass ich ehrlich gesagt einen dritten Toten befürchtete. Wie in einer Art schräger Slapstick-Zeitlupe kippte die eine Bahre nach dem unvermeidlichen Sturz des Trägers um, wobei die verhüllte Leiche seitlich herunterkollerte und einen Zuschauer halb unter sich begrub. Haupt und Oberkörper des Leichnams gingen der bedeckenden Tücher verlustig. Kreischend wie ein kehlkopfkrankes Känguru arbeitete sich der Zuschauer hektisch unter der Leiche hervor. Gleichzeitig drängelte die Menge gierig nach vorne, um den Anblick eines entblößten Leichnams ja nicht zu verpassen.

Dass es sich bei der geschundenen Leiche möglicherweise um die schlampige Blondine aus Zimmer 34 handelte, wäre selbst für ihre Mutter nur mehr an der Haarfarbe zu erkennen gewesen. Gesicht und Brust der Toten waren mit Dutzenden schlimmen Stich- und Schnittwunden übersät. Der Oberkörper war nur mehr eine einzige verschorfte Verletzung, ein Brocken rötlich-schwarzen Fleisches, ein Torso der Schmerzen. Außerdem hatte man ihr sämtliche Fingernägel gezogen oder blutig geschlagen. Ich hatte schon ziemlich viel gesehen in meinem Leben, aber manchmal wurde es mir trotzdem zu viel. Ich fühlte eine gelbsaure Übelkeit meine Speiseröhre hochsteigen und hatte gleichzeitig das Gefühl, als würde eine große, kratzige Kugel aus Tierhaaren meinen Schlund verstopfen. Ich beugte mich nach vor, stützte meine Hände auf die Knie und keuchte wie ein Achthundert-Meter-Läufer nach Absolvierung seiner beiden Runden. Als mir der Mageninhalt dann doch schwallartig hochkam, ging ein Teil auf die Schuhe meines Vordermannes, eines Blitzebuben, der allerdings so stoned war, dass er davon nichts bemerkte.

Herrgott, dachte ich, was für ein Job.

* * *

Plötzlich drängte sich Klempert durch die Menge auf mich zu, arrogant wie eine königlich-indische Klapperschlange und mindestens so gefährlich. Wir beide kannten uns nur vom Wegsehen, aber Klempert geriet wohl jedes Mal in Versuchung, mich aufs Kreuz zu legen, wenn er mich irgendwo zu Gesicht bekam. Mein Magen fühlte sich an, wie wenn ich einen Cocktail aus englischem Rotwein, DDR-Kaffee und rumänischem Spülmittel getrunken hätte. Immerhin hatte ich mich wieder aufgerichtet und stand jetzt wie ein beschädigter Telegrafenmast in der Gegend herum.

»Mann, Miert, was für ein Rambazamba!«, jauchzte Klempert fröhlich wie ein bösartiger Zehnjähriger, der gerade lustvoll-dumpf überzählige Katzenbabys in einem Kübel mit Essigwasser ertränkte.

»Mir ist es schon mal besser gegangen, aber immerhin schön für Sie, dass es Tote gegeben hat. Hat sich ja voll gelohnt, extra die Kampfjacke übergeworfen zu haben!«, lachte ich ihn aus.

Lachen ist immer offensiv, dachte ich, die in Masada haben nicht mehr lachen können. Ein Wunder allerdings, dass auch mir das Lachen nicht schon längst vergangen war.

»Seien Sie nicht schon wieder so verdammt zynisch! Ich vertrete hier schließlich nur die Öffentlichkeit, die ein Recht darauf hat, umfassend informiert zu werden!«

»Sparen Sie sich solche großartigen Weisheiten lieber für einen Vortrag bei den Kiwanis.«

»Wie tief stecken Sie eigentlich drin, Miert? Als Profi werden Sie doch das eine oder andere beobachtet und als braver Staatsbürger sicherlich auch gemeldet haben. Auf jeden Fall war der Dank des Einsatzleiters Ihnen gegenüber ganz schön bezeichnend!«, grinste Klempert.

»Wie tief stecken Sie eigentlich da drin? Wenn Sie keinen Deal mit Gabloner haben, will ich in Zukunft Detlev heißen!«, konterte ich.

»Irgendwie symptomatisch ist auch, mein lieber Detlev, dass Sie als Einziger aller im ›Miramar‹ Anwesenden nicht verhaftet worden sind«, bemerkte Klempert süffisant.

»Das Ganze ist doch eine von Gabloner und Ihnen abgekartete Sache, um mich endgültig zu vernichten! Aber eines sage ich Ihnen, wenn Sie mich mit Ihrem elenden Geschreibsel in irgendeinen Zusammenhang mit dieser Aktion hier bringen!!«, fauchte ich, fasste Klempert mit der Linken am Kragen seines sündteuren Sakkos und zog ihn langsam zu mir – genau auf die Mündung der abgesägten Schrotflinte zu, die ich mit der Rechten gleichzeitig gezogen hatte. Offenbar war mein Tagesquantum an Brutalität, dachte ich, noch nicht erfüllt. Klempert blieb ruhig wie ein Kaninchen, das noch nicht erfasst hatte, dass es eben geschlachtet werden sollte. Sein Haargel roch ekelerregend nach Trüffel, Menthol und tagealtem Schweiß. Meine Zu- und Abneigungen, dachte ich, sind meistens olfaktorisch geprägt, ich bin selbst in meiner Arbeit genauso wenig objektiv wie ein verkommener Juror bei einer lausigen Misswahl, der mit der dritten Favoritin schläft. Ein jugendlicher Punk neben uns beobachtete die hässliche kleine Szene aus den Augenwinkeln und nickte anerkennend.

»Bevor mich die Ukrainer dank Gabloner in kleine Stücke schneiden, schieße ich Ihnen noch ein paar hundert Schrotkügelchen in sämtliche Körperteile, die von dieser dämlichen Weste nicht geschützt werden! Haben Sie mich verstanden, Klempert?«, flüsterte ich und ließ ihn aus meinem Griff. Gleichzeitig verstaute ich die Waffe wieder in der Jackeninnentasche.

»Wieso soll das nicht klar sein? Sie reden ja Deutsch«, antwortete Klempert leichthin.

»Ihre Nerven möchte ich haben«, sagte ich und trat einen Schritt zurück, um den Schmock nicht mehr in der Nase zu haben.

»Ein paar Monate in einer Lokalredaktion, Miert, und es bringt Sie so schnell nichts mehr aus der Fassung.«

»Danke für den Tipp, Klempert, aber ich werde es damit doch lieber nicht probieren. Ein unmöglicher Job reicht mir.«

»Gute Informanten können wir immer brauchen, Miert. Überlegen Sie es sich.«

»Jetzt übertreiben Sie es nicht, Klempert.«

»Was rede ich überhaupt noch mit Ihnen, Sie Teschek, wenn Sie auf all den Ruhm verzichten«, meinte Klempert und tauchte in der Menge ab.

Neben mir krähte ein dünnes Männchen mit einem Haarschopf wie Beethoven in der Endphase laut auf, weil sich die Fahrzeugkolonne des Gabloner'schen Rollkommandos langsam in Bewegung zu setzen begann.

* * *

Das schreiend rote Schurwollsakko und auch die Anglerjacke im Militarylook waren eine echte Überraschung. Dass ich für so etwas irgendwann einmal Geld ausgegeben hatte! Es war mir auch schleierhaft, wer mir einst die lustigen Bermudashorts mit dem lustigen Schildkrötenmuster geschenkt hatte, die mir auch noch um vier bis fünf Nummern zu klein waren. Mit immer noch leicht schmerzendem Magen probierte ich jedes Teil in meinem Kleiderschrank an und packte alles, was mir nicht mehr passte – in beiderlei Sinn des Wortes –, in schwarze Plastikmüllsäcke, die ich schließlich im einzigen Koloniakübel entsorgte, den es im Hausflur noch gab. Das hätte ich schon 1996 oder so tun sollen, vor allem, wenn ich an das farbenprächtige Jackett dachte.

Es war vielleicht ein Fehler gewesen, dachte ich, Klempert zu provozieren, vielleicht aber auch nicht. Wenn er einen Deal mit Gabloner hatte, und dessen war ich mir ziemlich sicher, würde er mich in der nächstens Ausgabe seines Schmierwochenblattes so oder so mit der Razzia im »Miramar« in Verbindung bringen, ob ich ihn nun bedroht hätte oder nicht.

Meine kleine, aber feine Weinsammlung transportierte ich in die ausgedehnten und längst unbenützten Kelleranlagen des Zinshauses und begrub sie unter einem halben Kubikmeter Koks, der dort in irgendeiner Ecke herumlag. Dann trug ich in einem Billa-Sackerl Zahnbürste, Zahnpasta, Bürste und Kamm, das billige Rasierwasser und das noch billigere Deo zusammen, steckte mein einziges Fotoalbum unter den Arm und verließ die Wohnung. Alles andere konnten sie haben respektive zerdeppern.

Die Tatsache, dass ich nicht viel mehr als einen alten, schon fast schrottreifen Wagen und ein paar Anzüge besaß, machte mich frei, manche würden sagen vogelfrei. Ich konnte es mir erlauben, meinen Klienten zu willfahren oder sie zu vergraulen; so oder so, es war egal, reich wurde ich durch sie sowieso nicht. Und wenn mir der Tod auf den Fersen war, konnte ich rasch meinen gesamten Haushalt auflösen und verschwinden und musste nicht zuvor noch Immobilien veräußern, Bausparverträge kündigen und halbwegs wertvolle Bilder und Nippes ins Dorotheum tragen. Und zu verabschieden hatte ich mich von keinem Menschen, nicht einmal von einem

Goldfisch. Die Katzen vom Hinterhof würden auch ganz gut ohne mich auskommen.

Jetzt kam es nur mehr darauf an, in Bewegung zu bleiben, um nur ja kein gutes Ziel abzugeben.

* * *

Die Stationsschwester, eine anämische Blondine mit dünnen, strähnigen Haaren und einem relativ dezenten Piercing in der Nase, ignorierte mich nicht einmal und widmete sich weiter ihrer Schreibarbeit, sie hakte auf einer langen Liste irgendwelche Positionen ab. Vielleicht eine Aufstellung darüber, dachte ich, wie viele Patienten sie hier auf der Internen im letzten Quartal versehentlich oder gar absichtlich um die Ecke gebracht hatten. Mein immer noch etwas geschlauchter Magen gab mir andauernd solche Ideen ein. Ganz schön krank, Miert, dachte ich, hältst du denn gar nichts mehr aus?

Ich war in den Ford Granada gestiegen, um schleunigst von allem wegzukommen. Die Routine des Fahrens hatte mich einigermaßen beruhigt. Am späten Nachmittag war Harland so langweilig wie eine fast leere Kaffeedose. Aus all den Feierabendpassanten, die von der Arbeit nach Hause strebten in die nur zum Teil abbezahlten Plattenbauwohnungen und in die Altbaukabinette mit Gartenmitbenützung, schien die Luft herausgelassen worden zu sein. Marionetten mit ausgeleierten Scharnieren, ihr Arbeitstag als Aushilfe, Springer, Praktikant, Leiharbeitskraft, all die prekären Arbeitsverhältnisse hatten sie mürbe gemacht. Es gab zwar, hatte ich gedacht, Hunderte, vielleicht Tausende, überaus bemühte und gut gemeinte Gesetze und Verordnungen, um vor Überforderung, Ausbeutung und Burn-out zu schützen, aber sie wurden heutzutage nicht einmal mehr ignoriert. Ihre zumeist sehr komplizierten, wirklichkeitsfremden Texte klangen nur mehr wie ein bürokratischer Hohn auf die tatsächlichen Verhältnisse. Wahrscheinlich ist es nur mehr eine Frage der Zeit, hatte ich gedacht, bis wieder die gute alte Sklaverei eingeführt wird. Harland war eine Stadt zum Arbeiten und zum Schlafen. Nicht mehr und nicht weniger. Wer hier träumen wollte, musste schon zum Glas greifen, zur Porno-DVD oder zu den Tröstungen, welche die Pharmazie legal oder illegal bot. Am späten Nachmittag war eine Stadt wie Harland voll von begrabenen Hoffnungen und toten Träumen. All die Eitelkeiten des Tages würden am Abend zerknittert in den Wäschekörben landen. Um diese Zeit war nur mehr in den Ordinationen der Therapeuten ein wenig Betrieb und in den strengen Kammern der Geheimbordelle, ansonsten füllten sich die Wohnzimmer mit ausgelaugten, gereizten Menschen, die ihren Partnern, Kindern und Haustieren allein schon durch ihre bloße Anwesenheit auf die Nerven gingen. In manchen Stadtteilen brach um diese Zeit regelmäßig die Stromversorgung zusammen, weil alle die Fernseher und Spielkonsolen fast gleichzeitig einschalteten. Am Computer eroberten die ausgebrannten Jobber, die gemobbten Regalbetreuer, die zermatschten Assistenten dann mit außerirdischen Sturmkompanien Gallien oder besiegten als Rommel Feldmarschall Montgomery oder Prinz Eisenherz bei El Alamein oder Waterloo, um außer sich zu sein, um nur ja nicht mehr an ihr eigenes Leben denken zu müssen, an die Rechnungen, die nicht abgegoltenen Überstunden und die zwei oder drei Teilzeitjobs, die sie ausüben mussten, um einigermaßen über die Runden zu kommen.

»Ich bin der Vormund Ihrer Patientin Jennifer Tisch und

möchte ihren behandelnden Arzt sprechen«, ließ ich nicht locker. Damit breitete ich die Vollmacht, die der Notar mit mehreren großen, Ehrfurcht gebietenden Stempeln versehen hatte, auf dem Pult der Stationsschwester aus.

»Dr. Wurstbauer? Der ist aber gerade auf der Isotopen.«

»Dann piepsen Sie ihn doch an.«

Zu spät bemerkte ich den jungen, spindeldürren Kerl mit Studentenbrille und im Jeansanzug, der sich neben dem Schwesternzimmer auf einer orangen Besuchersitzgruppe hingefläzt hatte und lustlos in der Hauszeitschrift des Spitals herumblätterte. Einer von Gabloners Laufburschen, dessen war ich mir sicher, der offenbar hier Posten zu schieben hatte, um Goritschnig abzufangen, falls er am Krankenbett seiner Großnichte auftauchen sollte.

»War ich zu schnell oder haben Sie eh schön mitschreiben können?«, machte ich ein paar schnelle Schritte auf den Beamten zu und sprach ihn laut und direkt an.

»Wie bitte?«, kam die überraschte Antwort.

»Sie trinken Ihren Kaffee sicherlich aus einer Micky-Maus-Tasse und scheinen in letzter Zeit nicht übermäßig mit Kraft- und Kampfsportarten beschäftigt gewesen zu sein. Außerdem habe ich Sie rein physiognomisch in Verdacht, dass Sie in der Freizeit rohseidene Hemden tragen und Gedichte schreiben. Kurz und gut: Ich hätte große Lust, Sie einfach abzuwatschen … Aber stattdessen lassen Sie mir Oberleutnant Gabloner schön grüßen!«

»Von wem?«, fragte der Jungspund eingeschüchtert.

»Von Arnold Schwarzenegger auf Heimaturlaub.«

* * *

»Wir mussten sie in künstlichen Tiefschlaf versetzen. Sie hat eine akute, ziemlich üble Hepatitis und noch ein paar hübsche Nebenbefunde. Zum Beispiel fast schon eine Niereninsuffizienz rechts, die ehrlich gesagt einen Ochsen umbringen könnte. Ohne den Zwischenfall gestern wäre sie wohl in den nächsten Tagen gestorben.«

Dr. Wurstbauer hatte blasse, großporige Haut und winzige, braune, unendlich müde Augen. Er sah nach mindestens dreißig Stunden durchgehendem Dienst aus, in dem er kaum zum Schlafen gekommen war. Wahrscheinlich hatte er sich zuletzt vor zwei oder drei Jahren das letzte Mal wirklich ausgeschlafen. Er war bestenfalls mittelgroß, über fünfzig und erschreckend apathisch. In seinem winzigen Büro, in dem er von Karteikästen, einer riesigen, italienischen Espressomaschine und einem Kalender der Ärztekammer umzingelt war, rauchte er Kette – wahrscheinlich um einigermaßen wach zu bleiben. Ein Abzug in der Decke ratterte wie ein defektes U-Boot aus Admiral Dönitz' Flotte.

»Ich möchte, dass sie auf Entzug kommt. In eine geschlossene Einrichtung. Möglichst weit weg.«

»Ja, das denke ich mir. Wir haben sogar Einstiche in ihren Kniekehlen entdeckt.«

»Ich muss morgen eine längere Geschäftsreise antreten. Ich unterschreibe Ihnen hier und jetzt alle Papiere, die Sie für die Einweisung benötigen werden. Außerdem möchte ich die eine Hälfte dieses Betrages in Ihre Kaffeekassa einzahlen, die andere Hälfte übergeben Sie bitte meinem Mündel als Taschengeld.«

Damit zählte ich zehn Hundert-Euro-Scheine auf den Schreibtisch Dr. Wurstbauers.

»In den Entzugseinrichtungen gibt es meines Wissens keinerlei Taschengeld, damit die Patienten nicht etwaige dumme Gedanken damit finanzieren können.«

»Dann ist Ihre Kaffeekassa soeben mit noch einmal fünfhundert Euro gefüllt geworden. Schauen Sie auf das Mädel!«

»Das wäre eigentlich nicht nötig gewesen. Wenn ein so junges Ding in akuter Gefahr ist, einen Exitus … Da fühlt man sich immer wie … wie …«

»Wie weggeworfener, feuchter Traubenzucker auf dem Trottoir, über den ein Besoffener latscht?«

»So ähnlich. Meine Metaphorik wäre nur eine etwas andere gewesen.«

»Ich habe einmal eine blutjunge Klientin auf ähnliche Weise verloren. Mein schlimmster Fall …«, dachte ich laut.

»Klientin? Fall? Was machen Sie so?«, fragte Dr. Wurstbauer und zündete sich schon wieder eine Marlboro light an.

»Nichts Besonderes. Ich mische mich nur da und dort im Sinne meiner Auftraggeber ein und kümmere mich um den Hass in dieser Stadt. Mehr als Zores und Ärger bringt mir das aber selten ein, und nur manchmal gelingt es mir, die Dinge wieder einigermaßen ins Lot zu bringen. Vielleicht rede ich mir Letzteres aber auch nur ein …«

»Klingt nicht gerade so, als ob Sie in Ihrem Beruf recht glücklich wären?«

Was ist schon Glück, dachte ich. Vielleicht nicht mehr als eine Erfindung von Paramount und United Artists, ein Marketingschmäh. Wirkliches Glück, das ist in dieser Welt doch bestenfalls die Abwesenheit von Schmerzen, zum Beispiel von Magenstechen. Hör schon auf, Miert, dachte ich, heute bist du wirklich nur schwer zu ertragen.

»Ich kann mir keinen anderen Beruf vorstellen. So weit reicht meine Fantasie nicht«, antwortete ich nichtssagend.

»Was ist, wenn die Polizei Ihr Mündel als Zeugin befragen möchte?«, fragte Dr. Wurstbauer noch.

Verblüfft beobachtete ich, dass er Rauchringe blies.

»Als ihr Vormund verbiete ich jegliche Befragung, solange sie gesundheitlich in einem solch gefährdeten Zustand ist.«

»Ist das eine Waffe, diese Ausbuchtung an Ihrer Jacke?«

»In dieser Causa gehe ich aufs Ganze, Herr Doktor.«

»Verstehe. Dann wollen wir uns mal gemeinsam an den Schreibkram machen und ich rufe auch gleich im LKH Villach an, ob die einen Therapieplatz freihaben.«

* * *

Keinen Weg zweimal kurz hintereinander gehen. Sicherheitshalber nahm ich keine der beiden Hochleistungsliftanlagen, sondern das Stiegenhaus. Der Abgang lag fast schon versteckt zwischen zwei Zimmern im hinteren Teil von Dr. Wurstbauers Abteilung. Paranoiderweise schaltete ich auch das Handy aus, damit mich niemand orten konnte. Neun Stockwerke nach unten zu hatschen, war für meine Fußballerknie nicht gerade ein Labsal. Weil es niemand benützte, war das Stiegenhaus wohl schon seit Jahren nicht mehr gelüftet worden. Es roch darin teils wie im Wäschekasten einer ungeordneten Verlassenschaft, einer alten, toten Frau mit Sammeltick, teils nach verschlissenem Hydrauliköl und dem Grind der Siebzigerjahre. Die Vorstellung, dass in Krankenhäusern mehr geputzt und desinfiziert wurde als in Büros, Werkstätten oder etwa Fast-Food-Buden, war meinen Erfahrungen nach nicht mehr als frommes Wunschdenken. Ich bemühte mich jedenfalls, das schmierige Geländer nicht zu berühren. Im Erdgeschoss hielt ich nicht an, sondern stieg weiter in den

Keller hinunter. Das Schwerpunktkrankenhaus Harland bestand aus gut zwei Dutzend kleinerer und größerer Gebäude, an denen seit Jahren, ja Jahrzehnten herumgebaut, renoviert, modernisiert und erweitert wurde. Schon im sogenannten Dritten Reich hatte man unterirdische Gänge zwischen den einzelnen Pavillons und Trakten angelegt, die sich bei den amerikanischen Bomben- und den russischen Artillerieangriffen auch sehr bewährt hatten. In der Nachkriegszeit waren weitere, leidlich gut beleuchtete und mit den typischen weißlich-beigen Krankenhauskacheln ausgefliest e, unterirdische Verbindungsgänge dazugekommen, um Patienten, medizinische Geräte, Betten, die Mahlzeiten und alle möglichen Versorgungsgüter zwischen den verschiedenen Stationen und Trakten hin und her zu transportieren, ohne im Schlamm und Dreck der permanenten Baustellen zu versinken beziehungsweise das Baugeschehen zu behindern.

Ich befand mich im Hauptbettentrakt und von hier gingen unterirdische Verbindungen in alle Richtungen ab. Natürlich waren sie in keinster Weise angeschrieben oder gekennzeichnet, nicht mit Wegweisern versehen, weil sie normalerweise eh nur vom Hol- und Bringdienst, von Hilfspflegern, Wäscherinnen und Küchenpersonal, aber auch von ortskundigen Lieferanten benutzt wurden. Ich entschied mich einfach für irgendeinen davon und hatte damit jegliche potenzielle Verfolger abgehängt.

* * *

»Entschuldigen Sie, aber die Dame, die Sie da so hingebungsvoll transportieren, ist tot.«

Die Greisin kauerte wie ein zusammengeknüllter Putzfetzen in einem Rollstuhl. Sie trug ein Haarnetz und einen rosa Bademantel mit Dutzenden aufgestickten, gackerlgelben Badeentchen. Ihre Augen waren erloschen und trüb, ihre Gesichtshaut und ihre Hände mit Leichenflecken übersät. Ihr leerer, absolut leerer Blick ging in Richtung Äquator oder in die Ewigkeit. Der Hilfspfleger, der den Rollstuhl schob, hatte schnapshelle Augen und eine fast schon albinoartige Haut. Sein weißblondes, dünnes Haar hatte er sich in alle möglichen und unmöglichen Richtungen gegelt. Er sah aus wie Paris Hilton, die in einen Starkstromkreis geraten war.

»Was reden Sie! Muss Frau Eberl ins EKG-Kammerl bringen.«

Ähnlich wie die gute Paris tat er sich mit dem Denken wohl etwas schwer. Seine Sätze kamen langsam und er machte ganz schön lange Pausen zwischen den einzelnen Wörtern.

»Ihre Frau Eberl ist tot wie ein Sargnagel. Schon mal was von Leichenflecken gehört? Das EKG können Sie sich jedenfalls sparen.«

»Zur EKG-Station bringen!«, beharrte der Pfleger, seine Gesichtshaut bekam etwas Farbe, »EKG!«

»Fahren Sie gerne mit toten Frauen in der Weltgeschichte herum? Gibt Ihnen das etwas?«

Ich drehte mich um und ging weiter. Ich konnte mich nicht um alles kümmern, und das hier fiel eindeutig unter Alles. Wenn der Tropf, dachte ich, mit der Leiche auch noch auf einen Kaffee gehen will, dann soll er doch in drei Teufels Namen.

In diesem Tunnel musste ich mir auch eingestehen, dass ich ungefähr so beliebt war wie die Krätze. Nicht nur bei diesem imbezillen Wagerlschieber. Niemand, dachte ich, würde mich, solange ich nicht in meine Wohnung zurück konnte, für eine Nacht oder gar für ein paar Tage bei sich aufnehmen. Wenn ich so überlegte, etwa die Reihe meiner alten Schulfreunde in Gedanken durchging – Fehlanzeige. Mit anderen Freunden war ich genauso wenig gesegnet wie mit Aktienfondsanteilen, Boss-Anzügen und einer Damenslipsammlung. Verwandte? Da waren mir Magengeschwüre lieber. So etwas wie Kontakt hatte ich nur mehr zu einer uralten Großtante im Waldviertel. Die schickte mir immer einen Christstollen. Immer zu Ostern. Immer ohne Rosinen. Einer meiner ehemaligen Klienten? Ein paar von ihnen, Kaddisch etwa, saßen im Gefängnis. Den einen oder anderen davon hatte ich selbst dorthin gebracht. Andere Leute, die ich einst mehr oder weniger gut gekannt hatte, waren inzwischen beinharte Ich-AGs, die für einen Diskontdetektiv auf der Flucht nur mehr sardonisches Gelächter übrig hätten, oder sie waren weggezogen oder tot. An Letzterem merkte man übrigens ebenso zuverlässig wie am vermehrten Auftreten von Hühneraugen, Blähungen und Gelenkschmerzen, dass man älter wurde. Meine Wiener Kollegen und Bekannten aus meiner Zeit beim Sicherheitsbüro hatten mich sowieso schon längst abgeschrieben oder vergessen, für die war ich nur mehr eine vage Erinnerung aus der Peripherie. Auch jede meiner gar nicht so zahlreichen Verflossenen war wahrscheinlich heilfroh, mich endgültig losgeworden zu sein und nichts mehr mit mir zu tun haben zu müssen. Und die eine oder andere, die mich vielleicht doch für ein paar Tage aufnehmen würde, war sicherlich schon längst verbandelt, vergeben, verlobt, verheiratet, verbiestert. Und wer will schon bei einem mittelalten Ehepaar unterkriechen – ist ja genant, dann lieber der Park. In diesem Sinne verkniff ich es mir auch blutenden Herzens, auf Miras Angebot zurückzukommen. Außerdem war ich sowieso nicht geschaffen für das systematische Ordnen einer Sammlung, welcher Art auch immer.

* * *

Der unterirdische Gang endete bei der sogenannten Babyklappe, einem das ganze Jahr beheizten, knapp mannshohen Alu-Container am westlichen Rand des Krankenhausgeländes, in dem man anonym und für immer ein Neugeborenes abgeben konnte. Wenn man die einzige Zugangstür öffnete, ging irgendwo in der Kinderabteilung ein Alarm los und eine Jungschwester machte sich hoffentlich im Laufschritt auf den Weg, um den weggelegten, armen Wurm zu bergen. Selbst die konditionsstärkste Läuferin aus der Schwesternschaft, so war das System konzipiert, ließ der Weglegerin immer noch genügend Zeit, um sich ungesehen davonmachen zu können. Allein die Tatsache, dass unsere Gesellschaft eine solche Einrichtung nötig hatte, machte mich wütend. Was uns allerdings noch fehlt, dachte ich, sind eine Ehepartner- und vor allem eine Chefklappe, von einer Klappe, um bestimmte Politiker loszuwerden, ganz zu schweigen.

Auf der Gasse schaltete ich das Handy wieder ein und versuchte, Mira zu erreichen, obwohl ich annahm, dass sie gerade heftig im Lokal zu tun haben würde.

»Hallo? Miert, bist du das?«

»Hör mir zu, Mira! Ich würde mich nie aufhängen, verstehst du, nie! Ich würde mir auch niemals den Schädel mit meiner Schrotflinte wegblasen. Und aus einem Fenster der ehemaligen Türmerwohnung im Domturm spränge ich schon gar nicht, weil ich bereits beim Aufstieg Höhenangst hätte.«

»Auch kein Gift, weil das so verdammt unmännlich ist?«

»Im Moment steht mir nicht der Sinn nach Scherzen, auch wenn sie an sich ganz gut sind.«

»Was soll das Ganze, Miert?«

»Nimm es bitte als eine Art Vermächtnis, ja?«

»Vermächtnis? Spinnst du, Miert?«

»Du wirst möglicherweise die einzige Zeugin dafür sein, dass ich nicht depressiv und selbstmordgefährdet war.«

»Du scheinst ja in ordentlichen Schwierigkeiten zu stecken!«

»Kann man so sagen. Von meinen Hammerzehen bis zu den Haarwurzeln auf meinem Kopf.«

»Kann ich dir irgendwie helfen?«

Allein, dass Mira diese Frage stellt!, jubelte mein romantisches Ich. Alter Idiot!, korrigierte mein trockenes, herzloses Über-Ich, verschaut sich blöderweise in eine verheiratete Frau und sieht überall rosa Herzerl, anstatt sich seriös um die vordringliche Überlebensfrage zu kümmern.

»Indem du im Fall des Falles bezeugst, dass ich gelegentlich einen schlechten Scherz auf den Lippen hatte und mindestens einmal pro Tag den ›Banana Boat Song‹ gepfiffen habe. In mehr möchte ich dich nicht hineinziehen.«

»Miert …«

Ich drückte den Aus-Knopf und ging in Richtung der Stelle, wo ich meinen Wagen geparkt hatte. Nachdem ich sozusagen meine letzten Dinge geordnet hatte, meldete sich plötzlich mit Macht das Leben, sprich der Hunger. Voll blanken Entsetzens erinnerte ich mich daran, dass ich heute wegen all der Aufregungen praktisch noch nichts gegessen hatte.

* * *

Es war schon in den Siebzigerjahren keine besonders glänzende Geschäftsidee gewesen, am Mühlweg in dem abgewohnten, müden Grätzel zwischen Krankenhaus und Fernheizkraftwerk Nord eine unabhängige Tankstelle mit angeschlossenem Café sowie eine Fiat-Werkstätte zu errichten. Schon damals zog das Gros der motorisierten Verkehrsströme vor allem auf den beiden Nord-Süd-Verbindungen, auf der Stadt- und auf der Westautobahn und auf den vier, fünf Ausfallsstraßen durch Harland und in dem Viertel wohnten mehrheitlich kurdische, tunesische und türkische Arbeiter, die sich höchstens Mopeds leisten konnten und Fiat bestenfalls für eine unreine Speise oder für ein ihnen unbekanntes, westeuropäisches Waschmittel hielten. In den Achtzigerjahren wurde der Mühlweg zur 30-km/h-Zone erklärt und die Pächter des kleinen Kfz-Clusters wechselten jährlich, später dann meistens schon halbjährlich, wobei keiner wirklich auf einen grünen Zweig kam. In den Neunzigerjahren gab es praktisch keine Fiats mehr in ganz Harland, alle hatten Japaner, Koreaner und Deutsche gekauft, die Nonkonformisten Schweden und Franzosen, und es fanden sich auch keine Pächter mehr, die Lust darauf gehabt hätten, an dem unmöglichen Standort den großen Marken-Tankstellen an den Ausfallsstraßen Paroli zu bieten. Das Gelände verkam rapide, die Gebäude wurden verplankt. Ende der Neunzigerjahre wanderte der Besitzer nach Argentinien aus, um sich an einer Sojafabrik zu beteiligen. Nach ein paar Monaten wurde er in der Nähe von Iguazú in seinem eigenen Wagen entführt, in den Kofferraum gesperrt und dort für ein paar Wochen belassen. Da er in Argentinien überraschenderweise auch geheiratet hatte, entspann sich ein langwieriger und für die Rechtsanwälte äußerst lukrativer Rechtsstreit zwischen seinen österreichischen und argentinischen Verwandten um seinen Nachlass, sprich um sein Vermögen, der auch den Besitztitel für die Liegenschaft am Mühlweg betraf. Dieses Patt nutzte ein griechischer Tunesier namens Nikos Lefteris, um die Planken des Tankstellencafés einfach wegzureißen, sich dort mehr oder weniger pacht- und mietzinsfrei niederzulassen und das Beisl als »Corona Bavariae« wieder zu eröffnen. Er schenkte Wieninger-Bier und Dirndlschnaps aus, bot auf der Speisekarte Pferdeleberkäse und Weißwürste an und machte das »Corona« binnen Kurzem zu einer Art Geheimtipp für alle, die mit dem gastronomischen Zeitgeist mehr oder weniger auf Kriegsfuß standen. Dazu zählten auch Legionen von Beihilfen-, Notstands- und Sozialhilfeempfängern, die sich selber Lebenskünstler nannten, schon seit vielen Jahren von den Steuern der Einwanderer relativ gemütlich lebten und sich inzwischen in dem Viertel eingenistet hatten, während die Kurden, Tunesier und Türken inzwischen dazu übergegangen waren, Stein für Stein und Ziegel für Ziegel Einfamilienhäuser am Stadtrand zu bauen, wobei sie schwerstens behindert, gepiesackt und genervt wurden von den jeweiligen alteingesessenen Anrainern, die sich in den Bau- und anschließenden Gerichtsverhandlungen wahre Schlachten mit den fremdländischen Häuslbauern lieferten und jeden Erker mit großem Genuss als Minarett und jede Terrasse als künftigen Hammelgrillplatz ablehnten und erbittert bekämpften. Küche und Service überließ der geschäftstüchtige Grieche weitgehend einem Faktotum namens Bitzinger, einem älteren, ungemütlichen Alkoholiker, der aber den Vorteil hatte, nicht allzu sehr zu stinken und vor allem eine Konzession zu besitzen. Denn Lefteris' tunesische Qualifikation, er hatte im »Tunis Hilton« Koch und Kellner gelernt, wurde natürlich von den hiesigen Behörden nicht anerkannt. Der Patron hatte aber sowieso Besseres zu tun, als den Kochlöffel zu schwingen beziehungweise den Mikrowellenherd und die Fritteuse zu bedienen, indem er nämlich in der verplankten Werkstätte daneben das alte Ersatzteillager ordnete sowie einige dort liegen gebliebene Fiat- und Alfa-Romeo-Wracks auseinandernahm und die Originalteile über ebay an Sammler und Oldtimerfans aus der ganzen Welt verkaufte. Bei uns, dachte ich, kann man sich echt nur mit dem Schmäh durchsetzen. Oder halt mit Druck und Ellbogentechnik, mit blanker Grausamkeit und stählerner Despotie, aber das war eine andere Geschichte und für die meisten Einwanderer eher keine realistische Alternative.

Das Innere des »Corona Bavariae« war etwas gewöhnungsbedürftig, denn der griechische Tunesier hatte auch und vor allem in der Ausstattung und Dekoration Konsequenz, ja geradezu einen eisernen Stilwillen bewiesen. Gerahmte Puzzlebilder von Berchtesgadener Landschaften und röhrenden Hubertus-Hirschen, mehrere Pferdekummet-Spiegel und hölzerne Heugabeln an den Wänden des einzigen Gastraumes, Heurigengarnituren, blau-weiße Tischtücher, ein abgelatschter Lärchenschiffboden und Spucknäpfe in den Ecken. Der Bitzinger hatte für gewöhnlich eine dunkelgrüne Brauerschürze um und begrüßte jeden Gast mit Sagern, die ein bisschen nach Walter Sedlmayr und ein wenig nach Rudolph Moshammer klangen.

»Die Linken haben alle so viele Haare – nur nicht auf der Brust!«, hieß er mich willkommen, als ich auf der Heurigenbank Platz genommen hatte.

»Ich weiß an sich dadaistische Sprechsteller wie Sie, Bitzinger, durchaus zu schätzen, aber heute würde ich gerne auf weitere Wortspiele verzichten und gleich eine Schweinsstelze mit ordentlich viel Radi, einem Schöpfer Erdäpfelsalat und einem Körberl Wachauer Laibchen bestellen. Als Vorspeise stelle ich mir eine dicke Schnitte Pferdeleberkäse mit reichlich Estragonsenf vor und ein Krügerl wäre auch nicht schlecht. Haben Sie mich?«

»Wenn das mit dadaistisch eben eine Beleidigung war, so hätte ich mir das gerade von einem Stammgast wie Ihnen nicht erwartet. Wir reiben nämlich die Stelzen extra mit Natron ein, damit sie schön knusprig werden«, meinte der Bitzinger säuerlich. Er hatte sein gastronomisches Handwerk in der Jugendstrafanstalt »Am Mittersteig« gelernt. Zuvor hatte er immer wieder mal Hühner und Enten gestohlen, sie mit Spiritus übergossen und mit dem flambierten Federvieh dann Fußball gespielt. Das zugleich erhitzte und getretene, sprich etwas heftig massierte Fleisch, behauptete er, wenn er die Geschichte zum Besten gab, habe einzigartig geschmeckt. Nun kamen seine gastronomischen Talente vor allem den Weißwürsten im »Corona Bavariae« zugute, die er mit der Stoppuhr in Essigwasser mit Unmengen von geschnittenem Kraut und gestiftelten Karotten kochte. Trotz aller kulinarischen Sorgfalt weigerte ich mich aber, diese geschmack- und geruchlosen Dinger zu verzehren und hielt mich lieber an den Pferdeleberkäse und andere heimische Hardcoreschmankerl auf der nicht sehr umfangreichen Karte.

»Weiß ich doch, Bitzinger. Deshalb würde ich mir – Ehrenwort – auch nie irgendwelche Frechheiten herausnehmen.«

»Na dann ist es ja gut. Sie kriegen auch garantiert die größte Stelze, die ich auf Lager habe«, versicherte er mir, wieder einigermaßen beruhigt.

Offenbar sieht man mir meinen Hunger schon an, dachte ich.

»Genau darauf habe ich gehofft«, antwortete ich, aber da war der Bitzinger schon in der winzigen Küche verschwunden.

Erst jetzt sah ich mich genauer in der Gaststube um und entdeckte unter den üblichen Subjekten, die Dirndlschnaps gemischt mit Red Bull wie Limonade in sich hineinlaufen ließen, Hermann Frischauf, der stocksteif und allein an einem Ecktisch saß und vier leere Viertelgläser vor sich stehen hatte. Sein Blick versank gerade im fünften, das noch voll war. Mit seinem Anzug, seiner Krawatte, seiner roten Designerbrille und seinem Papiermenschentum passte Frischauf genauso gut in dieses Lokal wie Hitler in den Himmel.

* * *

»Mal wieder auf der Suche nach Schneeglöckchen?«, begrüßte mich Hermann Frischauf, als ich mich nach dem ausgiebigen Essen ungefragt zu ihm setzte. In seiner Konsumation war er inzwischen drei Viertel weiter und seine Augen waren genauso rot wie seine Brille.

»Nein, ich bin hier ehrlich gesagt fast schon Stammgast, auch wenn mir das manchmal peinlich ist und nicht gerade für meinen Ruf als Gourmet spricht«, antwortete ich. »Sie dagegen sollten hier langsam Schluss machen. Meinen Sie nicht?«

»Ja, Schluss machen, Sie verstehen mich! Sie sind ein Mensch! Besser ein Ende mit Schnecken als Schnecken ohne Ende.«

Offenbar kamen meinem Gesprächspartner alkoholinduziert schon die Konsonanten durcheinander.

»Schnecken, so habe ich das aber nicht gemeint!«

Der Ex-Buchhändler fixierte mich noch einmal durch seine dicken Brillengläser und ließ dann einer schweren Logorrhoe freien Lauf.

»Geboren bin ich in … Nein, das kennen Sie garantiert nicht. Praktisch nur eine Annahmestelle von einer Molkerei und ein paar Keuschen. Aber dafür viel Gegend, eigentlich nur Gegend, aber schiach wie der Weltkrieg, dunkel und kalt. Wald und Steine, Steine und Wald. Im Winter hat man glauben können, die ganze Welt ist hin und steht nicht mehr auf. Und im Sommer so viele Gelsen, dass man fast erstickt ist, wenn man vor das Haus gegangen ist. Mein erstes Auto habe ich 1961 gesehen. Ein Wiener, der sich verfahren hat. Was soll ich Ihnen über meine Jugend erzählen? Schön hat sie ausgeschaut, meine Jugend! Meine Mutter ist in Dienst gegangen. In der Kirche sind wir immer in der letzten Reihe gesessen. Kleine, schwarze, halb verfaulte Erdäpfel, die nicht einmal die Schweine gern gefressen haben – der Keller unserer Keuschen war voll damit. Wenn ich schlimm war, habe ich über Nacht auch unter die Erde müssen. Wenn es sie überkommen hat, hat mich meine Frau Mutter in der Gachen mit allem gewaschen, was ihr in die Finger gekommen ist. Ich habe heute noch die Narben vom Schürhaken. Meine einzige Freude war das Lesen, heimlich am Klo oder in der Schupfen. Ich habe es mir praktisch selbst beigebracht aus dem Lagerhauskalender. Da waren so Kalendersprüche drin, kleine Gedichte und Geschichten. Mein erstes Buch war das Gebetbuch meiner Mutter. Dann ein Ganghofer. Viel mehr hat es bei uns zu Hause nicht zu lesen gegeben. Der Fahrer von der Molkerei hat mir manchmal ein Jerry-Cotton-Heft geschenkt, das er schon ausgelesen hatte. In der Schule, es war eine achtklassige Volksschule, habe ich die paar Schulbücher, die sich die

Mutter leisten konnte, immer schon Anfang Oktober ausgelesen gehabt. Weil ich so dünne Knochen hatte, habe ich immer Eierschalen kauen müssen. Ich habe meiner Mutter auch immer die Hühneraugen herausschneiden müssen. Das macht jetzt im Heim eine Rumänin, glaube ich. Wie ich sie vor ein paar Monaten das letzte Mal besucht habe, hat sie mich für den Heinz Conrads gehalten.«

Während er erzählte, hatte Hermann Frischauf ein gespanntes, völlig bewegungsloses Gesicht. Auf seiner Heurigenbank hielt er sich steif wie ein Tambourstab. Nur alle zwei, drei Minuten fuhr seine rechte Hand geradezu mechanisch aus, um nach dem Glas zu greifen. Er trank schnell, regelmäßig und selbstzerstörerisch wie ein Finne. Die Stimme war trocken und tonlos, wie ein Erzähler aus einem Radiobildungsprogramm der Sechzigerjahre.

»Mit vierzehn hat mich meine Mutter zu einer Tante nach Rußbach gegeben, damit ich dort Rauchfangkehrer lerne. Damals habe ich echt geglaubt: Rußbach – das ist schon was! Rußbach – das ist die Welt! Aber ich bin schnell draufgekommen, Rußbach ist Rußbach. Und das war keine leere Drohung. Immerhin hat es bei meiner Tante eindeutig mehr Bücher gegeben. Achtzehn Bände Karl May, jede Menge Courts-Mahler und noch mehr historische Schwarten von Dahn und Mommsens römische Geschichte. Das war alles noch von einem Großonkel von ihr, der Amtsrat in Krems gewesen ist. Wenn ich nur an all diese elendslangen, öden Landschaftsschilderungen bei Karl May denke. Erst als ich vor ein paar Jahren die ebenfalls elendslange, tiefenpsychologische Studie von Arno Schmidt gelesen habe, was diese teuflisch-detaillierten Schilderungen eigentlich zu bedeuten haben, ist mir diese vergeudete Lesezeit in gewisser Weise zurückgegeben worden. Bis zu meinem siebzehnten Lebensjahr habe ich eigentlich nur ausgesprochenen Schwachsinn gelesen, aber spätestens in Rußbach war mir klar, dass Bücher und nicht Kamine meine Welt sind. Das Nachtleben von Rußbach, das aus dem Kirchenwirt im nächsten Ort bestanden hat, hat mich auch nicht sonderlich interessiert. Jeden freien Tag und jeden freien Abend hat sich die Dorfjugend dort die Doppler ins Hirn gehaut. Oder Cola-Rum. Besser gesagt: Rum-Cola. Exzessives Kampftrinken und ebensolches Mopedfahren, das war der ganze Lebensinhalt einer ganzen Generation. Kein Wunder, dass ich ein Papiermensch geworden bin bei solchen Alternativen!«

Außer mir folgte niemand seinem Sermon. Die anderen Gäste waren vollauf damit beschäftigt, sich für heute wieder einmal ins Nirwana zu saufen.

»Glücklicherweise hat die Tante in meinem zweiten Lehrjahr nach Harland geheiratet. Sie und ihr neuer Mann, ein Eisenbahner, haben mir noch einen Lehrplatz in der Buchhandlung Leidenfrost verschafft, waren dann aber schon ziemlich froh, wie ich meinen Entschluss verkündet habe, auszuziehen. So ein frisches Eheleben mit einem Halbwüchsigen im Kabinett daneben ist ja nichts. Geschlafen habe ich zuerst im Kolpingheim für ein paar Vaterunser und ein bisserl Zwiebelschneiden in der Heimküche. Einen jungen Kaplan hat es dort gegeben, der hat uns immer beim Duschen zugeschaut, aber sonst war er eh relativ harmlos. Nur in der Nacht ist er manchmal in den Schlafsaal gekommen, und wer wollte, hat sich ein paar Schilling verdienen können. Ich habe das nicht notwendig gehabt, weil ich ja die Lehrlingsentschädigung hatte und sparsam war.«

Frischauf bestellte schon wieder ein Viertel Blauen Portugieser, der hier der Hauswein war. Ich schüttelte theatralisch den Kopf, aber der Ex-Buchhändler reagierte nicht. Vielleicht sah er mich auch gar nicht. Ich konnte nicht abschätzen, wie viel man mit einer solchen zentimeterdicken Monsterbrille wirklich sah.

»Beim Leidenfrost haben wir praktisch nur Schulbücher verkauft, Taschenfahrpläne für die Westbahn und Gebetsbücher für Erstkommunion und Firmung. An Belletristik hatten wir eigentlich nur den üblichen Schmarrn von Konsalik bis Simmel lagernd, abgesehen von ein paar lokalen Schmankerln wie zum Beispiel die Sachen von diesem Nazi Weinheber oder die kuriosen historischen Romane von der Handel-Mazzetti, einer versponnenen, kryptokatholischen Autorin, die immer und überall die Freimaurer am Werk gesehen hat. Wir hatten auch jede Menge repräsentative Klassikerausgaben, von Goethe über Schiller bis Grillparzer und Stifter, aber die hat auch keiner gekauft. Manchmal hat einer ein Konversationslexikon nach Gewicht und auf Raten erworben, das waren dann die Highlights. Um überleben zu können, haben wir auch Konzertkarten vergreißelt, Ansichtskarten, Papierwaren, alte oder alt aussehende Stiche und Bastei-Schundromane. Auch unser sogenanntes modernes Antiquariat war voll bis an die Decke und ist nicht wirklich leerer geworden. Der alte Leidenfrost hatte offenbar die umfangreichen Bestände, die aus den städtischen Büchereien 1945 aussortiert worden sind, billigst aufgekauft. Angeschlossen war auch eine Musikalienhandlung, Noten für Musikschüler und so, aber wir haben in der Sparte praktisch nichts verkauft. Weil die Musik für den Leidenfrost irgendwo aufgehört hat beim Wagner oder spätestens beim Richard Strauss. Über den Mahler hat er nur geschimpft. Gershwin hat er gar nicht mögen. Die Gitarre war für den alten Leidenfrost kein Instrument, kein klassisches jedenfalls, und der Elvis und die Beatles waren Wappler, nichts als Wappler. Eigentlich hat er immer Krakeeler gesagt, der alte Leidenfrost. Die ersten zwei Lehrjahre habe ich nur im Lager verbracht, das ich einmal pro Woche mehr oder weniger komplett umräumen musste. Wie ich das erste Mal auf die Kundschaft losgelassen worden bin, waren das vor allem ältere Lehrer, Hofratswitwen, Pfarrer und Betriebsräte, die ein paar passende Goethe-Zitate für eine Rede gesucht haben. Mit Literatur, so wie ich mir das bald erträumt habe, hat damals keiner etwas anfangen können, in ganz Harland nicht. Mit meinen beiden ersten Gesellengehältern habe ich die Kaution für eine Garconniere hier in der Gegend beim Krankenhaus bezahlt. Ehrlich gesagt war für mich die Wohnung damals deshalb so attraktiv, weil man vom Küchenfenster die Krankenschwesternschülerinnen beobachten konnte, wie sie in ihrem Wohnheim ein und aus gegangen sind. Ich muss zugeben, damals habe ich bei einer Frau nicht auf die inneren Werte geschaut, weil die sieht man ja sowieso nicht. Aus lauter Unerfahrenheit und Schüchternheit habe ich damals auch bei jedem Rendezvous blöde Witze gerissen, die nicht gut gekommen sind. Zum Beispiel den: ›Leider gibt es bei Damenfußballmatches keinen Leiberltausch.‹ Ich war damals schon Brillenträger und habe auch bald gemerkt, dass ich nicht so … so stattlich bin wie andere und dass ich deswegen oft keinen Auftrag hatte bei der Damenwelt. Ich habe nicht einmal einen Schwarz-Weiß-Fernseher in der Wohnung gehabt, ich habe immer nur gelesen, oder eben die Krankenschwesternschülerinnen. Diese dünnen, hellgrünen Kattunkleidchen und die weißen Sockerl … Ansonsten war meine einzige Leidenschaft – Nutella. Selbst wenn im Nutella

Maikäfer drin sind, es gibt nichts Besseres auf der Welt! Bis ich mich dann mit fünfundzwanzig verliebt habe. Das war bei so einer Tanzerei in Statzendorf, Gasthaus ›Schmutz‹, aber sonst sehr sauber. Ich war schon ziemlich im Öl, muss ich sagen, und ich glaube, sie hat mich aufgefordert, Else hat sie geheißen. Habe ich sie beim Tanzen nach ihrem Sternzeichen gefragt. Hat sie ganz neckisch gesagt: ›Känguru‹. Sie war ein kleines Stück älter als ich, aber sehr gepflegt. Kein Wunder, sie war ja Friseurin, aber keine gelernte, mehr so eine Hilfskraft. Für mich wäre das nichts, ich greife die Leute nicht so gerne an, schon gar nicht in die Haare. Ich weiß nicht, bis heute nicht, ob man sich in so einem Salon auch die Schamhaare frisieren lassen könnte. Was würde die Innung dazu sagen? Na ja, drei Monate später haben wir geheiratet. Die Ehe ist kinderlos geblieben, und gestern hat sie mich verlassen, ist zu ihrer Mutter gezogen, weg aus der Garconniere beim Schwesternheim, die sie unser ganzes gemeinsames Leben lang so gehasst hat. Aber mit nur einem Gehalt kann man sich halt nicht mehr leisten.«

»Moment mal, Frischauf, Ihre Frau arbeitet nicht in Wien?«

»I wo, die hat schon vor zwanzig Jahren im Salon gekündigt und ist zu Hause geblieben. Man will sie in der Arbeit nur ausnützen, hat sie gesagt, und das hat sie nicht nötig. Na ja, Letzeres hat auch gestimmt, sie hatte ja mich. Außer, dass sie ihre Freundinnen gelegentlich für ein Körberlgeld frisiert hat, hat sie nichts mehr getan.«

»Dann ist Ihre Frau wahrscheinlich auch keine grazile, kesse Blondine, kaum größer als ein Kind, die gerne im neckischen kleinen Schwarzen und mit Perlenkette unterwegs ist?«

»Schauen Sie mich doch an«, antwortete Hermann Frischauf nur und nahm einen tiefen Schluck. »Außerdem hat meine Else in ihrer Jugend vereinsmäßig Basketball gespielt.«

Wer ist dann, verdammt noch einmal, dachte ich, die Frau, die mich als Else Frischauf aufgesucht und engagiert hat? Wer hat mich da angeschmiert und wer lässt Frischauf auf diese Weise durch mich überwachen, will aber seltsamerweise kaum richtig Geld dafür ausgeben? Jedenfalls wohl kaum die Industrie mit ihren überbordenden Schwarzgeldkonten oder die Handelskammer mit ihren fetten Budgettöpfen, diese Art von Verschwörung konnte ich mir abschminken. Da war viel eher auf einen Rachefeldzug einer nicht allzu begüterten Privatperson zu tippen, da ja vor allem Sex, aber kaum Geld angeboten worden war. Wieder einmal auf ein Dekolleté und ein knappes Kleidchen hereingefallen, Miert. Und ich hatte, dachte ich verärgert, nicht einmal eine Telefonnummer von dieser Amateurerotikerin. Um ihr eine Falle zu stellen, musste ich nolens volens auf einen weiteren Anruf von ihr warten. Dabei hatte mich der Herr mit vielem gesegnet, zum Beispiel mit einem anständigen Bauch, den man prima als Bioschlafkissen benützen konnte, nur nicht mit allzu großer Geduld. Wie wenn man mit jemandem Schach spielte, der vor jedem Zug noch einmal die Grundzüge des Universums durchdachte! Grr!

»Haben Sie vielleicht ein Foto von Ihrer Frau dabei?«

»Zerrissen. Alle zerrissen.«

»Bitzinger!«, rief ich in Richtung Küche, »schnell einen Ihrer Rabiatschnäpse, aber einen doppelten, mit Gupf!«

»Für mich?«, fragte Frischauf.

»Das können Sie nicht ernst meinen«, antwortete ich bloß.

»Ich bin wohl der klassische Fall. Meine Frau hat mich schließlich verlassen, weil ich ihr materiell nie etwas bieten konnte. Immer hat sie über unsere Wohnung gemeckert, und dass wir vorne und hinten kein Geld haben. Dabei war in der Wohnung eh alles vorhanden, Bad und Klo innen und vor allem eine kleine Küche. In den Flitterwochen habe ich sie einmal furchtbar beleidigt, wie sie mir ein Jägerragout gemacht hat und ich nach dem ersten, etwas zähen Bissen gesagt habe: ›Da hast wohl den Jäger gleich mit hineingeschnitten, oder was?‹ Überhaupt haben wir halt verschiedene Vorstellungen gehabt. Von allem. Ich glaube nicht, dass sie je ein Buch in ihrem Leben fertig gelesen hat. Eigentlich war sie eine gefühllose Trutschen, und ich Vollidiot habe mehr als fünfundzwanzig Jahre gebraucht, um das zu merken. Wirklich geweint hat sie, glaube ich, nur einmal im Leben – wie das mit der Diana gewesen ist. Sonst ist sie eigentlich nur vor dem Fernseher gesessen oder hat mit ihren Freundinnen telefoniert, oft den ganzen Tag lang und die halbe Nacht.«

»Vielleicht kommt sie ja wieder«, meinte ich matt und wenig glückverheißend, aber Frischauf, der immer hölzerner und unbewegter wurde, ignorierte mich nicht einmal. Vielleicht nahm er mich auch gar nicht mehr wahr. Sein Quantum würde jedenfalls sehr für diese These sprechen.

»Lang wäre es in der Buchhandlung mit meinen Augen eh nicht mehr gegangen. In den letzten Jahren habe ich wahrscheinlich mehr Zeit bei diversen Augenärzten verbracht als mit meiner Frau«, meinte Frischauf tonlos. Dann kippte er mit dem Oberkörper nach vorne und schlug wie in Zeitlupe mit der Stirn auf der Tischplatte der Heurigengarnitur auf.

»Herrschaftsseiten, Bitzinger!«, schrie ich.

* * *

»Woher kennen Sie eigentlich meine Adresse?«, fragte Frischauf verwundert wie ein Karpfen, den der Fischer gerade aus dem Wasser an die Luft gehoben hatte. »Ich bin ja nicht einmal im Telefonbuch eingetragen.«

Wir standen vor seinem Haustor, vor der Eingangstür zur Stiege drei eines vierstöckigen, kahlen Gemeindebaues aus den Fünfzigerjahren, und Frischauf suchte in all seinen Taschen bedächtig nach seinem Schlüssel.

»Das ist eine lange Geschichte, die Sie heute sicherlich nicht mehr hören wollen«, wiegelte ich ab.

»Ich kenne ja Ihre Adresse auch nicht«, entgegnete der Ex-Buchhändler mit der Logik der schwer Betrunkenen.

»Die Gegend, in der ich wohne, würden Sie auch nicht wirklich kennenlernen wollen. Keiner will das. Und die, die dort wohnen, kennen sie eh.«

Frischaufs Brille war seltsamerweise heil geblieben. Nachdem ich für ihn und mich gezahlt hatte, hatte ich ihn mit Bitzingers Hilfe auf die Beine gestellt und langsam aus dem Lokal bugsiert. Seine Wohnung war glücklicherweise keine zweihundert Meter vom »Corona Bavariae« entfernt und ich hatte mich entschlossen, ihn nicht in den Granada zu packen, da ich an der Stabilität seines Magens doch etwas zweifelte und mir die noch ganz passablen Bezüge im Wagen nicht ruinieren lassen wollte durch seinen Mageninhalt oder Teile davon. Von mir gestützt und geschubst ging es voran, wenn auch pomali. Wir kamen am Schwesternschülerinnenheim vorbei. Zwei Pappeln, eine unbeholfene Bronzestatue von Florence Nightingale und ein circa fünfzig Meter hoher Wohnturm mit winzigen Fenstern wie Schießscharten. Die Euklidische Geometrie, fand ich, konnte in den Händen mittelmäßiger Architekten zu einem Werkzeug blanken Terrors werden.

»Wie viel ist eine Frau wert, frage ich Sie, die einen gleich am ersten Tag der Arbeitslosigkeit verlässt?«

Während Frischauf sich mit bedächtigen, unsicheren Babyschritten fortbewegte, war sein Redebedürfnis noch lange nicht gestillt. Na ja, dachte ich, seit heute hat er ja außer mir vielleicht niemanden mehr, dem er sein Herz ausschütten könnte, sein Herz aus Papier und Blei und geraden Sätzen nach der Schrift. Immerhin sang er nicht, grölte nicht, randalierte nicht und erbrach sich nicht auf meine Schuhe. Eigentlich, dachte ich, ein ganz kommoder Besoffener.

»Wie viel ist eine solche Frau wert, Blumenpflücker?«

Auf manche Fragen, schon gar wenn es sich um rhetorische handelte, gab es keine rechte Antwort. Wahrscheinlich, dachte ich, war die Ehe schon längst kaputt gewesen, als die beruflichen Schwierigkeiten von Frischauf noch nicht einmal begonnen hatten geschweige denn in der Kündigung kulminiert waren.

»Alles von Wert hat sie mitgenommen. Mir sind praktisch nur das schlechtere Teeservice und die lächerlichsten, billigsten Nippes geblieben. Und meine Anzüge, meine Unterhosen und die Bücher. Der Wert eines Buches war für Else eigentlich gar nicht vorhanden. In gewisser Weise ist daran unsere Ehe zerbrochen.«

»Wissen Sie, Frischauf, ich bin ein verdammt schlechter Tröster einsamer Herzen. Ich bin ja selbst so etwas wie ein weggeworfener Gummibaum, der auf einer Müllkippe Wurzeln geschlagen hat und nun auf die nächste Ladung Abfall wartet, die ihn endgültig begraben wird. Ich kann Ihnen auch nicht ernstlich sagen, dass in der Zukunft der Himmel des Singleparadieses auf Sie wartet. Das Einzige, was ich Ihnen sagen kann … Sie müssen da durch und Sie haben eine scheußlich schwere Zeit vor sich. In diesem Sinne nehme ich Ihnen auch das heutige Besäufnis nicht übel. Das sollten Sie vielleicht sogar noch ein paar Mal wiederholen. Dann haben Sie die Schnalle vielleicht bald vergessen.«

»Den Job von Gerti Senger kriegen Sie nie!«, lachte Frischauf bitter auf. »Und die Schnalle, wie Sie sich auszudrücken belieben, ist immer noch meine angetraute Ehefrau und Gattin!«

»Haben Sie Ihren Schlüssel endlich gefunden oder wollen wir hier in diesem Windfang die ganze Nacht weiterpalavern?«

Eigentlich egal, dachte ich, kannst heute Nacht eh nirgends mehr hin, Miert, dein Zuhause ist vielleicht schon eine tödliche Falle und dir bleibt nichts anderes übrig, als die nächsten Tage immer in Bewegung zu bleiben und keinen Ort zweimal aufzusuchen.

»Ich habe mich lange geweigert, von diesem blödsinnigen Turm zu springen, aber mit neunzehn hat man dem Druck eines dreimal so alten Vizeleutnants letztlich herzlich wenig entgegenzusetzen.«

»Vizeleutnant? Welcher Turm?«, fragte ich nach.

»Ein Beton-Monster von einem Sprungturm. Ich frage mich bis heute, warum sie so etwas in ein kommunales Schwimmbad bauen. Wahrscheinlich nur, damit man Schüler und Rekruten bei der Schwimmausbildung quälen kann.«

»Bundesheer?«

»Sehe ich so aus, als ob ich in der Fremdenlegion gedient hätte?«

Diesmal, ich konnte mich einfach nicht halten, musste ich laut auflachen. Ich wollte es mir selbst nicht eingestehen, aber irgendwie mochte ich diesen unglücklichen, exzentrischen, lächerlichen und unbeholfenen Papiermenschen ein wenig.

Auf eine vertrackte Weise war er, ohne dass er das eigentlich wollte, gerade dabei, meine Freundschaft zu gewinnen.

»Ich bin so dämlich mit dem Gesicht auf der Wasseroberfläche aufgeschlagen, dass mir ganz schwarz vor Augen geworden ist. Der alte Vizeleutnant musste mich vom Grund des Bassins heraufholen. Als ich wieder zu mir gekommen bin, hat er mich zusammengestaucht wie den letzten Dreck, weil er bei der Rettungsaktion fast selbst ertrunken wäre. Seitdem sind meine Augen immer schlechter geworden. Jahr für Jahr wird es immer dunkler um mich. Wie wenn ich langsam in ein riesiges Glas mit Zwetschkenmarmelade versinken würde, jedes Jahr ein bisschen tiefer. Die Schwesternschülerinnen kann ich schon längst nicht mehr aus dem Küchenfenster beobachten. Aber es reicht noch, um meinen Haustorschlüssel in der Hosentasche zu finden!«

Vor allem, dachte ich, weil man dazu genau genommen nur den Tastsinn benötigt.

Frischauf reckte den Schlüsselbund triumphierend in die Höhe. In einer routinierten und raschen Bewegung fand er mit dem Bart eines Schlüssels in das Schloss und dreht den Zylinder nach links. Das Schloss schnappte hörbar auf.

»Sie versprechen mir, sich gleich hinzulegen und keine Dummheiten zu machen? Ehrenwort?«

»Mein Ehrenwort hat mir schon seit vielen Jahren keiner mehr abverlangt«, meinte Frischauf verwundert.

* * *

Die Nacht war feucht und kalt und mondlos. Von den Straßenlaternen, die in der Gegend um das Fernheizkraftwerk besonders spärlich vorhanden waren, spritzten feine, gelbe und grüne Strahlen. Ein Rettungshubschrauber schien einen infernalischen Angriff auf den Mühlweg zu fliegen, kippte aber dann nach links weg und landete inmitten Dutzender roter, starker Lichter sanft auf dem Flachdach des Krankenhaushauptgebäudes. Unsichtbar waren Wiesel und Marder, Ratten und Katzen in den Vorgärten und Rabatten unterwegs. Der Motor des Granada lief rund, untertourig und leise. Manchmal übertönte ihn das heftige Surren eines defekten Transformatorenhäuschens, an dem ich gerade vorbeifuhr, dann drangen wieder ein paar Geräuschfetzen einer Fernseh-Pornoshow oder eines Streites aus einem gekippten, noch erleuchteten Fenster. Auf Höhe der Zehengruberstraße wurde ich von einer schwarzen, tiefergelegten Corvette mit zwei kaum Achtzehnjährigen in rasender Fahrt überholt. Stolz übergossen sie die Gegend mit dem Lärm ihres getunten Motors und den hämmernden Beats ihrer elektronischen Musik. Weiß Gott, wohin sie um diese nachtschlafene Zeit noch unterwegs waren. Ich wusste nur, dahin wollte ich heute garantiert nicht mehr. Mein Tag war anstrengend wie eine Problemgeburt gewesen. Ich hatte das Gefühl, als würden meine Augenlider mir schon bis zum Kinn herabhängen und ich nur mehr durch einen Schleier von dünner, straff gespannter Haut sehen. Ich fühlte mich wie ein Murmeltier kurz vor Weihnachten unter acht Meter Lawinenschnee im Hochgebirge bei Galtür.

Am Ende des Mühlweges hatte ich eine Idee. Ich beschloss, mich für diese Nacht nicht, wie ich es eigentlich vorgehabt hatte, in einem Abbruchhaus am Stadtrand einzuquartieren, auch nicht in einer Schrebergartenhütte, die im Winter von ihren Besitzern nicht benützt wurde, und auch nicht in der aufgelassenen Fabrik unter dem Viehofener Kogel. Ich beschloss, mir ein völlig anderes Nachtquartier zu organisieren, in dem niemand, aber auch wirklich niemand einen Diskontdetektiv, einen Nebochanten wie mich vermuten und suchen würde. Ich bog in die Schärfstraße ab. Das Ziel meiner nächtlichen, einsamen Fahrt lag nun in der Innenstadt.

Harland war meine Stadt, dachte ich trotzig. Die waren mir in allem über, die hatten mir alles voraus, aber ich war hier geboren, ich kannte hier alles und fast jeden. Und ich hatte Beziehungen, zwar nicht zu den richtigen Leuten und schon gar keine besonders freundschaftlichen, aber der eine oder andere war mir noch etwas schuldig.

* * *

»Alte Schulden liegen und faulen nicht, mein Bester.«

»Das habe ich bei Ihrem unvermuteten Anblick befürchtet«, lächelte der Nacht-Empfangschef des Hotels »Exzelsior« säuerlich.

Vor Jahren war einer seiner Ex-Lover gerade dabei gewesen, ein paar höchst indezente Latexfotos von ihm ins Internet zu stellen, als ich dessen Festplatte mit einem Vorschlaghammer zertrümmerte. Natürlich eine ziemlich illegale Aktion, die auch ein juristisches Nachspiel für mich gehabt hätte, wenn der eifrige Männerfotograf nicht auch noch einen schwunghaften Handel mit den allerneuesten, selbst gebrannten Hardrock- und Gothic-CDs betrieben hätte. Die Trümmer des PCs hatte ich damals in einem Müllsack mit mir genommen. Auch das wusste der Empfangschef. Was mein ehemaliger Klient aber nicht wusste, war, dass der ganze Elektronikschrott schon seit Langem auf der städtischen Mülldeponie, etwa in der Ablagerungsschicht vom vorvorigen Sommer lagerte, Dreck zu Dreck, Schaltung zu Schaltung und Elektron zu Elektron.

»Hier ist der Name für den Meldezettel und die zwölfstellige Reisepassnummer eines Untertanen der Königin von Belgien.«

Ich reichte dem Dauerlächler von Berufs wegen einen Schmierzettel mit diesen Daten, die ich gerade eben im Auto erfunden hatte.

»Karel von Miert? Haben die nicht eher einen König?«

»Wollen wir hier Erbsen zählen oder was? Ich habe mich damals für Sie auf die Schienen gelegt und nicht danach gefragt, ob ich damit den Moralkodex für häkelnde Pfarrerstöchter verletze!«

»Mit dieser Sache sind wir aber endgültig quitt und Sie vernichten die Festplatte und etwaige CDs endgültig.«

Der Empfangschef hatte sich gefangen und lächelte wieder geschäftsmäßig. Ich liebe dieses kalte, amerikanische Business- und Dienstleistungslächeln, dachte ich, es drückt so viel schäbige Gleichgültigkeit aus.

»Ich verspreche Ihnen, dass Sie mich kaum zu Gesicht bekommen werden. Dafür hätte ich gerne ein Zimmer ab dem dritten Stock, wenn möglich in unmittelbarer Nähe eines Stiegenaufganges. Der Lift kann ruhig weiter abseits liegen. Weitere Extras wie Wellnessbereich und Frühstücksbuffet werde ich nicht in Anspruch nehmen, nur den Zimmerservice.«

»Ich wünschte, Sie würden mich nicht in Anspruch nehmen«, meinte der Empfangschef mit gefrorenem Lächeln.

Das geht leider nicht, dachte ich, denn ich habe so wenig Freunde in Harland wie Dschingis Khan in der Endphase. Dieser kalte, glatte Latexfan war im Moment wahrscheinlich der Einzige, der mich für eine Weile aufnehmen würde.

»Hört denn das niemals auf?«, beklagte sich der Mann noch einmal, reichte mir dann aber über die Theke der Rezeption wortlos einen elektronischen Zimmerschlüssel im Scheckkartenformat.

»Danke, das Gepäck bringe ich schon selber nach oben.«

»Genießen Sie ihren Aufenthalt in unserem Haus oder wie man bei Ihnen in Belgien wohl sagen würde: Scheiß drauf!«

»Na, na, so werden Sie aber niemals europäischer Rezeptionist des Monats!«

* * *

Das Zimmer lag zwar im dritten Stock neben der sogenannten Mozart-Suite, konnte aber ansonsten bestenfalls als Dienstbotenkammerl, als Personalraum für in- oder ausländische Aushilfskräfte durchgehen. Oder es diente dazu, den Chauffeur oder das Kindermädchen der Herrschaften, die nebenan im Himmelbett à la Amadeus nächtigten, unterzubringen. Ein schmales Bett mit einer durchgelegenen Matratze und einem Nachtkästchen nicht viel größer als ein Rubikwürfel, ein Schränkchen so schmal wie in einem Kinderzimmer, ein Tischchen, das man von der Wand klappen konnte, sowie der dazugehörige Sessel, auf dem allem Anschein nach immerhin eine Pobacke von mir bequem Platz finden würde. Als der Koffer und ich es gemeinsam in diesen Raum geschafft hatten, war dieser auch schon proppenvoll.

Na ja, dachte ich an das Lächeln des Empfangschefs, Rache ist eben doch süß.

Ich legte meine Jacke auf den Kasten, worauf ich den Koffer knapp, aber doch in diesem unterbrachte. Die abgeschnittene Schrotflinte versteckte ich unter dem Kopfpolster. Ich zog meine Schuhe aus und legte mich auf das Bett. Dann ließ ich mir über das Haustelefon vom Zimmerservice die Karte jener Speisen vorlesen, die aufs Zimmer serviert wurden. Ich bestellte Tiroler Schinkenspeck mit lackierter Honigmelone, Sellerieschaumsuppe mit Croûtons sowie Zanderfilet in der Erdäpfelkruste mit Lauchragout. Als Dessert wollte ich mir eine Waldviertler Mohnhimbeertorte und eine Flasche Kourtaki-Samos gönnen. Außerdem orderte ich Perrier – ein anderes, billigeres Mineralwasser war in diesem Nobelschuppen nicht zu haben –, um mir am Morgen die Zähne putzen zu können, denn in der elenden Kammer war nirgendwo auch nur eine Spur von einem Waschbecken zu entdecken.

Die Dame vom Zimmerservice fragte zweimal nach, als ich ihr die Zimmernummer nannte. Wahrscheinlich war von diesem Kammerl aus noch nie eine derartige Bestellung gekommen. Ich will wenigstens nicht mit leerem Magen sterben, dachte ich.

Während ich auf all die kulinarischen Köstlichkeiten wartete, dachte ich daran, dass ich heute Mira gegenüber hochtrabenderweise von einem Vermächtnis meinerseits gesprochen hatte. Dabei gab es nichts weniger als ein solches, wenn ich mein bisheriges Leben Revue passieren ließ. Ich hatte einiges gesehen und mich überall eingemischt. Ich war nicht nur höheren Orts oftmals lästig gewesen und war einigen Leuten kräftig und ungeniert auf die Zehen gestiegen. Alles in allem hatte das wohl nicht mehr bewirkt, wie wenn in Oberwart ein Hausmeister eine Bierflasche umstößt. Natürlich war das sogenannte Böse die Normalität geblieben, der Abgrund die vorherrschende Konfiguration der Welt. Auch hier in Harland, dieser vorgeblichen Insel der Seligen, dieser exzessiv-gemütlichen Provinzmetropole waren der Unterschleif, die Gehässigkeit, die offene oder versteckte Brutalität und die leidenschaftliche Gleichgültigkeit beim Quälen jedweder Kreatur noch immer das Normalverfahren, und Menschen taten Menschen Dinge an, die jeder Beschreibung spotteten. Es kam einfach darauf an, am Ball und am Leben zu bleiben.

Keiner, dachte ich amüsiert, als der Etagenkellner schon an die Tür meines Kabuffs klopfte, käme auf die Idee, Marek Miert, den Diskontdetektiv, in einem Vier- oder Fünf-Sterne-Hotel zu suchen.

* * *

»Glauben Sie, dass in der Wachau jetzt im Februar schon die Marillen geerntet werden?«, fragte mich Oberleutnant Gabloner.

In meinem Kopf begannen sämtliche Alarmglocken zu schrillen. Achtung, Falle, dachte ich. Bei dem alten Oberleutnant musste man auf der Hut sein, am besten gleich auf mehreren Hüten.

»Was soll die Frage? Ist das ›Versteckte Kamera‹ oder was?«

»Beantworten Sie immer jede Frage mit zwei Gegenfragen?«, fragte Gabloner kopfschüttelnd.

»Halten Sie es als erfahrener Kriminalist vielleicht anders?«, meinte ich.

»Okay, leichtere Frage, Miert: Welches Datum haben wir heute?«

»In Ihrem Zimmer hängt sicherlich ein Kalender«, antwortete ich, »aber möglicherweise haben Sie keinen Sinn für Details oder können nicht lesen, jedenfalls keine Zahlen. Doch das ist eigentlich nicht mein ureigenstes Problem.«

»Sind Sie schon so geboren? Oder leiden Sie noch immer unter diesen postnatalen Schüben?«

»Ist das die Fünfhundert-Euro-Frage?«

»Also echt, ich gebe es auf mit Ihnen, Miert!«

»Keine Chance auf den Jackpot?«

»Da haben Sie Ihren Jackpot!«, schnaubte Gabloner und reichte mir einen dünnen grünen Aktendeckel, auf dem ein irgendwie plastischer, grinsender Delphinkopf prangte, der mir die Zunge herausstreckte und aufgeregte Laute wie einst Flipper von sich gab.

»Viel Spaß damit!«

Als ich den Aktendeckel öffnete, lag nichts weiter darin als eine Visitenkarte.

Dr. Roland Bisam. Landeslandwirtschaftskammer, Bezirksstelle Harland. Zwei Telefonnummern von Festnetzanschlüssen im Büro oder in zwei Büros und dazu noch die Nummern von zwei Diensthandys. Der war scheinbar so wichtig, dass er gleich zwei Vorzimmer und vielleicht auch mehrere Vorzimmerdamen benötigte. Oder gehörte das zur Organisationskultur der Kammer? Im Zweifelsfall hatte in Österreich einer jedenfalls immer recht – Kafka.

Ich spürte geradezu körperlich, wie ich an die acht oder neun Minuten in den Leitungen von diversen Sekretariaten der Kammer verbrachte, die Glasfasern schienen an meiner Haut zu kratzen. Endlich erreichte ich diesen Bisam und stellte mich vor.

»Schön, dass endlich jemand zurückruft«, eine junge, privilegierte Stimme, akzentfreies Standarddeutsch, glatt, gepflegt, antiseptisch. »Ich habe in der Sache schon zweimal um Rückruf ersuchen lassen.«

Ich überging das erst einmal.

»Worum geht es denn?«

»Ich habe in der Sache schon einem Herrn Schadek oder Sladek erschöpfend Auskunft gegeben und Angaben gemacht!«

Ein so Wichtiger wie ich, drückte die Stimme aus, konnte seine Zeit doch nicht damit vertrödeln, einen Sachverhalt x-mal zu wiederholen. – Was für eine Verschwendung kognitiven Potenzials!

»Worum geht es denn?«, wiederholte ich geduldig wie bei einem Kleinkind.

»Das wissen Sie nicht?«

»Darum frage ich ja, Herrschaftsseiten! Ich weiß auch nicht, wer Baden Powell war oder wie die dritte Maxwell'sche Gleichung genau geht. Manchmal vergesse ich sogar meine angeborene Höflichkeit. Also, damit gleich von Anfang eines klar ist: Sie wollen etwas von mir und nicht ich von Ihnen«, schnaubte ich in den Hörer.

Zwei, drei Sekunden hörte ich nichts als einen längeren Atemzug, dann presste sich der nicht mehr ganz so wichtige Dr. Bisam ein »nichts für ungut« ab und begann übergangslos von Marillen zu reden, von Wachauer Marillen.

»Eigentlich haben uns die Kremser Kollegen darauf gebracht, dass in Harland schon Wachauer Marillen verkauft werden! Eine Gemeinheit ist das, ein glatter Betrug! Die echten Wachauer Marillen sind nämlich noch nicht einmal befruchtet! Das dauert noch gut ein halbes Jahr, bis die geerntet werden. Und dann ist der Markt gesättigt, weil alle Harlander Hausfrauen schon eingekocht haben!«

In der jungen, ambitionierten Stimme war einen Moment lang so etwas wie Gefühl mitgeschwungen. Vielleicht mochte er ja hausgemachte Marillenmarmelade.

»Wäre das nicht eher etwas für das städtische Marktamt?«

»Das Marktamt könnte doch nur konstatieren, dass es sich um spanische oder bulgarische Glashausimportware und keineswegs um echte Wachauer Marillen handelt, und absolut lächerliche Geldbußen verhängen, die jeder halbwegs potente Händler aus der Portokassa bezahlt, wenn er die Vollstreckung des Bußgeldbescheides nicht durch Einsprüche sowieso bis zum St. Nimmerleinstag hinauszögert. Hier geht es aber um Betrug!«

»Sie wissen, dass man sich für gewerbsmäßigen Betrug mindestens ein Jahr einfängt und das Landesgericht Harland nicht unbedingt für die Häufigkeit bedingt verhängter Strafen bekannt ist?«

Mir schien das ehrlich gesagt etwas hoch für ein bisschen Obst.

»Gott sei Dank!«, freute sich die Stimme, die nun plötzlich wie Flipper klang. »Wir werden mit Ihrer Hilfe jede Menge Betrugsanzeigen erstatten! Wir rechnen mit Ihnen!«

»Na ja, ich werde mal sehen ...«

»Vielen Dank. – Ich werde das höheren Orts melden!«, flipperte es aus dem Hörer.

Aus einem Delphin kann man ganz schön was machen, dachte ich. Der wird mindestens noch Sektionschef im Landwirtschaftsministerium. Oder er ertränkte eines Tages unvermutet die werte Ehegattin, weil die Wörter wie »aggregiert« oder »Metabolismus« nicht verstand.

Plötzlich stand ich in jener Greißlerei in der Handel-Mazzetti-Straße, in der meine Eltern eingekauft hatten, als ich noch ein Kind war. Mhhhmmm, »Wachauer Marillen«, stand da in der Obstecke, und da lagen sie auch schon, groß, rosiggolden, und saftig-fruchtig.

»In der Wachau sind die Marillen so klein, noch so winzig.« Ich war komischerweise kein Kind mehr und zeigte mit Zeigefinger und Daumen der rechten Hand etwa die Größe eines rachitischen Flohs an. »Hut ab! Das nenne ich das Unmögliche möglich machen! Weiter so, gnädige Frau!«

»Wollen Sie mich rollen?«, fragte die Greißlerin, dieselbe, die ich als Kind gekannt hatte, eine mollige Matrone mit schwarzvioletter Dauerwelle und kalkweißer Gesichtshaut. Da meine Eltern nie anschreiben ließen, sondern immer bar bezahlten, hatte sie mir manchmal ein oder zwei Stollwerck-Zuckerl geschenkt.

»I wo, nur anzeigen, wenn Sie dieses Schild nicht sofort entfernen von Ihrer spanischen Importware.«

Ich zeigte meine großen, bösen Lächelzähne.

»Ja, was glauben Sie denn, wo die Rohware für all die Marmeladen, Liköre, Kompotte, Torten herkommt, die Jahr für Jahr den Touristen in der Wachau verkauft werden? Und für die Verkaufsstände alle fünfzig Meter an der Donauuferstraße? Von den zwei Millionen Kilo, die dort wachsen? Mein Onkel war Eisenbahner, Güterwaggon um Güterwaggon rollt da in bestimmten Monaten an, mit bulgarischem Obst zum Beispiel, aber auch aus Ungarn, Moldawien«, fuhr mich die Greißlerin an.

»Schauen Sie, daran können wir beide nichts ändern, und ich nehme jetzt einfach Ihr Schild da herunter und mit. Und wenn ich morgen eventuell wiederkomme, möchte ich ein neues sehen, wo draufsteht: ›Spanische Marillen, Handelsklasse zwei, Vitamine aus Kastilien‹ oder so. Sind die übrigens gut?«

»Ja, schon …«

»Dann nehme ich ein Kilo. Oder zwei.«

»Und die wollen Sie jetzt geschenkt oder was?«

»Nein, die will ich um neunzig Cent und nicht um zwei Euro neunzig, weil wir beide wissen, dass es keine Wachauer sind.«

Wenn sich wenigstens ein Fall von mir jemals so leicht lösen ließe, dachte ich deprimiert kurz vor dem Aufwachen. Nicht nur Gefängnis-, auch die meisten Hotelbetten waren eine Strafe. Und solche idiotischen Träume kamen bloß davon, wenn man mitten in der Nacht noch so infernalisch völlerte.

* * *

Ohne Wecker schlief ich für gewöhnlich bis neun, mit Wecker bis halb zehn oder zehn. Wecker hin oder her, durch das üppige Nachtmahl, teilweise auf dem Klapptisch und teilweise im Bett zu mir genommen und genossen wie die allerletzte Mahlzeit auf Erden, hatte ich ordentlich verschlafen. Auf meiner Armbanduhr war es bereits halb zwölf, als ich den Lift zur Rezeption nahm, um dort nach einem Exemplar der »Harlander Nachrichten« zu fragen, die heute erschienen und bereits frühmorgens an die Trafiken und Kaufhäuser ausgeliefert worden waren. Mangels Duschmöglichkeit und sonstiger sanitärer Annehmlichkeiten in meinem kargen Dienstbotenzimmer hatte ich mir nur mit Mineralwasser die Zähne geputzt und mich in meine Kluft geworfen, dabei allerdings nicht auf die dicke Jacke mit der Flinte in der Innentasche vergessen.

Die Lobby war voll von japanischen Touristen, die in der Regel kaum größer als ihre Koffer waren und ein- oder auschecken wollten. Während sie in Gruppen und Grüppchen zur Rezeption drängten, fotografierten sie einander, fotografierten die Dekoration, fotografierten die Hotelangestellten und fotografierten sogar mich, wahrscheinlich als eine Art menschgewordenen Harlander Fudschijama. Der bloße Anblick solcher Reisegruppen ließ mich immer wieder daran verzweifeln, dass ich fast dreimal so schwer war wie ein durchschnittlicher japanischer Mensch. Auch die asiatische Höflichkeit überforderte mich. Als ich mich auf gut österreichisch, das heißt relativ rüde und rücksichtslos, zur Rezeptionstheke vordrängte, um dort wie ein gereizter Hamster die »Harlander Nachrichten« zu verlangen, trat ich einem japanischen Reiseleiter versehentlich, aber heftig gegen das Knie. Der Mann begann augenblicklich und sichtlich bemüht gegen meinen Bauchnabel zu lächeln, und ein Schwall kurzer Worte, die wie eine rasche, freundliche Entschuldigung klangen, flog wie eine Wolke von Samurai-Pfeilen auch mich zu. Na ja, dachte ich, vielleicht beschimpft er dich ja auch, behält aber sicherheitshalber das Lächeln bei – die sind auch nicht blöd.

Mit dem Lokalblatt versank ich in der Lobby in einer pompösen, schwarzen Designerledersitzgarnitur, ja Sitzlandschaft, für die wohl eine ganze Herde von Kobe-Rindern dran glauben hatte müssen. Durch die üppige Polsterung befanden sich meine Knie etwa auf Höhe meiner Augen, während ich die Zeitung mit diesen verschlang. Hätte ich schnell aufstehen wollen, wären wohl ein Flaschenzug oder mindestens zwei Hausdiener nötig gewesen. Die meisten Japaner mieden diese großkotzige Sitzlandschaft instinktiv, weil sie darin wohl bis zum Scheitelbein versunken wären. Vielleicht wollten sie ihre wertvolle Urlaubszeit auch nicht in einer Haltung vertun, in der sich nur schwerlich gute Fotos machen ließen.

Klempert machte natürlich mit der Razzia im »Miramar« auf. Es gab im Blattinneren mehr Fotos von ihm in der zünftigen Splitterschutzweste als von Stalin in einer Prawda-Ausgabe von 1944. Überhaupt war die ganze Nummer mehr ein Bilderbuch als eine Zeitung, die Leichen, die blutigen Schrunden und Gabloners grimmig-stierer Blick waren ja auch ach so dekorativ und man soll dem Publikum schließlich geben, was das Publikum verlangt. In den nicht sehr zahlreichen Textblöcken zwischen den großformatigen Fotos, in denen sich das Klempert'sche Schreibgenie austoben konnte, stand im Wesentlichen nichts für mich Neues, es war die reine literarische Blutsäuferei, purer Hausmeister-Boulevard. Dr. Seltsam erwies sich als Immobilienmakler aus Wels, der im »Miramar« an seinem eigenen Erbrochenen erstickt war, nachdem er seine hiesige Freundin, eine etwas ältere, verheiratete Handarbeitslehrerin, zuvor brutalst erstochen hatte. Beruflich hatte er sich zuletzt vor allem damit beschäftigt, in Oberösterreich zu Hunderten alte Bundesheerbunker aufzukaufen, um sie als Champignon- und Hobbykeller anzubieten. Sein »satanischer« Hintergrund, der neben den schwarzen Kerzen im Artikel eifrigst ausgeschlachtet wurde, bestand vor allem darin, dass er in seiner Karriere als Immobilienhai auch schon reichlich kontaminiertes Bauland verscherbelt hatte, damit gelegentlich in juristische Schwierigkeiten geraten war und zu Lebzeiten unter einem verkrüppelten Zuckerfuß gelitten hatte. Nach all diesen Informationen kam mir der Mann jedenfalls nicht ausgeflippter oder schizoider vor als andere Makler, die ich schon kennengelernt hatte, von diversen Parkplatzwächtern, Fernmeldetechnikern, Friseusen und Angehörigen anderer, ehrbarer Berufe ganz zu schweigen. Mir stockte nur einen

Augenblick der Atem, als ganz am Schluss und quasi en passant als Zundgeber für Oberleutnant Gabloners Aktion ein lokaler Privatdetektiv genannt wurde. Das nächste Mal sollte ich Klempert mindestens ein Ohr abschießen. Hat er es sich gerade noch verkniffen, dachte ich, meinen Namen hinzuschreiben, obwohl ich eh kein Geld hätte, um sein elendes Schmierblatt zu verklagen.

Zwei Seiten weiter fand ich beim Durchblättern eine Geschichte, in der von einem Überfall auf einen seit Längerem beschäftigungslosen Drogisten in der Südstadt berichtet wurde, dem man am helllichten Tag vermutlich mit einem Baseballschläger beide Arme gebrochen hatte. Danach hatte ihm der unbekannte und flüchtige Täter diverse Rauschgifte in Mund und Nase gestopft. Die Zeitung spekulierte über eine Fehde im Drogenmilieu, aber die Beschreibung des unbekannten und flüchtigen Täters passte haargenau auf Goritschnig. Er hatte sich nicht einmal eine andere Weste besorgt. Gibt es denn in diesem Land, dachte ich, keine andere Gerechtigkeit mehr als diesen Meschuggenen?

* * *

Die japanischen Touristen in der Hotellobby gewannen wiederum nicht gerade den besten Eindruck von den im alten Europa vorherrschenden Umgangsformen, als ich mich durch sie hindurch, wie ein fetter, nicht besonders gut desodorierter Karpfen durch einen Schwarm Elritzen, zum Lift drängte. Meine etwas unorthodoxe Art des Auscheckens eben, dachte ich, als ich in meinem Zimmerchen im dritten Stock den Koffer zusammenraffte, den Zimmerschlüssel einfach innen stecken ließ und dem Nachtempfangschef in Gedanken noch viel Spaß bei seinen Latexspielchen wünschte. Die erste Regel, wenn man nolens volens auf der Flucht war: Bleib nicht zu lange an einem Ort. Die zweite Regel ging dahin, immer in Bewegung zu bleiben, um kein still stehendes Ziel zu bieten. Die dritte hatte ich vergessen und die vierte besagte in etwa, dass man sich in einem Zeitraum von vierundzwanzig Stunden möglichst nicht zweimal an demselben Ort aufhalten sollte.

Zur Tiefgarage unter dem Hotel nahm ich sicherheitshalber das Stiegenhaus. Erst als ich mit dem Granada das »Exzelsior« schon mehr als einen Kilometer hinter mir hatte und offensichtlich niemand an meinem Heck klebte, atmete ich wieder entspannter, ruhiger, regelmäßiger. Weder im Lift noch auf den Gängen noch in der Tiefgarage war mir jemand begegnet. Außerhalb der Innenstadt drückte ich hemmungslos aufs Gas, fuhr den alten Wagen knapp am Limit. In kritischen Situationen neigte der Ford Granada ein wenig dazu, mit dem Heck auszubrechen. Besonders wenn man leichtsinnigerweise mit hoher Geschwindigkeit in lang gezogenen Kurven schärfer bremste. Die Lenkung war an sich steif und solide, der Schwachpunkt war bei rasanter Fahrt das Heck. Der robuste Sechszylindermotor und das Fünfganggetriebe sorgten dafür, dass die fast eineinhalb Tonnen Stahl, Gusseisen und Blech ganz schön zügig bewegt werden konnten. Allerdings fühlte man sich durch die fast schon amerikanisch weiche Federung trotz Einzelradaufhängung und Teleskopstoßdämpfern manchmal wie in einer besseren Affenschaukel. Vor allem aber hatte man in diesem Auto eines, nämlich Platz. Alles in allem bot mein Granada trotz zunehmendem Rostfraß an Unterboden und Karosserie altbewährte, unproblematische und immer noch zuverlässige Technik und war garantiert elektronik- und damit weitgehend pannenfrei. Ein Fossil aus jener fernen Zeit, als noch richtige Autos gebaut wurden, und keine fahrbaren Computer. Heutzutage war es vielleicht etwas genant, dachte ich, einen solch großen, alten, spritsaufenden Wagen zu fahren, aus dem niemals ein schmucker Oldtimer, eine ordentliche Wertanlage für Zahnärzte, Treuhänder und Fernsehkommissare werden würde, aber um das Gerede der Leute hatte ich mich in jeder Hinsicht noch nie groß gekümmert. Dazu war das Leben einfach zu kurz.

Nahe der Berufsschule bog ich rasant in eine Seitengasse ein, wendete an deren Ende und parkte in der ungefähren Mitte der Gasse mit laufendem Motor, um einen etwaigen Verfolger durch eine Ausfahrt mit Vollgas in der Gegenrichtung zu düpieren. Ich kurbelte das Seitenfenster auf der Fahrerseite herunter und atmete tief ein. Ein kalter, trockener, nervöser Wind begann an meiner Kopfhaut zu feilen. Ich blickte in einen Garten, über den der laue, trockene Winter hergefallen war wie ein rapide gealterter Zeus über Europa, und nahm dort zum ersten Mal seit Tagen wieder bewusst wahr, ließ meine Sinne über dieses Stück Kulturnatur schweifen. Eine blattlose Forsythie glich beinahe einer dünnen, fragilen, gelbhaarigen Wüstenspinne. Ein Fleck mit einer ebenfalls kahlen, japanischen Quitte ragte spitz in die schlierige Luft. Die Stämme von drei alten Apfelbäumen waren von gelben, erhabenen Flecken übersät. Ein großer Pfirsichbaum, die starben oft vor der Zeit, war total verdorrt, sein Stamm rissig wie eine afrikanische Autobahn. Der Rasen war stellenweise kotbraun, dann wieder dürrgelb. Ein ehemaliges Gemüsebeet war von gelbgrauen, toten Brennnesseln überlagert.

In den Blocks zwischen Schulring und Grillparzerstraße fuhr ich zweimal gegen eine Einbahn und beobachtete dabei den Rückspiegel weit eingehender als ein Flitterwöchner seine frisch Angetraute.

Nichts.

In meinem panischen Kopf liefen die ganze Zeit Dutzende Hollywoodfilme mit raffinierten Beschattungen und furiosen Autoverfolgungsjagden gleichzeitig ab, aber in meinem Rückspiegel war während der gesamten Fahrt kein Verfolger zu entdecken.

* * *

Bei Tag sah Frischaufs Gemeindebau wie ein riesenhafter, grauer Mahlzahn aus, in den Myriaden von Kariesbakterien fensterähnliche Öffnungen gefressen hatten. Rund um das massige Haus war keine Menschenseele zu sehen, aber dafür ungepflegter, niedergetretener, braungrauer Rasen mit vielen Kahlstellen, ein paar chaotisch verteilte, verkrüppelte Büsche, die als Jungpflanzen nicht richtig angewachsen waren, eine ganze Reihe von Teppichstangen aus massivem Gusseisen, deren Anstrich schon vor Jahrzehnten abgeplatzt war, ein abgelegtes, herrenloses, schon zu einem Gutteil im Erdreich versunkenes Campingfahrrad, dem der Sattel und die Lichtmaschine fehlten, und eine offenbar schon seit Längerem umgekippte Mülltonne, deren Inhalt der Wind und die Tiere der Nacht über das ganze Areal verteilt hatten. Na ja, dachte ich, »Schöner wohnen« wird hier wohl niemals eine Lokalreportage machen, aber dafür ist der Zins wahrscheinlich ziemlich niedrig, und man hatte so essenzielle, segensreiche Einrichtungen wie das Krankenhaus und das »Corona Bavariae« in unmittelbarer Nähe – das hätte Frau Frischauf, fand ich jedenfalls, unbedingt mitbedenken müssen.

Ich drückte zweimal die Taste der Gegensprechanlage, auf der »Else und Hermann Frischauf« stand, und wartete. Zunächst tat sich einmal gar nichts, dann gab die Haustür ein schwächliches Krächzen von sich, sprang aber nicht auf.

Ich drückte noch einmal. Eine mir völlig fremde, griesgrämige Stimme, die auch King Kong hätte gehören können, meldete sich aus der Gegensprechanlage.

»Frischauf. Wer stört?«

»Der Schneeglöckchenpflücker. Ich muss Ihnen nämlich dringend etwas erklären«, sprach ich in das Mikrofon der Gegensprechanlage, die aussah, als wäre sie 1961 in der DDR hergestellt worden. Sie krachte auch dementsprechend. Wie wenn man auf brüchige Glasmurmeln steigt, dachte ich, der ganze Kommunismus ist nichts als eine einzige große Materialermüdung gewesen.

»Dass Sie mir als harmloser Blumenpflücker im Auftrag meiner Frau nachspioniert haben, ob meine historischen Recherchen nicht doch eher amouröse Abenteuer waren, brauchen Sie mir nicht zu erklären! Ich habe Sie längst durchschaut!«

»Aber …!«, versuchte ich zu protestieren.

»Wie Ihnen sicherlich bekannt ist, hat meine werte Gattin auch unseren Fiesta mitgenommen. Sie können mich also gleich nach Spratzern chauffieren, da sind Sie auch schön nah dran an mir und können einen superschönen Bericht schreiben!«

Hermann Frischauf klang jetzt wie einer erzürnter Hansi Hinterseer mit Mandelentzündung, der versuchte, einen slowakischen Berggorallendialekt zu sprechen.

»Frischauf, Sie täuschen sich! Sie müssen mir schon zuhören, bevor Sie falsche Schlüsse ziehen!«, erwiderte ich, aber da war die Leitung offenbar schon tot.

Wenig später erschien Hermann Frischauf mit einem Küchenbeil in der Hand im Haustor und schritt, wenn auch nicht frisch und fromm und fröhlich, so doch frei auf mich zu. Besser wäre es allerdings, dachte ich, man hätte ihn in eine Zwangsjacke gesteckt.

»Hoppala«, meinte ich und machte unwillkürlich zwei, drei kleine Schritte zurück, »dass Sie so wütend auf mich sind, hätte ich mir aber nicht gedacht.«

»Aber wo denken Sie hin …«, sagte der Ex-Buchhändler.

Die Spuren des gestrigen Exzesses waren ihm deutlich ins unglückliche Gesicht geschrieben. Noch mehr ins Auge sprang allerdings seine Adjustierung, die nicht mehr aus einem Nadelstreifanzug, sondern aus einem blau-weiß gestreiften Trainingsanzug bestand. Dazu trug er halbhohe Lederstiefel. Alles in allem hätte man ihn, wenn nicht Februar gewesen wäre, für einen Mindestrentner halten können, der gerade daranging, einen Christbaum aus dem Wald zu stehlen. Noch ahnte ich nicht, wie nahe ich mit dieser Vermutung an der Wahrheit war.

»Bevor ich mich zu Ihnen und Ihrer Axt in mein Auto setze, müssen wir uns schon aussprechen, hier und jetzt! Sonst hacken Sie mir noch den Schaltarm ab beim Fahren.«

»Das ist doch bloß ein harmloses Küchenbeil«, entgegnete Frischauf relativ verständnislos.

»Wenn ich Ihr ach so harmloses Hackebeilchen im Schädel stecken hätte, wäre das nur ein relativ geringer Trost für mich«, beharrte ich auf einer Klärung der Dinge.

»Ich bin ein Mann, der noch niemals in seinem Leben die Beherrschung verloren hat.«

»Das hat der Axtmörder von Cincinatti in den Verhören auch behauptet«, scherzte ich matt. »Im Ernst, Frischauf, wir müssen reden und es ist alles weit komplizierter und doch auch wieder einfacher, als Sie annehmen. Ich gebe ja zu, dass mich eine Else Frischauf engagiert hat, auf Sie zu schauen und Ihnen quasi als unsichtbarer Leibwächter zur Seite zu stehen.«

»Unsichtbar? Na, das ist aber voll in die Hose gegangen, mein riesenhafter Alberich.«

Anspielungen, die ich nicht verstand, machten mich nervös.

»Machen Sie mich nicht noch nervöser mit Anspielungen, die ich nicht verstehe«, sagte ich. »Fakt ist jedenfalls, dass mich eine Hochstaplerin engagiert und angeschmiert hat …«

»Tiefstaplerin!«

»Wie bitte?«

»Wenn ich den Charakter und die gesellschaftliche Stellung meiner Frau so Revue passieren lasse, eher eine Tiefstaplerin.«

Die humoristische Seite von Hermann Frischauf entspannte die Situation ein bisschen.

»Ich werde meiner Klientin, so wie sie mich anruft, eine Falle stellen, und Sie werden dabei sein, das verspreche ich Ihnen.«

Fragt sich nur wie, fragte ich mich, aber Frischauf nahm mich immerhin ernst und dachte sichtlich über mein Angebot nach.

»Können wir uns außerdem darauf einigen, dass Sie die Hacke nicht im Fond mitführen, sondern in den Kofferraum legen?«

»Natürlich«, stimmte Frischauf zu, »außerdem sollten wir einander jetzt einmal in aller Form vorstellen.«

»Wäre tatsächlich höchst an der Zeit«, pflichtete ich ihm bei.

* * *

»Soll ich Sie nicht vielleicht doch ablösen?«, fragte ich noch einmal. »Ich habe ehrlich gesagt ein wenig Angst, dass Sie sich ins Knie hacken, in eine Wade oder in noch edlere Teile.«

Der Baum, an dessen Stamm Frischauf nun schon seit mehr als einer halben Stunde herumhackte, war eine Buche, bedrohliche fünfzehn bis zwanzig Meter hoch, mit einer Krone wie ein Fesselballon, kerngesund, relativ dick und zäh. Frischauf hatte die Fallrichtung mir gegenüber ungefähr mit Osten angegeben, also stand ich westlich von ihm und dem Stamm. Trotzdem fühlte ich mich nicht sicher.

»Das können Sie nicht für mich erledigen, das ist meine höchstpersönliche Angelegenheit, Miert! Da will ich keinerlei Hilfe, auch wenn ich welche bräuchte«, keuchte Frischauf und hackte weiter mit seinem Buchhändlerarm, seiner Hühnerbrust und seiner auch nicht imposanteren Schulter. Immer wieder musste er kleinere Pausen einlegen, um seine beschlagene oder verrutschte Brille zu putzen oder zu richten. Insgeheim hatte ich ihn schon im Verdacht, dass er trotz allem Eifer mit manchem seiner Schläge den Kopf heftiger als ergonomisch wirklich nötig mitschwingen ließ, um durch die Korrektur der verrutschten Brille die eine oder andere winzige Auszeit zu bekommen. Die Jacke seines Trainingsanzuges war jedenfalls bereits großflächig an Brust und Rücken durchgeschwitzt. Ich begann mir Sorgen um die Gesundheit dieses Papiermenschen zu machen, weil es ein relativ kühler Tag war, wenn auch kein richtiger Wintertag, denn der ganze Winter war bisher so etwas wie eine Fälschung gewesen, eine Camouflage Petri und ein schlechter Witz. Vielleicht hatten die Chinesen im Herbst unterirdisch Atombomben getestet, die Amerikaner wieder mal Megatonnen von Uranmunition verschossen und jetzt hatten wir halt den meteorologischen Pallawatsch. In jedem von uns sitzt ein kleiner Verschwörungstheoretiker, missinterpretiert forsch die Geschehnisse in der großen weiten Welt und meldet sich hin und wieder mit all dem Zeugs, natürlich auch in dir, Miert, dachte ich.

»In letzter Zeit mal irgendetwas von Atombombenversuchen in den Nachrichten gehört, Frischauf?«

Eigentlich fragte ich aus reiner Langeweile. Mein Vorrat an Mannerschnitten aus dem Handschuhfach war leider schon verzehrt. Und auf mehr Abwechslung bis zum Fallen des Baumes war nicht ernstlich zu hoffen. Wie lautet eigentlich, überlegte ich, der korrekte Warnruf der Holzfäller, wenn so ein Baum fällt? Wie war das bloß im »Förster vom Silberwald« und bei Jack London gewesen?

»Jetzt nicht, Miert. Ich hacke mir sonst echt noch etwas weg von meiner Herakles-Figur.«

Auch diese Selbstironie war für mich ein neuer, nicht unsympathischer Zug an dem Ex-Buchhändler. Ich hatte mich schon über mich selbst gewundert, warum ich mich nicht einfach in mein Auto gesetzt hatte und davongefahren war, als Frischauf mit der Hacke im Haustor erschienen war. Aber rein von meinem umfangreichen Bauchgefühl her meinte ich, dass es besser wäre, noch eine Weile an ihm dranzubleiben. Die 1.200 Euro der angeblichen Else Frischauf waren auch noch nicht gänzlich aufgebraucht. Selbst bei Leuten, die mich angeschmiert hatten, war meine Abrechnung immer korrekt. Ihr war ich das zwar nicht schuldig, aber mir selbst. Dabei hätte ich es mir im Moment dank Goritschnigs üppigem Honorar, eigentlich eine Art Abfindung für die Nacht im Polizeigefangenenhaus, durchaus leisten können zu arbeiten, für wen ich wollte, selbst für einen, der stier war wie die Republik.

»Und Sie wurden wirklich nicht bedroht, seit Sie an dieser Zwangsarbeitersache arbeiten? Keine Drohbriefe oder -anrufe? Keine Tierkadaver auf Ihrer Türmatte oder in Ihrer Post? Keine Männer mit harten Gesichtern und in Trenchcoats stundenlang vor der Buchhandlung? Keine gelockerten Schrauben an den Rädern Ihres Fiesta?«

»Machen Sie sich nicht lächerlich, Miert. Ehrlich gesagt hat sich bisher noch kein Schwein für meine Recherchen interessiert. Das alles ist ja mehr als sechzig Jahre her, und die Harlander sind ja nicht gerade für ihr penibles Gedächtnis und für ihr historisches Interesse berühmt, vor allem wenn es sich um die Geschehnisse der NS-Zeit dreht. Vielleicht bin ich der Einzige in dieser Stadt, der sich für die ehemaligen Ost-Sklaven des Gauarbeitsamtes Niederdonau interessiert. Mein Buch, fürchte ich, werde ich wohl im Selbstverlag herausgeben müssen.«

»Was schätzen Sie denn, wie lange Sie noch brauchen werden?«

»Für das Buch vielleicht noch ein halbes Jahr oder ein Jahr, für diesen zähen Hund hier«, damit zeigte Frischauf mit seinem Hackebeilchen auf die stattliche Buche, »hoffentlich nicht ganz so lange.«

Das lichte Wäldchen, in dem wir zugange waren, lag im

äußersten Südwesten Harlands auf der Uferkante jenes mächtigen, eiszeitlichen Flusses, der den flachen, breiten Trog ausgewaschen hatte, in dem die Stadt heute zum größten Teil lag. Unter dem Steilabbruch dieses Wagrams breitete sich eine alte Siedlung, ein ehemaliges Bretteldorf aus den Dreißigerjahren aus, in der jetzt aber propere Einfamilienhäuschen, so ziemlich alle Typenvarianten aus der »Blauen Lagune«, vorherrschten. Das Siedlungsgebiet war für nicht einheimische Autofahrer praktisch unzugänglich wie ein Stück Amazonas-Regenwald, weil man durch ein raffiniert-bösartiges System von Einbahnregelungen und Sackgassen weder gescheit hinein noch jemals wieder hinaus finden würde, wenn man sich an die Spielregeln hielt. Ich dagegen hatte die meisten Einbahnen ignoriert und war in Ost-West-Richtung einfach durchgebraust.

»Was schätzen Sie: Dürfen wir uns noch Hoffnung auf ein Abendessen in der Zeit machen?«, insistierte ich.

Die Laub- und Nadelbäume in diesem seltsamen Forst, in den Frischauf chauffiert werden wollte, waren meines Erachtens kaum älter als zwanzig, höchstens dreißig Jahre. Auf kleinen Lichtungen und freien Plätzen wurde offenbar immer wieder nachgepflanzt, oft ausgefallene Arten wie Ginkgo, Zeder, Blutbuche und so weiter. Überall standen Gartenbänke aus Gusseisen oder Holz, hüfthohe Gipsamoretten und Pflanzkübel mit Rosenbüschen herum. Praktisch alle Bäume trugen Schilder und Plaketten mit Namen, Vornamen, Daten oder vor ihnen waren Tafeln aus Holz oder Metall mit diesen Angaben aufgestellt.

Auch auf dem Baumstamm, den Frischauf bearbeitete, hatte ein schön poliertes Nussbaumbrett mit schmiedeeiserner Einfassung von »Else und Hermann« gekündet. Sein erster Hackenschlag hatte diesem Schild gegolten, wobei er ergrimmt erzählt hatte, dass er es erst vor zwei Jahren erneuern hatte lassen.

»Hören Sie schon auf zu quengeln, Miert, Sie sind ja ärger als meine Frau …«, meinte er jetzt. Er klang bereits ziemlich erschöpft.

* * *

»Baum fällt!«, rief Frischauf, was ich als Holzfällerruf für ziemlich korrekt und zünftig hielt. Dann kam das ganze Schlamassel auch schon herunter, und zwar teilweise auf den dilettierenden Holzarbeiter, weil der Baum nicht, wie von ihm vorgesehen, nach Osten, sondern eher nach Nordosten stürzte.

Für zwei Schläge setzte mein Herz einfach aus. Der Tod wird eines Tages ganz einfach sein, dachte ich, wenn es so geht. In dem Moment klingelte mein Handy und brachte mein altes Fußballerherz wieder auf Trab. Irgendwie spürte ich, dass es nur die falsche Else Frischauf sein konnte.

»Miert. Wer stört?«

»In meinem Fall können Sie das unmöglich ernst meinen«, flötete die Hochstaplerin. Mein Sinn für die bemühte Erotik in ihrer Stimme war inzwischen ziemlich abgekühlt, lag nur mehr ganz knapp über dem absoluten Nullpunkt.

»Wenn Sie wüssten.«

Zu meiner Erleichterung rappelte sich Frischauf gerade unter ein paar ziemlich besorgniserregend mächtigen Ästen hervor, sprang auf, reckte sein lächerliches Küchenbeil in die Höhe und brach in eine Art Sioux-Triumphgeschrei aus. Immerhin hatte er im Harlander Heiratswald soeben jenen

Baum gekillt, den seine Gattin und er vor fünfundzwanzig Jahren anlässlich ihrer Hochzeit gepflanzt hatten.

»Störe ich etwa wirklich? Ist jemand bei Ihnen?«

»Nein, nein, ist nur der Autoverkehr hier.«

»Haben Sie etwas Neues für mich, Miert?«

»Und ob! Ganz was Bemerkenswertes! Ihr Gatte hat ein umfangreiches Zwangsarbeitergeheimarchiv entdeckt, sensationelle Sache!«

»Wo?«

»Kennen Sie die alte Spitzenfabrik in Viehofen?«

»Nein.«

»Also, Sie fahren einfach die Godderidgegasse in Viehofen bis zu ihrem westlichen Ende aus. Dann kommt ein Feldweg, von dem aus Sie die Fabrik schon sehen. Ich würde vorschlagen, wir treffen uns dort in einer Stunde.«

Damit drückte ich die Ende-Taste und wandte mich wieder Frischauf zu, der noch immer jubelte wie Sitting Bull nach dem Sieg bei Little Bighorn.

Ganz schön zäher, kleiner Bursche für einen Papiermenschen, dachte ich anerkennend.

»Wissen Sie eigentlich, dass das, was Sie hier aufgeführt haben, nicht nur gefährlich, sondern auch illegal gewesen ist?«, sagte ich aus lauter verlegener Freude über sein Überleben. Immerhin hatten er und seine Frau den Baum der Stadt vor fünfundzwanzig Jahren rechtlich gesehen geschenkt, indem sie ihn in diesem kommunalen Heiratswald feierlich einpflanzten.

»Wie Sie Auto fahren, Miert, ist auch kriminell«, platzte Frischauf lauthals lachend heraus. Gott sei Dank schien er unverletzt zu sein. Auch sein Gehirn dürfte nicht allzu viel abbekommen haben, immerhin wusste er meinen Namen. Nur ohne Brille, die irgendwo unter den Ästen lag, mit den dadurch stark zusammengekniffenen Augen sah er aus wie eine uralte, weise Meeresschildkröte mit einem klitzekleinen Alkoholproblem.

* * *

»Warum gerade hier?«, fragte mich Frischauf.

Gemeinsam hatten wir seine Brille, wenn auch etwas derangiert und verbogen, unter dem ganzen Bruchholz, den Ästen und Zweigen wiedergefunden. Von ein paar blauen Flecken, kleinen Kratzern und einem verstauchten Knöchel abgesehen, war ihm nichts passiert. Eigentlich gibt es das gar nicht, hatte ich gedacht, der Mann muss außer mir noch einen Schutzengel haben. Jetzt saß er in seinem völlig verdreckten und zerfledderten DDR-Trainingsanzug auf meinem Beifahrersitz und sah aus wie Jens Weissflog in einem Frühpensionistenheim für verdiente Sportskanonen, bei denen Körper und Geist nicht mehr so recht funktionierten. Zum Glück hatten wir sein Küchenbeil unter dem Baum nicht mehr gefunden, so konnte er es auch nicht zu dem Treffen mit der falschen Frau Frischauf mitnehmen.

»Weil es nur eine einzige Zufahrt gibt, der Rest des Areals ist vom Mühlbach und den Hängen des Viehofener Kogels umgeben, und weil diese Zufahrt in ihrer ganzen Länge von der Fabrik aus einsehbar ist.«

»Seltsam, dass Sie gerade die alte Viehofener Spitzenfabrik als Treffpunkt ausgewählt haben! Sehr seltsam …«

»Wieso? Ich habe das Gelände gelegentlich als Kind unsicher gemacht, ich kenne mich hier aus wie in meinem Kleiderschrank. Ich weiß sogar noch, an welchen Stellen im Wald hinter dem Hauptgebäude Sauerampfer wächst.«

»Ich nicht, Sie wissen ja, in welcher gottverlassenen Gegend ich als Kind mit fauligen Erdäpfeln gespielt habe, aber ich weiß über das hier vielleicht mehr als jeder andere in Harland, sogar noch mehr als Sie, wenngleich auch andere Sachen.«

»Ah ja?«

»Haben Sie etwa gewusst, dass einst englischer Tüll und feinste Spitzen aus Viehofen ein Exportschlager im östlichen Mitteleuropa und am Balkan, in Bulgarien, Rumänien, Griechenland und in der Türkei gewesen sind? Produziert wurde die feine Ware genau dort, wo wir Ihre Klientin, die Sie so geleimt hat, treffen wollen, es handelt sich dabei um die ehemalige Gardinenweberei der 1866 an diesem Standort gegründeten ›Fred Austin Bobinet und Spitzenfabrik Viehofen‹, das einzige Gebäude, das außer den leerstehenden, verfallenen Arbeiterwohnhäusern von dieser einst hochmodernen, riesigen Industrieanlage noch übrig ist.«

Ich bog von der Austinstraße von Süden kommend nach links in die Godderidgegasse und kurz darauf nach rechts in einen namenlosen Feldweg. Das gedrungene, bullige Gebäude der ehemaligen Weberei mit dem riesenhaften, verrosteten Eisentor war bereits sichtbar.

»Im 19. Jahrhundert waren hier an die zweihundert Menschen beschäftigt, der Großteil davon Frauen. Nach dem Tod des englischen Firmengründers Austin ging die Fabrik in den Besitz seines Neffen und bisherigen Geschäftsführers Charles Godderidge über. Der führte das Unternehmen erfolgreich weiter, vergrößerte den Betrieb ständig und brachte vor allem auch den Fußball nach Viehofen und damit nach Harland. Zu Beginn des 20. Jahrhunderts arbeiteten hier schon rund sechshundert Menschen. Ohne diese Fabrik gäbe es Viehofen gar nicht oder höchstens in der Form einer elenden Rotte von fünf, sechs Bauernkeuschen.«

»Ist ja urinteressant«, äußerte ich etwas gelangweilt. Wir hatten inzwischen am Tor angehalten und waren ausgestiegen.

»Anfang der Dreißigerjahre ging die ›Spitzenindustrie AG Viehofen‹ allerdings zugrunde, auch wegen massiver Streitigkeiten unter den Hauptaktionären. Die Gebäude verkamen, verfielen, wurden jahrelang bestenfalls als Lagerhallen, Schweine- und Ziegenställe genutzt. Ab 1943 war dort ein sogenanntes Umschulungslager für zumeist ukrainische und russische Zwangsarbeiter untergebracht, in dem Unqualifizierte im Schnellkursus zu Industrie- und Metallfacharbeitern ausgebildet werden sollten. Bei mir hat sich eine steinalte Viehofenerin mit Wasser in den Lungen gemeldet, die kann sich noch an die unterernährten und geschundenen Zwangsarbeiter aus der Spitzenfabrik erinnern, die abends oft in die Häuser um Erdäpfel betteln kamen, um nicht zu verhungern.«

»Das alles habe ich nicht gewusst, ich war ein Kind und diese alte Fabrik war ein einziger großer Abenteuerspielplatz für einen aufgeweckten Zehnjährigen.«

»Sie verfügen aber über eine ganze Menge an intuitiver Antizipation, für ein Treffen in der Zwangsarbeitersache ist das ein sehr gut gewählter, wenn auch grausiger Ort«, meinte Frischauf. »Das Sheddach sieht derart baufällig und desolat aus, dass Sie es Gott mit der Wahl dieses Treffpunktes ziemlich leicht gemacht haben, wenn er die falsche Else Frischauf eventuell bestrafen will.«

* * *

Hier lag das Land des Lächelns, das Show Boat und Oklahoma, hier lagen Viktoria und ihr Husar, der Zarewitsch und das Schwarzwaldmädel, die Csárdásfürstin und der Vogelhändler, der Zigeunerbaron schmiegte sich an die Lustige Witwe und die Schöne Helena vergnügte sich mit dem Bettelstudenten. All die obsolet gewordenen, ausrangierten Kulissen der letzten sechzig, siebzig Jahre des Stadttheaters Harland, das vor allem ein Haus der Operette gewesen und vor einigen Jahren geschlossen und an eine Kaufhauskette verscherbelt worden war, lagerten in der baufälligen Shedhalle, unter ihrem löchrigen, längst gemeingefährlich gewordenen Dach. An manchen Ecken und Enden konnte man noch so etwas wie eine Struktur des einstigen Ordnens und Bewahrens der riesenhaften Leinwände erkennen, in den letzten ein, zwei Jahrzehnten, als das Dach undicht geworden und das Lager damit unrettbar verloren war, dürfte man die Kulissen und die nicht mehr brauchbaren Requisiten einfach nur mehr russisch auf große, hohe Haufen geworfen haben. Wind und Wetter, Mäusefraß und chemische Prozesse zwischen Farben und Klebern, Leinen, Holz und Metallteilen hatten ein Übriges getan. Frischauf und ich standen verblüfft vor Hunderten Kubikmetern Kulturabfall, den die vielleicht österreichischste aller Künste, die Operette, produziert hatte.

»Wenn Sie eine Metapher für diese Stadt, für diese Gesellschaft suchen, hier haben Sie sie: Andauernd werden bloß neue Kulissen gemalt, neue Potemkinsche Dörfer errichtet, nichts ist, wie es scheint. Kaum tritt man einmal im Haus der Heimat metaphorisch gesprochen fester, entschiedener auf, bricht man schon durch Pappmaché und Sperrholzplatten. Die alten, nicht mehr gebräuchlichen Kulissen werden laufend entsorgt, in desolaten Archiven wie diesem hier versteckt, um all den Betrug mit der Zeit von der Zeit auslöschen zu lassen.«

Der kleine Philosoph, Folge vier, dachte ich despektierlich.

»Mit anderen Worten: alles Theater?«, schaltete ich mich in diesen Diskurs ein, ohne allerdings Frischaufs Niveau auch nur annähernd zu erreichen.

»Mehr noch: nur mehr Theater, das heißt Marketing, PR, Fernsehen, Events, Celebrities, Seitenblicke, Massenkommunikation, Propaganda. In Wirklichkeit passiert eigentlich gar nichts mehr, jedenfalls nichts mehr von Relevanz, aber dieser totale Stillstand im Guten wie im Bösen wird mit medialem Pomp, mit Glanz und Glorie überdeckt. Brot und Medienrummel. Alle unsere führenden Persönlichkeiten sind nicht mehr als Frühstücksdirektoren, Pausenclowns und Moderatoren des Nichtigen. Das war ebenfalls im Guten wie im Bösen nicht immer so, daher kommt es mir so sehr auf das Diachrone an.«

»Also, Frischauf, ehrlich, ich steige da aus. Ich habe in der Schule im philosophischen Einführungsunterricht vor allem Schifferlversenken gespielt oder feurige Liebesbriefe geschrieben.«

»Trösten Sie sich, Miert, Sie sind halt ein Philosoph der Tat.«

»Wenn Sie meinen«, bemerkte ich zweifelnd.

Viel mehr als die riesigen Leinwand- und Sperrholzhaufen, in denen sich doch bloß Igel und Marder, Mäuse und Ratten, Würmer und Asseln verbergen konnten, machten mir die über die Jahrzehnte vorgenommenen Veränderungen an der ehemaligen Fertigungshalle Kopfzerbrechen. An den Rändern der riesigen Halle waren mit Hilfe von knapp über mannshohen Zwischenwänden vierzig, fünfzig Arbeitsabteile geschaffen worden, die nun zum größten Teil ebenfalls mit Kulturabfall und Theatergerümpel vollgeräumt waren. Im hinteren Teil der Halle gab es zusätzlich noch einige ehemalige Büros für die Vorarbeiter, Lagerräume und sonstige Kammern. Natürlich existierte in dem Gebäude keinerlei funktionierendes, elektrisches Licht mehr, die Abteile und Büros waren alle halbdunkel bis zappenduster, je nachdem ob über ihnen das Dach schon geborsten war oder nicht. Um all das zu durchsuchen, hätten Frischauf und ich eine gute Stunde oder mehr gebraucht. Jedenfalls Platz genug, dachte ich, für eventuelle Hintermänner der schönen Else, um in einem schönen Hinterhalt zu hocken, wenn sie früher als wir hier gewesen waren. Und ich hatte ja erst Frischauf aus dem Astgewirr befreien und seine Brille suchen müssen, von der Fahrt durch die Stadt vom äußersten Südwesten bis in den Nordwesten ganz zu schweigen.

Ich hatte schon mal einen geeigneteren, ungefährlicheren Treffpunkt für eine vielleicht heikle Begegnung ausgewählt.

* * *

»Wie heißen Sie denn nun wirklich?«

»Madeleine Unterströckenberger.«

Die Tränen strömten aus dem kindfraulichen Gesichtchen und schwemmten meinen vorgefassten Plan eines scharfen Kreuzverhöres einfach hinweg.

Die falsche Else Frischauf war nicht in einem Wiesmann mit blutroten Ziegenledersitzen oder einem Mercedes Silberpfeil aufgetaucht, was zu ihrem glamourösen Auftreten bei unserem ersten Zusammentreffen gut gepasst hätte, sondern in einem eierschalenfarbenen Nissan Micra älterer Bauart langsam den Feldweg zur Fabrik entlanggekommen. Das klapprige Goggomobil und vor allem das Nummernschild waren derart verdreckt, dass man die Autonummer nur erraten konnte. Sie war eher zögernd ausgestiegen und hatte sich erst noch eine Weile umgesehen, bevor sie langsam auf das halb offene Tor zugegangen war. Sie trug wieder das schwarze, kurze Cocktailkleidchen mit dem verbotenen Dekolleté, hatte aber die Perlen weggelassen. Stattdessen hatte sie ihr aschblondes Haar kunstvoll hochgesteckt und mit einem Strass-Diadem fixiert. Schwarze Lackstiefeletten und ein silberfarbenes, offenes Strickjäckchen mit Kunstfellkragen komplettierten ein Outfit, das in der nächtlichen Kärntner Straße wahrscheinlich ein ziemlicher Erfolg gewesen wäre. Verglichen mit ihrem Wagen war diese Aufmachung allerdings so skurril wie ein mit Blattgold glasierter Bauernapfel. Wenn das Persönchen, hatte ich gedacht, wieder mit dieser verqueren Art von Kindfrauerotik bezahlen will, wird es Pech haben. Selbst auf die angeblich so knusprigen, lettischen Tiefkühl-Pommes-frites aus dem Sonderangebot war ich nur einmal hereingefallen. Wenn sie sich auch mit dieser Aufmachung vielleicht neu erfunden hatte, einen Namen wie Madeleine Unterströckenberger konnte man nicht erfinden, diese Identität war wohl echt. Das Auto ist Unterströckenberger, dachte ich, und das Flennen ist auch Unterströckenberger.

»Wer und was sind Sie, außer im Moment gerade verzweifelt?«

»Sprechstundenhilfe«, schluchzte Madeleine Unterströckenberger.

»Bei wem?«

»Bei einem Kieferchirurgen.«

»Wo?«

»In Meidling.«

Ich hatte keine besonders ausgefeilte Dramaturgie vorbereitet, sondern nur Frischauf gebeten, sich nicht allzu weit von mir, hinter einem Berg von devastierten Sperrholzrequisiten, zu verstecken, damit er alles bequem mithören konnte. Ich selbst hatte mich mitten in der Halle drei, vier Meter hinter dem Tor aufgestellt. Als meine Klientin einige Trippelschritte weit in das ehemalige Industriegebäude getreten war, hatte ich sie sachlich, kurz und trocken mit den Fakten konfrontiert und ihren betrügerischen Auftrag in aller Form zurückgelegt. Daraufhin war sie in Tränen ausgebrochen.

»Wie sind Sie auf mich gekommen? Nicht sagen, dass Sie der Zusatz ›Diskont‹ in meinem Telefonbucheintrag überzeugt hat«, scherzte ich halb im Ernst.

Die Unterströckenberger nickte, wobei ein Tränchen durch die Fliehkraft aus ihrem Augenwinkel geschleudert wurde und silbern vor meinen Füßen aufschlug. Ich hatte mich schon mal besser gefühlt. Eine heulende Frau zu verhören, war einfach nicht mein Ding. Und ein bisschen, dachte ich, hätte ich schon gehofft, dass mein Ruf mittlerweile bis nach Wien vorgedrungen ist, wenigstens bis nach Meidling.

»Warum haben Sie bloß 1.200 Euro ausgegeben, damit ich mich an die Fersen eines hiesigen Buchhändlers hefte?«

»Ich habe noch meine Mutter in Harland und bin deshalb manchmal hier. In den ›Harlander Nachrichten‹ habe ich von seinem Zwangsarbeiter-Projekt gelesen und dass er Zeitzeugen interviewt.«

Ich überlegte kurz, ob ich ein präsentables Taschentuch anbieten hätte können, aber genau genommen hatte zuletzt meine Mutter darauf geachtet, dass ich solche bürgerlichen Accessoires überhaupt bei mir trug. Ein peinlich sauberes, gestärktes Sacktuch mit meinem Monogramm in blauer Seide –

damit hatte sie mich als Kind jeden Morgen eingedeckt. Ich hatte die Dinger durchaus geschätzt und benützt – vor allem um Molche, Grashüpfer oder Handgranatensplitter, die ich in der Au gefunden hatte, damit nach Hause zu tragen.

»Das ist aber noch kein Grund, jemanden unter Vorspiegelung falscher Tatsachen beschatten zu lassen, Frau Unterströckenberger. Also?«

»Meine Großeltern hatten während der Kriegszeit hier in Harland eine winzige Gärtnerei und auch ein oder zwei Zwangsarbeiter aus dem Protektorat. Ich hatte Angst, dass er mit seinen Forschungen ihr Andenken beschmutzt! Dabei haben sie ihre Arbeiter sogar am eigenen Mittagstisch mitessen lassen! Immer!«

Das Weinen schien sich noch ein wenig zu steigern.

»Werden Sie mich jetzt der Polizei übergeben?«, schluchzte Frau Unterströckenberger.

»Von meiner Seite aus besteht kein Grund für eine Anzeige. Lügen ist schließlich kein Verbrechen, nicht einmal ein Delikt, auf dem ein zivilrechtliches Verfahren aufzubauen wäre. Herr Frischauf könnte Sie vielleicht wegen Stalking belangen, aber ich glaube, er wird sich das dreimal überlegen und es im Zweifelsfall lieber sein lassen.«

Hinter dem Requisitenberg räusperte sich der Ex-Buchhändler zustimmend. Madeleine Unterströckenberger war aber zu sehr mit Heulen und Flennen beschäftigt, um das wahrzunehmen.

»Ein Vorschlag zur Güte: Sie schreiben alles auf, was Sie von Ihren Großeltern über deren Zwangsabeiter gehört haben und übermitteln das dem Herrn Frischauf quasi als mittelbaren Zeitzeugenbericht.«

»Wirklich? Könnte ich das?«

»Schicken Sie Ihr Elaborat einfach an meine Adresse. Ich leite es gerne weiter.«

»Und Herr Frischauf wird diese Erinnerungen wirklich berücksichtigen?«

»So und nicht anders wird Lokalgeschichte, ja Geschichte geschrieben, von Quellenstudium und Quellenkritik einmal abgesehen. Und jetzt hören Sie bitte auf mit der Flennerei, das ist ja nicht mehr zum Anhören!«

»Darf ich noch etwas fragen?«, schniefte meine Ex-Klientin, das Weinen hatte tatsächlich fast schlagartig aufgehört.

»Bitte.«

»Könnte ich nicht einen Teil des Geldes zurückbekommen? So dick habe ich es nämlich auch nicht, mein Job ist nur halbtags.«

Ohne groß zu überlegen, gab ich ihr dreihundert Euro zurück.

»Der Rest ist aber durch aufgelaufene Spesen verbraucht.«

Frau Unterströckenberger nahm die Geldscheine wie ein nervöses Huhn, das nach einem Maiskorn pickt. Dann trat sie hastig, wort- und grußlos den Rückzug aus der Halle an. Na ja, ich an ihrer Stelle, wenn man so aufgeblattelt worden ist, hätte auch keine große Dankesoper mehr aufgeführt.

So leicht, dachte ich, löst sich halt ein leichter Fall. Um bei diesem einfachen Fällchen den Überblick, den Durchblick zu bekommen, arrogantelte ich innerlich, waren keine Adlerschwingen nötig gewesen, die Miert'schen rostigen Flügel hatten völlig ausgereicht.

Natürlich war das alles der Irrtum des Monats, aber davon hatte ich zu diesem Zeitpunkt noch keine Ahnung.

»Und, was sagen Sie zu der?«, fragte ich Frischauf, der sich aus seinem Versteck hervorgerappelt hatte.

»Immerhin ist sie die Erste, die sich lebhaft für mein Zwangsarbeiterprojekt interessiert. Man muss ja auch an die künftigen Buchkäufer denken. Ich kann ja nicht die Vorlage einer moralischen Unbedenklichkeitserklärung verlangen, bevor ich jemandem ein Exemplar verkaufe.«

So ganz, dachte ich, werde ich diese Buchmenschen nie verstehen.

»Eigentlich schade, dass Sie mich jetzt nicht mehr beschatten werden«, sagte Frischauf, »irgendwie habe ich mich daran gewöhnt. Und vor allem habe ich ja keinen Wagen mehr. Und mit dem Arbeitslosengeld, fürchte ich, wird sich auch kein neuer ausgehen.«

»Schönen Dank für Ihre Ehrlichkeit, aber Sie müssen sich schon einen anderen Chauffeur suchen«, antwortete ich pikiert.

»Verstehen Sie mich bitte nicht falsch, nichts für ungut! Ich hatte nur gemeint, wenn Sie eventuell noch an einer Mitarbeit an meinem Zwangsarbeiterprojekt interessiert wären ...«

»Ich schlage vor, wir unterhalten uns bei einem ordentlichen Essen darüber, die Lösung von Fällen macht mich immer so hungrig.«

Na ja, ehrlich gesagt, dachte ich, gibt es ja kaum etwas, was mich nicht hungrig macht, vom Essen einmal abgesehen.

* * *

Frischauf schien vom Essen nicht viel zu halten, aber umso mehr vom Trinken. Die rote Fischeiercreme mit Knoblauchbrot und die Babycalamari mit Riesenbohnensalat, die ich als Vorspeisen verzehrte, würdigte er ebenso wenig eines Blickes wie das superbe Mousaka, das ich mir als Hauptspeise gönnte. Dafür probierte er während meiner ausgiebigen Mahlzeit so ziemlich sämtliche griechischen Süßweinsorten von Samos über Fino bis hin zu Mavrodaphne durch. Als ich jedoch nach der frischen Feige mit Cassislikör als zweiter Nachspeise – man gönnte sich ja sonst nichts – auch noch ein griechisches Joghurt mit Honig und Nüssen bestellte, wurde er etwas unruhig.

»Sehen Sie, Frischauf, ich bin kein Mann, den man leicht mit Bambi verwechseln könnte, aber für diese Statur muss man halt gelegentlich auch was tun«, sagte ich nur.

Am Westrand von Viehofen hatte sich vor ein paar Monaten in einem aufgegebenen Molkereigebäude eine original griechische Taverne namens »Achilles« angesiedelt, die ich schon lange testen wollte. Da wir sowieso in der Gegend waren, hatte ich den eher unwilligen Frischauf einfach dorthin verschleppt. Als ich den Kellner scherzhaft fragte, wo denn heute Patroklos sei, sah er mich wie einen leicht Geistesgestörten an. Es erwies sich, dass die Wirtsfamilie Aramäer aus Syrien waren, denen völlig bewusst war, dass aramäisches Essen ausgerechnet in einem ehemaligen Industriedorf wie Viehofen nicht gerade der absolute Renner sein würde, also probierten sie es mit original griechischer Küche, die ein Sohn der Familie bei einem preisgünstigen Urlaub im türkischen Teil von Zypern kennengelernt zu haben glaubte. Daher gab es auch den traumhaften zypriotischen Quietschbratkäse namens Haloumi auf der Karte, den ich als letzten, wirklich allerletzten Gang zusammen mit schwarzen Oliven auch zu schätzen wusste. Diese Leute, dachte ich, könnten problemlos Jesus verstehen, wenn er uns noch einmal beehren würde, und dazu können sie auch noch ganz fabelhaft kochen. Schöne neue Welt, die solche Bürger trägt, aber bei den meisten Hiesigen waren sie mehr oder weniger unbeliebt, ja verhasst, bloß weil sie Wörter wie Eichhörnchenschweif nicht zu Oachkatzlschwoaf verhunzen konnten und eine Haut wie Latte macchiato hatten.

Frischauf hatte sich schnell und konsequent in einen Zustand der fortgeschrittenen Beschwipstheit gebracht, kein Wunder bei seinem geringen Körpergewicht und den Mengen, die er sich hinter die Binde goss. An seiner Stelle, dachte ich, würde ich auch saufen; Frau weg, Job weg, Auto weg, wobei dies allerdings meine höchstpersönliche Reihung des landläufigen Unglücks darstellte. Die meisten Österreicher hätten wohl den Verlust ihres Wagens, als größtes aller Desaster, eindeutig an die erste Stelle gereiht.

»Eine Zeit lang habe ich sie wirklich geliebt. Sie hat mich zwar wahrscheinlich nie verstanden, aber ich habe sie trotzdem geliebt. Sie hat für mich Landei das Urbane verkörpert, den Reiz der Großstadt, das Freie, Großzügige, eine andere, neue, aufregende Welt. Aber vielleicht hätte ich doch lieber eine Krankenschwester heiraten sollen …«

»Ich sage Ihnen gleich, dass ich ein miserabler Zuhörer und ein noch viel schlechterer Kummerkasten bin«, erlaubte ich mir zu bemerken.

Außerdem, dachte ich, schaden solche Jammergeschichten sicherlich der Verdauung.

»Der Anfang vom Ende unserer Ehe war jedenfalls die Erfindung des Fernsehers und des Telefons, jedenfalls der Zeitpunkt, als wir uns diese angeblichen Errungenschaften angeschafft haben. Am Anfang war es nur ein Viertelanschluss. Da kam sie Gott sei Dank nicht durch, wenn auch nur ein Einziger unserer drei Telefonanschluss-Mitbesitzer in der Leitung war. Das war gut so, aber der technische Fortschritt ließ sich halt nicht aufhalten und am Ende war Telefonieren mit ihren Freundinnen der eine von zwei Hauptinhalten ihres Tagesablaufes. Der zweite war, no na, das Kastl, Dauerfernsehen bis zur Bindehautentzündung.«

»Traurig, aber wahr«, bemerkte ich, um halt auch einmal etwas zu sagen.

Ich winkte dem Kellner wegen der Rechnung. Für eine noch längere Rekapitulation dieser Ehe war ich nicht zu haben.

»Sie hat alle Heinz-Conrads-Sendungen gesehen, alle Folgen von ›Hallo – Hotel Sacher … Portier!‹, ›Familie Leitner‹, ›Die liebe Familie‹, ›Dalli Dalli‹, ›Die Forsythe Saga‹, ›Ringstraßen-Palais‹, ›Musik ist Trumpf‹, ›Die Onedin-Linie‹, ›Mit Schirm, Charme und Melone‹, ›Dallas‹ und ›Dynasty‹ und all den Schmonzes. Das heißt, ich habe den hirnerweichenden Schrott auch gesehen, sehen müssen, Folge für Folge, denn in unserer kleinen Wohnung daneben ungestört ein Buch zu lesen, war so gut wie unmöglich. An den Sommerabenden habe ich mich immer in den Hof gesetzt, um zu lesen, im Winter bin ich nach der Arbeit in der Stadt geblieben und habe im Kaffeehaus geschmökert, die Zeitungen, Magazine und die Literatur, die mich halt interessiert hat. Nachrichten waren nichts für sie, in der Zeit hat sie den Haushalt mehr schlecht als recht erledigt. Sogar die Quizshows, die im Fernsehen schon immer endemisch waren, haben sie intellektuell überfordert. Kurz vor Programmende um Mitternacht ist sie meistens eingeschlafen, den Kopf voll mit Seifenopern-Banalitäten.«

Jetzt übertreibt er es aber, die ›Onedin-Linie‹ ist nicht einmal so schlecht gewesen, dachte ich.

»Ich habe ihr immer gesagt, dass sie eine richtige Arbeit annehmen soll, da könne sie ihren Horizont erweitern, aber sie hat sich wohl längst für so etwas wie Gracia Patricia gehalten, für eine verkannte Prinzessin aus dem Gemeindebau oder für wen oder was auch immer. Mich hat sie am Ende unserer Ehe für JR gehalten, glaube ich, und ich sie für eine Außerirdische vom Seifenopernstern.«

Ich wollte den alten Käse eines alten Ehepaares nicht mehr länger hören und winkte noch einmal energisch nach dem Zahlkellner. Mein Neunhundert-Euro-Job war endgültig erledigt, fand ich, und es wäre höchst unprofessionell gewesen, so etwas wie eine nähere Beziehung oder gar eine Freundschaft zu einem Klienten oder einer Hauptperson aus einem abgeschlossenen Fall aufzubauen. Den Fehler hatte ich schon oft genug teuer bezahlen müssen.

* * *

»Die haben sich sogar die Mühe gemacht, Ihr Besteck zu verbiegen! Einzeln! Alle Gabeln, Messer, Löffel, von den sonstigen Kochutensilien ganz zu schweigen!«, staunte ich. Darüber hinaus waren sämtliche Küchenkästchen und auch die Dunstabzugshaube über dem Herd von den Wänden gerissen worden. Die Lebensmittel im Kühlschrank waren alle aus ihren Packungen entfernt und dann in diesen mit Karacho wieder hineingefetzt worden. Auf der am Boden liegenden Kaffeemaschine musste jemand mit schweren Stiefeln herumgehüpft sein. Die Armaturen der Spüle waren verbogen, fast herausgerissen, ebenso das Waschbecken mit dem Siphon. Die Fragmente eines kleinen Esstischchens und zweier Sessel lagen zertrümmert herum. Die vordere Klappe des Backrohrs war einen Spalt geöffnet und es stank nach Urin daraus. Ganz zum Schluss dürften sie noch sämtliche Vorräte an Öl und Essig und flüssigen Putzmitteln über den Küchenboden ausgeleert haben. In der Küche war es glitschig wie auf der Innsbrucker Olympiaeisbahn.

Frischauf hatte mich angerufen, kaum eine Minute nachdem ich ihn vor seinem Gemeindebau abgesetzt hatte. Aufgeregt und plötzlich gar nicht mehr beschwipst hatte er mir erzählt, dass seine Wohnungstür aufgebrochen sei und er sich nicht recht in seine eigenen vier Wände hineintraue.

»Haben Sie schon die Polizei verständigt?«, hatte ich gefragt.

»Nein.«

»Warum denn nicht?«

»Es könnte ja auch meine Frau sein, die sich vielleicht, weil ich gestern noch ein neues Schloss einbauen habe lassen, gewaltsam Zutritt zur Wohnung verschafft hat, und ich möchte ihr kein Verfahren wegen Einbruch oder so anhängen, weil wir ja trotz allem über fünfundzwanzig Jahre lang zusammen gewesen sind.«

»Mama mia«, hatte ich geantwortet, »gehen Sie lieber nicht allein in die Wohnung! Ich bin in einer Minute bei Ihnen.«

Als wir die Wohnung wenig später gemeinsam betreten hatten, war schnell klar geworden, dass es nicht Frischaufs Göttergattin gewesen sein konnte, die hier am Werk gewesen war. Nicht einmal die erbittertste Rosenkriegerin würde so wüten. Schon das schmale, halbdunkle, kleinbürgerliche Vorzimmer sah aus wie das Gesicht eines Schwergewichtsboxers nach der 77. Runde. Sowohl der Kleiderkasten wie auch das Schuh- und das Telefonkästchen waren zusammengeschlagen und -getreten worden, wir stiegen vorsichtig über die verstreuten dünnen Sperrholzplatten wie Henri Dunant über die Toten von Solferino. Darüber hinaus hatten die Einbrecher den Läufer zerschnitten und die Lampen heruntergerissen. Die indezente Blümchentapete hatten sie ein wenig aufgepeppt, ich tippte auf Zahnpasta, Butter und Geschirrspülmittel.

Im Klo war nur die WC-Papierhalterung heruntergerissen und der Plastikspülkasten mit ein, zwei kräftigen Fußtritten eingetreten worden. Den Klodeckel hatten sie zerbrochen und energisch in die Muschel gestopft. Auch im Bad war alles zerstört, was sich nur irgendwie ohne Zuhilfenahme von schwerem Gerät zerstören ließ. Die Waschmaschine lag wie ein quaderförmiger Riesenkarpfen in der Badewanne.

Bevor wir uns das Wohnzimmer ansahen, machten wir noch eine kurze Pause.

»Ich habe vor vierzehn Jahren mit dem Rauchen aufgehört, weil das den Büchern schadet, aber jetzt würde ich mir wirklich gerne eine anzünden.«

Frischauf sah aus wie eine altehrwürdige, ramponierte Ikone, die im Laufe der Jahrhunderte ein paar Mal in die Wolga gefallen, mit drei Klöstern abgebrannt und danach jahrzehntelang von den Sowjets als Nudelbrett in einer Kolchose missbraucht worden war.

»Tun Sie es nicht, das ist nicht einmal dieser Pallawatsch wert«, sagte ich.

Im Wohnzimmer und im Schlafzimmer hatten sie, weil mehr Platz war, mit einer Axt gewütet. Im Ehebett fanden sich Fäkalien und Klopapiergirlanden. Der Fernseher und die Stereoanlage waren nur mehr Elektronikschrott. Vielleicht an die tausendfünfhundert, zweitausend Bücher waren aus den Regalen der Wohnzimmerverbauung herausgerissen und zerrissen, zertrampelt, zerfetzt worden. Auch die Nippessammlung von Frischaufs Gattin hatten sie gründlich zerdeppert. Damit sei wohl endgültig klar, meinte Frischauf, dass seine

Frau nicht das Geringste damit zu tun habe; das mit den Büchern würde er ihr ja noch zutrauen, aber von dem ganzen Vitrinenkitsch hätte sie sich niemals getrennt und sich den Krempel im Falle einer Scheidung sicherlich auf dem Prozesswege erstritten.

Mir fiel auf, dass ich in der ganzen Wohnung nirgends Überreste eines Computers entdeckt hatte.

»Sie werden doch sicher einen PC gehabt haben oder einen Laptop?«, fragte ich den derangierten Frischauf.

»Gestohlen. Weg. Ebenso wie meine ganzen übrigen Unterlagen, persönlichen Dokumente, Urkunden. Sehen Sie, der kleine Schreibtisch ist penibel ausgeräumt worden, bevor sie ihn vollständig zertrümmert haben.«

»Da ist aber jemand auf Nummer sicher gegangen! Ihre ganzen Unterlagen, heiliger Strohsack!«, entfuhr es mir.

Zu meiner völligen Überraschung begann Frischauf plötzlich zu lachen. Zuerst leise glucksend, dann heftiger, lauter, zuletzt stoßweise in einem nicht zu stoppenden, konvulsivischen Lachanfall.

Der Schock, dachte ich, der arme Hund.

Als der Anfall etwas abgeflaut war, fragte Frischauf: »Wissen Sie, was ein Portable-Scanner ist?«

»Der ist doch wahrscheinlich auch weg, ebenso wie Ihr Laptop!«

Frischauf begann wieder glucksend zu lachen. Diesmal konnte ich mich nicht mehr zurückhalten und begann auch zu kichern.

»Worüber lachen wir zwei Idioten eigentlich?«, fragte ich. »Über diesen kleinen Ground Zero hier?«

»Die haben nicht damit gerechnet, dass ich im Stadtarchiv die ganzen Zwangsarbeitermeldescheine und -dokumente gleich eingescannt und abgespeichert habe! Diese Vollkoffer!«, prustete Frischauf. Er stemmte beide Hände in die Hüften, um vor lauter Lachen Luft zu bekommen. Auch die deftige Wortwahl war ansonsten seine Sache nicht.

Ich hörte schlagartig zu lachen auf.

»Die haben sehr wohl damit gerechnet! Deswegen ist ja jetzt Ihre ganze elektronische Ausrüstung futsch!«, wandte ich ein.

»Mit dem Laptop kommt man über Funk ins Internet«, lachte Frischauf, »Blue Tooth. Ich habe mir die ganzen Meldescheine und Dokumente selbst gemailt. An ein paar E-Mail-Adressen, die ich bei Free-Providern eröffnet habe. Bei yahoo beispielweise haben Sie unbegrenzten Speicherplatz für E-Mails. Auch meine Zeitzeugenprotokolle und sonstigen Aufzeichnungen habe ich dort abgelegt.«

Auch Frischauf hörte langsam, aber sicher auf zu lachen. Er grinste nur noch wie ein frisch lackiertes Häferl.

* * *

»Angesichts der immensen Wut, die hinter dieser Aktion steckt, können Sie nicht mehr allein in Ihren vier Wänden bleiben! Außerdem ist Ihre Wohnung derzeit sowieso unbenützbar. Nicht einmal die Eingangstür lässt sich mehr schließen.«

Frischauf und ich unterhielten uns im Stehen in dem Raum, der einmal sein Wohnzimmer gewesen war. Mit dem linken Fuß stand ich auf Handkes »Die Angst des Tormanns beim Elfmeter«, mit dem rechten halb auf einer ehemals sicherlich sehr schönen Ausgabe von Evelyn Waughs »Schwarzes Unheil«, halb auf dem traurigen Überrest des zweiten

Bandes der Harlander Stadtgeschichte von August Hermann aus dem Jahr 1930.

»Ja, wo soll ich denn Ihrer Meinung nach hin? Ehrlich gesagt, wer nimmt schon einen ausrangierten, halb blinden Buchhändler, alt, arbeitslos und deprimiert wie ein frisch kastrierter Kater?«

Ich kann den jetzt einfach nicht so hängen lassen, dachte ich, in dem Zustand tut er sich womöglich noch etwas an. Eine Art Frauenhaus für Männer wird es ja nicht geben, überlegte ich, und die Notschlafstelle der Caritas würde ich nur jemandem mit über zwei Promille zumuten.

»Zwei Stockwerke über meiner Wohnung steht schon seit Längerem eine Garconniere leer. Dort werden wir Sie einstweilen einquartieren«, bot ich mangels besserer Ideen an.

»Wirklich? Geht denn das so schnell? Was wird die Hausverwaltung dazu sagen? Und viel Zins kann ich auch nicht zahlen, da ich ja auch diese Wohnung hier wieder herrichten lassen muss.«

Die sogenannte Hausverwaltung, meines Erachtens eine Bande von abrissgeilen, ansonsten sehr honorigen Bankangestellten, die sich allesamt wie verdammte Frühkapitalisten des 19. Jahrhunderts aufführten, dachte ich, wird nichts dazu sagen, weil sie nämlich gar nichts davon mitbekommen wird.

»Machen Sie sich keine Sorgen, ich werde das alles regeln. Also, schauen Sie nach, was von Ihrer Kleidung und Ihren Sachen noch brauchbar ist, und nehmen Sie alles mit. Stopfen Sie es in einen Sack und fahren Sie mit einem Taxi zu mir. Ich muss noch etwas erledigen, bin aber in spätestens zwei Stunden verlässlich wieder zu Hause. In der Zwischenzeit könnten Sie die Polizei anrufen, damit die den Schaden hier aufnimmt. Eine solche Anzeige ist auch wichtig für Ihre Hausratsversicherung.«

»Ich fürchte, ich bin nicht versichert. Wir mussten ja immer die Telefonrechnungen abdecken.«

»Haben Sie wenigstens genügend Geld?«

»Auch weg. Ich bin blank wie ein CD-Rohling.«

Auch das noch, dachte ich, da ist ja ein ziemlicher Betreuungs-Rundumservice vonnöten, und so ausgeprägt ist die mütterliche Seite in mir auch wieder nicht.

»Na ja, ich gebe Ihnen mal zwanzig Euro Taxigeld und meine Karte mit der Adresse. Wie gesagt, zweiter Stock. Alles klar?«

Frischauf nahm das Angebotene freudig in Empfang, steckte es schnell in die Hosentasche seines Trainingsanzuges und verbeugte sich auf altmodische Art.

»Wie kann ich Ihnen nur für alles danken?«

»Na, indem Sie mich zum Beispiel damit beauftragen, diese Vandalen zur Strecke zu bringen.«

»Schön wäre es ja, aber ich kann mir das einfach nicht leisten. Mit dem Arbeitslosengeld und später der Notstandshilfe werde ich nicht einmal die Wohnung hier anständig renovieren können, von der Neuanschaffung der kompletten Einrichtung ganz zu schweigen.«

»Ich habe vor Kurzem bei einem Auftrag ganz gut verdient und eine kleine Reserve angelegt. Vielleicht übernehme ich Ihren Auftrag ja einfach so, just for fun, mal sehen …«

* * *

»Ich hoffe, Sie waren als Kind bei den Pfadfindern oder wenigstens bei den Roten Falken. Es wird nämlich so ähnlich«, sagte ich zu Frischauf.

Wir standen vor der Eingangstür der leerstehenden Garconniere zwei Stockwerke über meiner Wohnung hinter dem Bahnhof. Die alte, abgenützte Holztür war nicht richtig geschlossen, sondern nur angelehnt, weil ich sie eine halbe Stunde zuvor in Ermangelung eines Schlüssels mit dem Bauch aufdrücken hatte müssen. Zum Glück war Frischauf zu fertig, um dieses Detail überhaupt zu bemerken. Wenn ich Glück hatte, würde ich ihn erst morgen oder überhaupt erst später über die wahren Verhältnisse in diesem Geisterhaus aufklären müssen.

»Dort, wo ich herkomme, gab es eigentlich nur die HJ, nach 1945 gar nichts mehr. Vielleicht gab es nicht einmal eine Jugend, nur alte, uralte Kinder.«

»Haben Sie schon wieder getrunken, Frischauf?«

»Eigentlich möchte ich seit vorgestern andauernd saufen, aber die Vandalen haben auch unsere Hausbar zerschlagen.«

»Na dann.«

»Ich bin am Ende, Miert.«

»Ich weiß.«

Zwei Schlafsäcke, ein Gaskocher, ein Campingklo mit allem Zubehör, ein paar ordentliche Emailtöpfe der Riesswerke, Pappteller und Plastikbesteck, Decken, eine Taschenlampe, Handwärmer und vor allem einen Flaschenöffner – damit konnte man selbst ein Verlies im Hades wohnlich machen. Das alles hatte ich auf die Schnelle mit Goritschnigs Geld in einem kleinen Outdoor-Laden und Rangershop am nördlichen Stadtrand eingekauft, der ansonsten nur von Pfadfindern, Camping-Freaks, Extrembergsteigern und Wehrsportlern frequentiert wurde, und in das kleine Appartement geschafft.

»Haben Sie den Eindruck, dass Ihrem Taxi jemand gefolgt ist, Frischauf?«

»Nein, aber Sie fragen das nicht gerade Käpt'n Adlerauge«, antwortete Frischauf.

»Schon gut. Wie ist es übrigens mit der Polizei gegangen?«

»Ein Beamter in Zivil, der viel fotografiert, wenig gefragt und noch weniger gesagt hat.«

Kalt wie eine Hundeschnauze – klingt eindeutig nach Konecny, dachte ich, dem Einbruchsspezialisten von Gabloners Truppe, deren Gros im Moment wahrscheinlich vollauf damit beschäftigt ist, die noch vorhandenen Strukturen der »Miramar«-Organisation aufzurollen.

Frischauf betrachtete den verwahrlosten Flur, die zerkratzten Wohnungstüren, an denen schon seit Jahren keine frischen Kränze mehr hingen, keine polierten Namensschilder, keine Werbesackerl.

»Sind wir hier unter dem Dach nicht in einer Falle?«

»Danke für die rege Mitarbeit selbst nach so einem schweren Tag«, antwortete ich. »Sehen Sie dort links die verrostete Stahltür? Die führt zum Dachboden über uns. Von dort oben führen wiederum Zwischentüren in die Dachböden der beiden Nebenhäuser. Das war eine Bauvorschrift in der Monarchie, von wegen zusätzliche Fluchtwege im Brandfall.«

»Wird aber alles zugesperrt sein, nicht?«

»Da irren Sie sich. Diese beiden Fluchtwege sind immer offen. Dafür habe ich schon gesorgt.«

Ich hatte schon vor Monaten, eine gewisse Paranoia war in meinem Beruf völlig normal, all diese Schlösser mit einem schweren Schlägel aufgeschlagen, um mir für den Fall des Falles zusätzlich zum Schlupfloch im Kohlenkeller, durch dessen Einfüllklappe man in den Hof gelangte, einen weiteren Fluchtweg zu schaffen.

»Sie sind ein vorsichtiger Mann, Miert …«, meinte Frischauf nachdenklich, »Sie müssen schon ziemlich böse Erfahrungen gemacht haben.«

»Darüber könnten wir uns bei einem hervorragenden Röschitzer Zweigelt Jahrgang 2006 vom Weinbau Ilse Birsak unterhalten, also nur herein mit Ihnen in die gute Stube.«

* * *

»Halten Sie das wirklich für nötig, dass wir uns hier wie Andreas Hofer verstecken?«

Wir tranken den samtig-rotvioletten Zweigelt aus Pappbechern. Bedachte man die stupende Qualität dieses Röschitzer Göttertrunks, so ging es uns wie Königen. Aber wahrscheinlich, dachte ich, war das bloß eine Einzelmeinung von mir, die kaum jemand mit mir teilen würde, vielleicht nicht einmal Frischauf.

»Ich weiß noch nicht, welchen Leuten Ihre Zwangsarbeiter-Forschungen sauer aufgestoßen sind, aber nach dem Zustand Ihrer Wohnung zu schließen, ist mit denen beileibe nicht zu spaßen!«

»Glauben Sie wirklich?«

»Ich habe schon jede Menge Wohnungen gesehen, die von der Polizei durchsucht worden sind, welche, die von der Staatspolizei gefilzt und welche, die von den schlimmsten Kriminellen durchwühlt worden sind, aber so etwas wie Ihre Wohnung habe ich noch nie gesehen. Da steckt der blanke Hass dahinter!«

»Tragen Sie deshalb diese komische Waffe in Ihrer Jacke? Ist die auch geladen?«, fragte Frischauf, wie Buchmenschen nach so Dingen wie Schusswaffen halt fragen.

»Die ist immer geladen. Und eine ordentliche Ladung

Schrot, das können Sie mir getrost glauben, stoppt selbst den Teufel.«

»Na dann.«

»Na dann.«

»Aber warum funktionieren in dieser Wohnung weder Strom noch Wasser noch die Heizung?«

»Sie müssen wissen, dass das eine konspirative Wohnung ist«, raunte ich.

»Aha.«

»Wenn weder Strom noch Wasser verbraucht werden, kann uns hier auch niemand aufspüren.«

««Warum ist mein Leben dermaßen kaputt gegangen, Miert?«

»Wenn ich dass wüsste … Aber bilden Sie sich bloß nicht ein, dass Sie der Einzige sind!«

»Ist hinter Ihnen auch jemand her?«

»Ganz sicher bin ich mir nicht. Vielleicht ist es auch nur die in meinem Beruf nicht unübliche Paranoia, eine Art déformation professionnelle.«

»Ich merke schon die ganze Zeit, dass Sie mir nicht alles erzählen, Miert.«

»Entschuldigen Sie, aber das ist ebenfalls eine Art unheilbarer Berufskrankheit.«

»Was ich noch wissen wollte …«

»Ja?«

»Gibt es eventuell noch eine Flasche Wein?«

»Sie werden lachen, aber ich habe meinen halben Vorrat hier heraufgeschleppt, liegt alles in den paar Küchenkästchen, die noch vorhanden sind. Wie wäre es, wenn wir uns jetzt dem Medoc zuwenden und später vielleicht dem großen Weinland Italien?«

»Klingt verdammt gut.«

Für einen winzigen Moment, kürzer als ein Lidschlag, sah das völlig erschöpfte, schmale, hagere Gesicht Hermann Frischaufs richtig glücklich aus.

»Warum tun Sie das, Miert, für einen Menschen, von dessen Existenz Sie vor ein paar Tagen noch keinerlei Ahnung gehabt haben?«

»Keine Ahnung«, antwortete ich leichthin.

Ich wollte Frischauf gegenüber keinesfalls zugeben, dass ich mich in den letzten Monaten wie ein im Mare Crisium von Armstrong zurückgelassener Mondjeep gefühlt hatte. Deshalb hatte ich es auf mich genommen, in einer Abbruchwohnung ein privates Männerasyl einzurichten. Der arbeitslose Buchhändler, dachte ich, würde mich hoffentlich davor bewahren, mich noch weiter zu isolieren und zur zynischen Ich-AG zu verkommen, wenigstens eine Zeit lang, er war vielleicht so etwas wie mein menschliches Tamagotchi. Außerdem hatte ich das Alleinsein satt, so unendlich satt.

Die lakonische, nichtssagende Antwort genügte Frischauf natürlich nicht, das stand ihm in sein hageres, fertiges Gesicht geschrieben.

»Vielleicht sollten wir über meine Gründe bei der nächsten Flasche eingehend nachdenken. Oder haben Sie im Moment vielleicht etwas Besseres zu tun?«

* * *

Ich war mit einem ordentlichen Brummschädel erwacht, Frischauf und ich hatten insgesamt fünf Flaschen gestemmt. Noch schlimmer war allerdings gewesen, dass es in meiner Küche zwei Stockwerke unter uns nicht einmal ein Bröselchen

Kaffeepulver mehr gab. Für immer vorbei auch die Zeiten, als ich nur einen Sprung ins »Miramar« zu machen brauchte, um mich mit ein paar Mikrogramm Koffein für den Tag zu dopen. Das Verlangen nach Kaffee war an diesem Morgen so stark gewesen, dass ich mich, während der Buchhändler noch gebüselt hatte wie Schneewittchen, schnell angezogen und die Garconniere verlassen hatte.

Auf Wellnessurlaube, Thaimassagen und die meisten Fernsehserien, hatte ich gedacht, kann ich eigentlich ganz gut verzichten, ebenso auf Rolex-Uhren, DVD-Player und Armani-Klamotten, aber nicht auf meinen Morgenkaffee. Mein limbisches System hatte mich schnurstracks ins »Exzelsior« geführt, dort war mir gestern ein außerordentlicher, italienischer Kaffeeduft in die Nase gestiegen, der nur von einer der göttlichen Lavazza-Röstungen stammen konnte. Und als toter Mann, der ich praktisch schon war, dachte ich, würden mich die Preise in dem Nobelschuppen auch nicht umbringen.

Tatsächlich wurde mir, während ich in der Lobby des »Exzelsior« in der schwarzen Ledersitzgruppe versank, auf einem niedrigen Rauchglastischchen der beste Latte macchiato meines Lebens serviert, der allerdings beinahe auch der letzte meines Lebens gewesen wäre.

Denn als ich nach dem letzten Schluck vom Latte-macchiato-Glas kurz aufblickte, saß mir, nur getrennt durch das Rauchglas, mit einem Mal ein rundlicher Mann gegenüber, der wie ich fast in der Sitzgruppe versank, aber mich unvermutet wie ein Leistenbruch mechanisch-freundlich anlächelte. Er trug eine Tweedjacke, die so billig aussah, dass sie wahrscheinlich ganz schön teuer gewesen sein musste, ein hellblaues Businesshemd und die konservativste Krawatte, die ich seit Jahren zu Gesicht bekommen hatte. Mit seinem nicht unmodischen Haarschnitt, der goldenen Armbanduhr und der frisch rasierten, etwas weichen Mittelstandsvisage passte er weit besser als ich rustikale Vorstadt-Erscheinung in dieses Hotel. Nur der etwas verwurschtelte Krawattenknopf und die großflächige, mehr oder weniger frische, noch kaum verschorfte Schramme quer über der Stirn passten nicht recht ins Bild. Alles in allem sah er aus wie ein aalglatt-erfolgreicher, geschickt defraudierender Prokurist und Bilanzbuchhalter, der soeben einen Kontrollbericht der Innenrevision glänzend überstanden hatte, und er hätte wohl bei jeder Bank jeden Kredit bekommen. Als er, von mir keineswegs ermutigt, zu sprechen begann, war es eine Stimme wie flüssige Butter, vermischt mit ein paar Krachmandeln, wenn er einzelne Wörter akzentuierte.

»Wir werden Sie mit fünfzehn, zwanzig großen Schraubzwingen auf einer Tischplatte fixieren. Ihren Brustkorb lassen wir natürlich frei, damit Sie möglichst lange atmen können. Alle drei Stunden ziehen wir die Zwingen eine Spur an. Wir haben auch ein paar jüngere Leute, die gerne mit Säure arbeiten. Tröpfchenweise. Wir schneiden ein Loch in Ihren Hodensack und tropfen Säure hinein. Es hat schon welche gegeben, die über vierzehn Tage lang durchgehalten haben. Am Schluss bohren wir jede Stunde ein Loch in Ihren Kopf und füllen mit Rohrreiniger auf.«

Um den Effekt seiner grausigen, kleinen Rede wirken zu lassen, legte der Typ eine Kunstpause ein. Ich tat ihm den Gefallen, indem ich erwiderte: »Wenn Sie es darauf angelegt haben, mir eine Heidenangst zu machen, dann ist Ihnen das zweifellos gelungen – Respekt.«

Bis auf die beiden Angestellten hinter der Rezeptionsbudel

war die Lobby heute Morgen menschenleer. Ich sehnte mich geradezu nach den Japanern, die hier gestern noch rudelweise aufgetreten waren.

»Die einzige Möglichkeit, dieser Prozedur zu entgehen, ist, uns einen kleinen Dienst zu erweisen. Und zwar mit dem hier«, bemerkte der geschleckte Kerl fett-befriedigt. Damit wurschtelte er aus seiner rechten äußeren Jackentasche eine CD oder DVD hervor, die er auf die Glasplatte des Couchtischchens legte und langsam zu mir herüberschob. Ich war froh, dass ich meine Waffe mit dabei hatte und dachte über eine Möglichkeit nach, in Notwehr zu schießen. Noch sah ich aber keine derartige Chance.

Er hatte fein manikürte Hände und einen kleinen, farblosen Stein, wahrscheinlich einen Diamanten, im Nagel seines rechten kleinen Fingers eingelassen. Scarface, dachte ich, würde sich wohl im Grabe umdrehen, wenn er einen solch verschmockten Gangster sähe.

»Sie werden sich sicherlich fragen, was da drauf ist.«

No na net, dachte ich, sagte aber nichts. Solange er redete, würde er nicht schießen, hauen oder stechen, redete ich mir ein.

»Ein paar ganz nette Aufnahmen aus dem ›Miramar‹, auf denen hauptsächlich ein jüngerer Polizeileutnant namens Sladek zu sehen ist. Und natürlich häufig wechselnde Damen, so ziemlich das ganze Personal, das unser Haus in den letzten Wochen zu bieten hatte. Wir reden hier über den Stellvertreter des Leiters der Kriminalabteilung Harland, und Sie werden sich heute noch zu seinem Chef, diesem Oberleutnant Gabloner, begeben, mit der DVD als Faustpfand selbstverständlich, und sozusagen die Einstellung der Feindseligkeiten gegen unser Haus, gegen das ›Miramar‹ verlangen, dezidiert verlangen. Sie sind Gabloners Mann und wir zählen darauf, dass Sie Erfolg haben! Sonst lassen wir die Bombe, sprich diese DVD platzen! Das ist der Deal, das ist Ihr Deal, Ihre einzige Hoffnung!«

Ich musste ihn wie mit stargestochenen Augen angeschaut haben, denn er fügte sehr sanft und höflich hinzu: »Nun, was sagen Sie dazu?«

Ich fühlte mich wie eine Meeresschildkröte ohne Flossen, wie ein Disneyfilm ohne Schmalz, wie ein männlicher Ostösterreicher im Sommerurlaub ohne weiße Tennissocken – ich war perplex und verstört, weil die nicht einmal achtundvierzig Stunden gebraucht hatten, um mich aufzustöbern. Oder war es ein Zufallstreffer gewesen? Der Typ konnte mich ja auch in der Lobby erspäht haben, während er mich schon den ganzen Morgen vergeblich gesucht hatte, oder nicht? An der Stichhaltigkeit dieser Überlegung hing jedenfalls mein Lebensfaden, nein, bei meinem Gewicht eher mein Lebensseil.

Um Zeit zu gewinnen, ging ich zunächst einmal ganz sachlich auf diesen ekelhaften Seriösling von einem Gewaltverbrecher ein.

»Ich habe keinen DVD-Player, um mir diesen Schrott anschauen zu können. Sagen Sie mir also wenigstens den Namen einer einzigen Nutte, die da drauf ist.«

»Schade, wirklich schade, da entgeht Ihnen einiges!«, bemerkte der rundliche Mann süffisant. »Um aber auf Ihre Frage zurückzukommen: Mausi, eine dürre, nervös-schrille, blasse Mitarbeiterin mit roter, filziger Dauerwelle, auch unten, auf die die Freier komischerweise total abfahren, weil sie einer früheren ›Seitenblicke‹-Dominatorin so verdammt ähnlich sieht.«

»Irgendwelche Utensilien, die Sladek benützt hat?«, erkundigte ich mich.

»Eine ganze Menge. Sehr gerne auch, soweit ich mich erinnern kann, einen elektrischen Rasierapparat.«

»Ersparen Sie mir die Details und schieben Sie die DVD ganz zu mir herüber.«

Damit hatte ich mich wieder einigermaßen im Griff und setzte zum Konter an. Eigentlich war es wie beim Fußball. Es kam vor allem darauf an, den Kampf in die gegnerische Hälfte zu tragen, das Geschehen hauptsächlich dort stattfinden zu lassen.

»Zunächst einmal: Ich habe eine abgesägte, geladene Schrotflinte unter meiner Jacke. Es widerspräche zwar gänzlich der Etikette, in einem Vier-oder-fünf-Sterne-Betrieb damit herumzuballern, aber ich würde Ihnen trotzdem empfehlen, mir vorher mitzuteilen, wenn Sie etwa vorhaben, in Ihre Hosentasche zu greifen. Vielleicht bin ich ja zu empfindlich, zu gereizt, wenn mir einer so unglaublich plastisch androht, mich umbringen zu lassen, aber …«

»Ist schon okay, wir bieten Ihnen ja auch eine Möglichkeit, aus der Schraubzwingensache herauszukommen«, antwortete der rundliche, gepflegt-unscheinbare Mann sachlich wie ein Vertreter für technische Hochwasserschutzsysteme.

»Wer sagt das? Wer sind Sie? Wie soll ich Sie nennen? Don 08/15 oder wie?«, erwiderte ich fuchtig.

»Namen sind Schall und Rauch.«

Der ist kein Ukrainer, dachte ich, solche Zitate können auch nur einem Hiesigen einfallen.

»Seien Sie gewiss: Wir werden auf jeden Fall an Ihnen dranbleiben, bis Sie mit der DVD bei Gabloner gewesen sind!«

»Wissen Sie, was Ihr Problem ist? Beim gegenwärtigen

Stand der Dinge nehme ich Ihnen dieses ›Wir‹ nicht mehr ab. Ich kenne Ihre Strukturen natürlich nicht, aber ich halte Sie für so etwas wie einen lokalen Statthalter, ja für einen kleinen König, aber für einen König ohne Bauern, ohne Türme, ohne Läufer, ohne Rössel. Bestenfalls haben Sie noch eine Dame, die eine oder andere Ihrer moldawischen Huren, die Sladek eingewickelt haben. Aber ansonsten vermute ich mal, dass Ihre ganze Harlander Organisation mächtig in der Zwicke ist. Einerseits durch Gabloner, andererseits durch einen anderen Wahnsinnigen, der gerade Ihr Händler- und Mitarbeiternetz ziemlich ruppig von unten aufrollt. Haben Sie mich?«

Mein Gesprächspartner schüttelte mitleidig den Kopf. Für mich sah das aber ein bisschen wie eine schlecht geschauspielerte Geste aus. Gnade mir Gott, dachte ich, wenn ich mich irren sollte.

»Haben Sie nicht gehört, Miert, was ich Ihnen vorhin in Aussicht gestellt …?«

»Lassen Sie mich Ihre momentane Situation weiter rekapitulieren. Also, als Sie in Wien bei den wirklichen Bossen angerufen haben, um das ganze Schlamassel pflichtgetreu zu melden, haben die einfach dichtgemacht, all die Telefone, deren Nummern Sie kennen, abgeschaltet und sich sicherheitshalber von Ihnen und von Ihrer ganzen Harlander Organisation total abgeschottet. Zuvor werden die Ihnen aber noch gesagt haben, dass Sie das alles selbst ausbaden müssen. Deshalb sind Sie auf die glorreiche Idee gekommen, mich mit der Kassette als Postillon d'amour zu Gabloner zu schicken, um Druck auf ihn auszuüben. Sie selbst würden sich ja niemals hintrauen, weil der Mann, da liegen Sie übrigens völlig richtig, unberechenbar ist wie ein bösartiger Makake.«

»Sie liegen völlig falsch mit Ihren Vermutungen, Miert! Sie reden sich ins Unglück!«

Ein bisschen, meinte ich zu bemerken, bröckelte das Gehabe der großen, irgendwie gutbürgerlichen Ruhe und der cleveren Coolness schon ab von dem widerlichen Typen.

»In Wirklichkeit sind Sie allein! Ihre Harlander Truppe ist entweder verhaftet oder im Krankenhaus oder in der Prosektur oder hat sich vorsorglich ins Irgendwo und Nirgendwo abgesetzt. Und die werden dort bleiben, solange die Lage derart brenzlig ist, Loyalität hin oder her. Um an mir dranzubleiben, müssten Sie also selbst gleichzeitig den Vordereingang, den Lieferanteneingang und die Tiefgarage dieses Hotels überwachen. Ein Indiz für Ihre völlig isolierte Lage ist für mich auch diese schöne Schramme auf Ihrem Kopf. Der Meschuggene, der auch Ihre untergeordneten Handlanger jagt, hatte Sie heute wohl schon vor seinem Prügel und Sie sind ihm nur haarscharf entwischt! Wenn Sie noch von Ihren Leuten umgeben wären, hätten Sie diese Kopfnuss niemals abbekommen!«

Da er noch immer nicht antwortete, quasselte ich einfach weiter.

»Sie sind ganz schön weit gekommen, aber Sie sind eben kein Ukrainer. Die haben Sie inzwischen längst fallen gelassen. Harland ist auch sicherlich eine lokale Unterorganisation, die nicht wirklich wichtig ist und die man daher jederzeit wieder neu aufbauen kann. Mein Gott, ist ja nicht Frankfurt am Main oder Wien oder Budapest … Und jetzt stehen Sie vorsichtig auf und verlassen schleunigst dieses Hotel! Wenn Sie das nicht tun, schieße ich Ihnen in die Knie – die befinden sich in etwa auf meiner Höhe. Ihre Hoden würden bei Ihrer jetzigen Körperhaltung auch ein paar Schrotkörner abbekommen, da möchte ich Sie nur vorwarnen. Die DVD lassen Sie gefälligst da – ich bin mir nämlich ziemlich sicher, dass Sie nicht einmal Kopien davon gemacht haben, weil Sie als ehemalige Chefität nicht so recht wissen, wie die Technik zu bedienen ist. Stimmt's oder habe ich recht?«

»Das wird Ihnen noch leid tun, Miert, verdammt leid!«

Der geschleckte Capo schwitzte jetzt und bekam ein bisschen rötlichorange Farbe in die Visage. Unentwegt rieb er seine Hände aneinander. Ich hatte ins Schwarze getroffen, triumphierte ich innerlich.

»Das haben Sie schön gesagt. Aus welchem Film ist das?«, zischte ich. »Na los, auf die Beine mit Ihnen und ab durch die Mitte!«

Demonstrativ schob ich meine rechte Hand unter die Jacke und tastete nach der Wumme. Das wirkte, der Capo wuchtete sich nicht sehr elegant aus den tiefen Polstern, blickte mich noch einmal theatergrimmig an und verschwand in Richtung Ausgang.

So viel Schneid, dachte ich und blickte ihm nach, hätte ich mir eigentlich selbst nicht zugetraut, das war aber mal echt ein Höhepunkt in meiner Karriere. Hoffentlich nicht der letzte.

* * *

Kurz vor dem stockwerkhohen Hotelportal ganz aus Glas und vergoldetem Messing, das in seiner schwülstigen und überladenen Jugendstil-Ornamentik an die schlimmsten Dekorationsmalereien von Klimt erinnerte, drehte sich der Capo noch einmal zu mir um und machte grinsend die Gebärde des Halsdurchschneidens. Für eine Führungskraft, selbst bei der ukrainischen Mafia, fand ich das ziemlich kindisch. Dann stapfte er entschlossen wie ein Schauspieler, der den jungen

Vito Corleone darzustellen hatte, auf den Gehsteig vor dem Hotel und begann eilenden Schrittes die Straße zu überqueren. Offenbar hatte der Bursche seinen Wagen gleich gegenüber geparkt, was nur als peinlicher Anfängerfehler zu bezeichnen war. Das Aufheulen eines schweren amerikanischen Motors und die massiv-bulligen, verchromten Stoßstangen an dem wuchtigen Geländewagen, die den Mafiafilialleiter regelrecht zermalmten, nahm ich fast gleichzeitig wahr. Im Fond des Zweieinhalbtonners, da war ich mir völlig sicher, saß ein alter, aber ziemlich kräftiger Mann in einer unmöglichen Strickweste. Goritschnig. Der Meschuggene hat soeben seinen ersten Mord begangen, dachte ich, und ich werde ihn decken, so gut es halt geht.

Obwohl ich nicht einmal annähernd so cool wie der Zeitgeist war, holte ich instinktiv mein Handy hervor und wählte Gabloners Nummer. Der alte Oberleutnant hob sofort ab.

»Ich wollte Ihnen nur sagen, Gabloner, dass Goritschnig gestern Abend die Stadt verlassen hat und wieder ins Weinviertel zurückgekehrt ist. Und der Capo des ›Miramar‹ hat soeben einem Opel Frontera die Stirn geboten. Mit letalen Folgen und anschließender Fahrerflucht des Stadtförsterwagens. Wahrscheinlich irgendeine gestresste, überforderte Hausfrau, die mit der Automatik der Familienkutsche nicht klargekommen ist. Sie können den Kerl jedenfalls vor dem ›Exzelsior‹ vom Straßenpflaster kratzen.«

Ich liebe es, dachte ich, Gabloner nach Strich und Faden anzulügen. Das war noch viel, viel besser als beispielsweise die Teilnahme an einem Wettschnitzelessen oder ein halber Quadratmeter Tiramisu für mich alleine.

»Und Sie glauben, das war's dann?«, fragte Gabloner lauernd.

Es wird wahrscheinlich nie enden, dachte ich, dieses bösartige Monster wird immer wieder versuchen, mich ein für alle Mal fertigzumachen.

»Ich bin mir sogar völlig sicher. Wir sind wieder einmal quitt, Gabloner. Die Organisation, die Sie zerschlagen wollten, ist nicht mehr handlungsfähig, jedenfalls nicht hier in Harland. Sie haben einen satten Heimsieg gelandet, sind eindeutig der Triumphator auf der ganzen Linie, Respekt!«

Dem Leibhaftigen ein bisschen den Goder zu kratzen, fand ich, konnte nicht schaden.

»Wo kann ich Sie finden, wenn ich auf die Schnelle noch eine ergänzende Zeugenaussage oder sonst etwas von Ihnen bräuchte?«

»In der schwäbischen Türkei. Oder auf Mykonos. Im Ernst, ich habe nach den Ereignissen der letzten Tage wirklich dringend einen Urlaub nötig.«

»Wer außer Ihnen sagt mir noch, dass es sich bei dem Toten tatsächlich um den Kopf der ›Miramar‹-Bande handelt?«

»Der Bursche hat seinen Wagen gleich gegenüber dem Hotel geparkt. Darin finden Sie vermutlich mehr Beweismaterial als im Hauptquartier der Panzerknackerbande. Es muss auch noch mindestens ein weiteres Haus außer dem ›Miramar‹ in Harland geben, sonst hätten Sie den Kerl schon bei der Razzia dort gefasst. Ihr Spurensicherer wird in den nächsten Tagen kaum noch seine Familie sehen, so viel Arbeit wird es geben.«

»Und wie finde ich den Wagen, Herr Oberschlau? Wird ja nicht die einzige Karre sein, die irgendwo rund ums ›Exzelsior‹ geparkt ist?«

»Kein Problem, Sie brauchen ja nur mit dem Autoschlüssel des Verunfallten ein bisschen durch die Gegend zu spazieren und ein paar Mal auf die Entriegelungstaste drücken. Irgendwann werden Sie seinem Wagen schon so nahe sein, dass sogar Sie mit Ihren Schweinsohren es hören, wie sich die Zentralverriegelung entsperrt.«

»Werden Sie nicht frech, Miert! Haben Sie den Burschen nun umgefahren oder nicht?«

»Ich bin gemütlich in der Hotellobby gesessen und habe in den ›Harlander Nachrichten‹ völlig fasziniert Ihre erstaunlichen Heldentaten im ›Miramar‹ nachgelesen. Dafür gibt's ein paar Hotelangestellte als Zeugen.«

»Sie haben da irgendetwas gedreht, Miert, und ich weiß nicht was«, antwortete Gabloner grimmig, »aber ich werde Ihnen schon noch draufkommen.«

»Ich würde ja noch so gerne mit Ihnen weiterplaudern, Herr Oberleutnant, aber leider wartet ein Klient auf mich, und zwar am Frühstückstisch.«

In Wahrheit, dachte ich, hatte mich noch nie ein Klient zum Essen eingeladen, die hatten wohl alle meinen berühmtberüchtigten Appetit gefürchtet.

»Miert, was …«

Ich legte einfach auf.

* * *

Ich hätte dem Capo aus der Lobby bis zu seinem Wagen folgen müssen. Genau in dem Moment, in dem er den Wagenschlag geöffnet hätte, hätte ich den Abzug durchziehen und die ganze Ladung groben Schrots in seinen Körper jagen müssen. Dann hätte ich die abgesägte und dadurch handliche Schrotflinte im Gehen wieder in meine Jacke stecken und ruhig davonschlendern müssen, so als wäre ich nur auf dem Weg zu einem nicht sonderlich wichtigen Amtstermin oder zu einer Frau, die ich bloß verführen, auf die ich mich aber nicht ernstlich einlassen wollte, und nicht auf der Flucht. Nicht einmal eine Sekunde bevor ich mich aus der Sitzgarnitur gewuchtet hätte, um entweder dem unberechenbaren Choleriker und Totschläger Gabloner mit der DVD zu drohen oder den Capo zu verfolgen und zu töten, war Goritschnigs Ami-Truck in Letzteren gekracht und hatte den geschleckten Mafioso in ein zuckendes Bündel blutiger Knochen- und Muskelmasse verwandelt. Durch die pure Dramatik und Rasanz des Geschehens hatte ich keine Zeit mehr gefunden, mich für eine der beiden Optionen zu entscheiden, eine schrecklicher als die andere. Ohne es zu ahnen, hatte Goritschnig mir diese furchtbare Entscheidung abgenommen. Ich werde nie wissen, dachte ich, wie ich mich letztlich entschieden hätte, und das ist vielleicht ganz gut so. Was ein scheußlicher Wendepunkt meines Lebens gewesen wäre, war jetzt nur ein toter Punkt. Ich blieb weiter im Unklaren darüber, wozu ich im Bösen wirklich fähig war.

Ich fuhr in Richtung Stadtpolizeikommando am Westrand der Stadt. In der Lobby des »Exzelsior« war ich dem Bösen wieder einmal begegnet und ich hatte die Angst in all ihren höllischen Graden bis hin zur totalen Panik in mir verspürt, in mir erlitten wie eine arme Seele die Qualen des Fegefeuers. Der Gedanke daran, den geschleckten Capo töten zu müssen, war ein sündhafter gewesen und eine Konsequenz dieser meiner – im wahrsten Sinne des Wortes – Mordsangst. Mit dieser Privattheologie, dachte ich, versuchst du doch nur, über die betrübliche Erkenntnis hinwegzukommen, dass in dir genauso ein Mörder, Totschläger, genauso ein Schweinehund, Faschist und Brutalinski steckt wie in allen anderen auch. Außerdem bist du irgendwie wütend darüber, gestand ich mir ein, dass du einst als Polizist, hinter dem das Wiener Sicherheitsbüro gestanden hat, die Strafverfolgungsbehörden und Gerichte, vor einem solchen Typen keine Angst hättest haben müssen. Jetzt aber, als Diskontprivatdetektiv, bist du nicht mehr als eine lebende Zielscheibe für praktisch jeden Dillo, der es darauf angelegt hat.

Eigentlich ein Wunder, dass ich bei diesen Überlegungen noch in der Lage war, die Straße im Auge zu behalten und den Granada flott durch den Nachmittagsverkehr zu lenken.

* * *

Ich hatte nicht so viel Zeit, Geduld, Unverstand und kriminelle Energie und wahrscheinlich auch nicht so viel Schneid wie Goritschnig, um auf dem Pendlerparkplatz gegenüber dem Stadtpolizeikommando Harland einen älteren Wagen, etwa einen bejahrten Mazda, aufzubrechen und mich darin auf die Lauer zu legen, bis Leutnant Sladek irgendwann Dienstschluss hatte und zu seinem Wagen ging. Außerdem wusste ich ja nicht, ob er sein Auto überhaupt dort geparkt hatte und ob er nicht am Feierabend von seiner Frau oder sonst wem abgeholt wurde. Also rief ich Gabloners Stellvertreter einfach an und bestellte ihn unter Verweis auf Mausi und den Rasierapparat auf den Parkplatz des Raiffeisen-Lagerhauses ein paar Gassen weiter, wo ich es mir auf der Kühlerhaube des Granada relativ bequem gemacht hatte. Die Haube war angenehm warm, weil ich meinen Klassiker auf der kurzen Fahrt ordentlich durchgetreten hatte.

Es dauerte keine fünf Minuten, bis der breitschultrige, durchtrainierte Bodybuilder mit einem polizeiweißen Skoda

Fabia auf dem kleinen Kundenparkplatz auftauchte. Er stieg schnell aus, orientierte sich, trabte wie ein Jogger an und stand auch schon vor dem Granada. Ich warf ihm aus einem Abstand von zwei bis drei Metern die DVD zu, die er mit einer Hand geschickt auffing. Turnschuhe, Jeans, Flanellhemd und schwarze Lederjacke, die Waffe trug er ziemlich sichtbar in einem Hüftholster. Ein irgendwie leeres, unbewegtes Gesicht mit dicker Haut, blonder Bürstenhaarschnitt. Ein schwer bewaffneter, jüngerer Arnold Schwarzenegger.

Der Mann ist hochmotiviert und brandgefährlich, dachte ich, also Obacht, Miert.

»Ich stehe ja nicht auf so Schweinekram, aber die eine oder andere Szene von Ihnen im ›Miramar‹ ist fast schon oscarverdächtig«, begrüßte ich ihn.

»So endet also der selbst ernannte, große Moralist Marek Miert – als mieser, kleiner Erpresser! Was soll ich für die DVD tun? Was wollen Sie? Und vor allem wie viel?«

Sladeks Stimme war aggressiv. Seine rechte Hand schwebte nervös in Höhe des Hüftholsters.

Wenn du wüsstest, Terminator, dachte ich, in Wirklichkeit habe ich nach dem CD-Wurf höchstwahrscheinlich nicht einmal die Möglichkeit, dich zu erpressen, muss es aber zunächst so aussehen lassen und dann auch wieder nicht. Das wäre in etwa das taktisch-theoretische Konzept, dachte ich, mal sehen, ob ich seine Verwirklichung in der Praxis überlebe.

»Wenn Sie verkabelt sind, sage ich Ihnen jetzt etwas für Ihr Mikro: Dieses Ding ist höchstwahrscheinlich ein Unikat.«

»Das glaube ich Ihnen nicht!«, knurrte der schussbereite Sladek.

»Ich habe nicht einmal einen DVD-Player, geschweige denn zwei von den Dingern, um eine Kopie herstellen zu können.«

»Auch das glaube ich Ihnen nicht!«

»Ich habe diese Kopie für Sie aus dem Verkehr gezogen.«

»Das schon gar nicht!«

»Verstehen Sie, ich will doch nur meinen Beruf ausüben, ohne dauernd mit der Kriminalabteilung Harland in Konflikt zu geraten. Es stört mein Geschäft, wenn ich immer wieder für nichts und wieder nichts verhaftet werde. Ich brauche einfach einen Freund bei der Polizei.«

»Dito!«

»Schön langsam wird diese geradezu Thomas'sche Ungläubigkeit zum Problem, und zwar vor allem für Sie, denn wenn Sie das alles nicht glauben, dann sollten Sie Ihre nervöse rechte Hand irgendwie beruhigen und mich nicht erschießen. Wenn Sie das alles nämlich nicht glauben, liegen bei meinem Notar weitere heiße DVDs für Medien, Stadtpolizeikommandant, Landespolizeikommando und so weiter, die ganze Latte, Sie wissen schon!«

In meiner Suada hatte ich mich um einen Ton bemüht, wie wenn ich mich mit meinem Anlageberater besprechen würde. Na ja, dachte ich, wenn ich einen hätte und Geld zum Anlegen dazu.

Leutnant Sladek sah mich etwas verwirrt an. Ich gedachte, diesen Zustand noch zu steigern.

»Das Besucher-Herren-WC in der zweiten Internen im Hauptgebäude des Krankenhauses. Nach dem Pissoir gibt es noch eine Tür, Richtung Norden. War wohl als Besenkammerl für die Putzfrauen gedacht, aber die Reinigung ist ja längst ausgegliedert und die gewerblichen Gebäudereiniger bringen ihr eigenes Material mit. Die Tür ist übrigens unversperrt und führt indirekt ins Stiegenhaus. Wenn sie doch verschlossen sein sollte, kann man sie sicher ganz leicht mit der Schulter aufdrücken. Das Türblatt ist nicht mehr als eine dünne Sperrholzplatte. Das gilt auch für die zweite Tür im Putzfrauenkammerl, die direkt ins Stiegenhaus geht. Warum, weiß ich nicht, der Architekt wird sich schon etwas dabei gedacht haben oder auch nicht. Egal, ich habe die geschilderten Verhältnisse jedenfalls in einer Skizze dargelegt, die Sie einem Schubhäftling namens Dr. Ahmed Adin heute noch übergeben werden. Zusammen mit dreihundert Euro Startkapital von mir, damit er sich endlich ein neues T-Shirt kaufen kann, auf seiner Flucht ohne Ende. Und wenn Sie schon dabei sind, einen Kassiber ins Polizeigefangenenhaus einzuschmuggeln, können Sie gleich auch diesen Zettel mit meiner Adresse überbringen.«

»Sie sind verrückt, Miert, total verrückt!«

»Schon möglich, aber Sie werden Dr. Adin auch instruieren, sich wegen heftiger Magenschmerzen krankzumelden, und Sie werden dafür sorgen, dass er möglichst bald die Ambulanz der zweiten Internen aufsuchen darf, unter Bedeckung selbstverständlich. Als reine Fleißaufgabe könnten Sie es auch irgendwie deichseln, dass ihm bei seinem Ausgang ins Krankenhaus ein womöglich nicht sehr laufstarker Beamter beigegeben wird.«

»Darf es vielleicht sonst noch etwas sein?«, höhnte Sladek.

»Nein, also nein, das wäre es im Wesentlichen, aber danke der Nachfrage.«

»Sie tun mir leid, Miert, denn Sie spinnen! Hochgradig! Wenn ich das alles, was Sie sich einbilden, tatsächlich machte, würde ich meine Karriere gefährden, ja meinen weiteren Verbleib im Polizeidienst!«

»Ihre Karriere war schon zu Ende, Sladek, als Sie als leitender Polizeibeamter ausgerechnet im ›Miramar‹ zum ersten Mal Ihren Schwanz ausgepackt haben ...«

Sladek schwieg. Vielleicht hatte ich ihn zum Nachdenken gebracht, vielleicht überlegte er auch nur, ob er mir in den Bauch oder in den Kopf schießen sollte.

»Denken Sie nach, Sladek! Von mir bekommen Sie eine zweite Chance! Schon mal was vom Maria-Theresien-Orden gehört?«

Sladek schwieg weiter.

»Der höchste, der allerhöchste Orden zu Zeiten der Monarchie. Den gab es für Offiziere, die entgegen Befehl gehandelt haben und damit durchschlagenden Erfolg hatten.«

»Sie träumen, Miert. – Für uns beide ist weit und breit kein Orden in Sicht, nicht einmal eine klitzekleine Medaille. Warum wollen Sie diesen Kanaken überhaupt heraushauen?«

»In der vielleicht schlimmsten Stunde meines Lebens hat er mir einen Gefallen erwiesen, ohne dass er dazu gezwungen gewesen wäre.«

»Mag ja sein, aber warum tun Sie das? Warum riskieren Sie Kopf und Kragen für so einen Tschuschen?«, insistierte Sladek.

»Das würden Sie nicht verstehen«, antwortete ich. »Ich verstehe es ja selber nicht.«

Sladek schwieg, ja verfiel geradezu in eine Art von Starrsinn. Er zeigte keinerlei Bewegung, schien nicht mehr zu atmen, ja nicht einmal mit den Lidern zu zucken, er stand nur da, ein bulliger, grimmiger, erschreckend nachdenklicher Terminator.

»Ich stelle mir gerade vor, wie sich die halbe Lokalredaktion der ›Harlander Nachrichten‹ meine DVD reinzieht, von den Kollegen im Stadt- und Landespolizeikommando ganz zu schweigen«, sagte er mehr zu sich selbst.

»Daran tun Sie an sich gut …«, meinte ich, »aber ich verspreche Ihnen, meinetwegen ehrenwörtlich und mit Handschlag, dass die Leute, die diese DVD aufgenommen haben, entweder tot sind oder auf der Intensivstation oder in Haft oder auf der Flucht, und dass die DVD höchstwahrscheinlich ein Unikat ist, weil niemand mehr dazu gekommen ist, noch groß Kopien anzufertigen. Und wenn es doch welche davon gibt, finden Sie die wahrscheinlich in einem weiteren Quartier dieser Organisation, das Ihre Abteilung heute, spätestens morgen ausheben wird. So, jetzt habe ich alle meine Karten offengelegt, und Sie haben das ganze Blatt in der Hand. Es liegt jetzt an Ihnen, nur an Ihnen! Ich gebe auch zu, dass ich nichts lieber tue, als Ihren Chef anzulügen, aber nicht seine Leute, nicht seine Opfer, nicht Sie.«

»Ist dieser Adin ein Freund von Ihnen?«

»An sich habe ich ja keine Freunde, aber wenn ich einen hätte, dann wäre er es wohl.«

»Wissen Sie, dass Sie noch viel verrückter sind, als ich je gedacht hätte, Miert? Und mein Leben als Polizist hängt jetzt von der Stichhaltigkeit Ihrer selbst gestrickten Mutmaßungen ab …«

»Sie werden lachen, meines als Detektiv auch.«

»Außerdem«, fügte ich hinzu, »verurteile ich Sie in keinster Weise. Mir ist nämlich etwas Ähnliches passiert. Nur war's bei mir nicht der Gratiseinsatz eines Rasierers, sondern Gratiskaffee in rauen Mengen.«

»Haben Sie sich die DVD angesehen?«, fragte der Kasten von einem Mann beinahe verschämt.

»Ich habe Ihnen ja schon gesagt, dass ich nicht einmal einen DVD-Player habe.«

»Woher wissen Sie dann …«

»Ich kann Ihnen versichern, Sladek, dass der Mann, der

mir diese Details erzählt hat, die ich praktisch schon wieder vergessen habe, heute Mittag umgekommen ist.«

»Haben Sie ihn getötet, Miert? Haben Sie?«

»Mir wäre wohl nichts anderes übrig geblieben, wenn mir nicht eine schusselige Hausfrau mit Bleifuß zuvorgekommen wäre. Das sind so meine Abgründe …«

Und die sind weit tiefer, dachte ich, als der Terminator jemals ahnen würde.

»Unter diesen Auspizien«, sagte der Leutnant entschieden, »kann ich nur eines sagen: You've got a friend. Aber bilden Sie sich ja nichts darauf ein, Miert!«

* * *

Niemand in Harland würde mich groß vermissen, wenn ich doch noch auf dem Tisch mit den Schraubzwingen landete. Aber ich würde Harland vermissen. Das heißt, Mira und ihre Weine, das gesurte Geselchte mit Kraut und Knödel im »Corona Bavariae«, die Grillnachmittage in meinem Hinterhof, der Samstag-Markt am Domplatz, die untergehende Sonne über dem Praterberg, der kein Berg, sondern ein lächerlicher kleiner Hügel war, die dicken, kurzen, fetten Debreziner vom Würstelstand in der Mariazeller Straße, das sommerliche Wildbaden am Traisenufer, das Luftmatratzenschwimmen im Spratzerner Mühlbach, die Art, wie hier eine Melange zubereitet wurde, die frische Luft, die manchmal aus dem Mostviertel angeweht wurde, und der behäbige, dumpfe, zugleich aber wiederum auch scharfe, lokale Dialekt, der im Zorn und in der Liebe so unendlich poetisch sein konnte. Das alles würde ich jedenfalls wirklich vermissen, und vielleicht sogar die blutjungen, verlorenen Junkies in meinem

Grätzel, die ich so gerne anschnauzte und die mich dankenswerterweise dafür noch nicht ausgeraubt, noch nicht niedergeschlagen und noch nicht umgebracht hatten.

Ein paar Tage später …

»Ihre dubiose Schusswaffe da«, bemerkte Leutnant Sladek trocken, »habe ich jetzt nicht gesehen. Weil Sie nämlich genauso wenig wie die Biene Maja eine Waffenbesitzkarte oder gar einen Waffenschein haben. Ich habe in der Kartei nachgesehen, Sie sind gesperrt für alles, was über Küchenmesser hinausgeht.«

»Genau, das Trumm existiert nicht einmal«, antwortete ich und verstaute die Flinte flugs in einer Schreibtischlade.

Gegen vier Uhr in der Früh hatte ich Frischaufs nicht gerade dröhnendes, aber singendes und sägendes Schnarchen und die Enge eines Schlafsackes, der keineswegs für meine menschliche Breite maßgeschneidert worden war, nicht mehr ausgehalten und hatte mich mit Hilfe der Taschenlampe in meine eigene Wohnung und in mein reguläres Bett zwei Stockwerke tiefer begeben. Kurz vor sieben war ich mit einer eingeschlafenen rechten Schulter wach geworden, hatte Kaffee gebraut und mich geduscht. Dann hatte ich plötzlich herrisches Klopfen und energische Tritte gegen die Wohnungstür vernommen. Eine böse Vorahnung hatte mich unwillkürlich zur abgesägten Schrotflinte greifen lassen, bevor ich öffnete.

»Es ist alles so passiert, wie Sie es wollten. Damit sind wir quitt. Sie brauchen sich aber keinesfalls einzubilden, dass ich noch einmal für Sie den Schani spiele und meine Existenz gefährde!«

Sladek hatte entzündete, rot geäderte Augen, seine Gesichtshaut war fahl und grobkörnig wie Schotter von einem Eisenbahnunterbau. Sogar seine an sich recht beeindruckenden Bodybuilderschultern schienen schmaler geworden zu sein. Er roch nach Waffenöl, Automatenkaffee und kaltem Nachtschweiß. In der »Miramar«-Sache dürfte er schon länger durchgearbeitet, sich unendlich abgemüht haben, um überall dabei zu sein, alles zu erfahren, auf jeden Fall die Kontrolle zu behalten. Selbst einem jüngeren, durchtrainierten Mann wie ihm war anzusehen, dass er sich geplagt hatte.

»Sicher«, entgegnete ich sanft.

»Und dass Sie mit diesem Goritschnig, der hier in Harland unbedingt den rasenden Rächer spielen will, nichts zu tun haben, glaubt Ihnen sowieso kein Mensch! Wenn wir Ihnen da auf irgendetwas draufkommen, sind Sie dran, Miert!«

»Der ist doch längst wieder im Weinviertel, worüber wir übrigens alle froh sein sollten!«, krähte ich fröhlich. »Auch einen Schluck Kaffee, Herr Leutnant?«

Natürlich war das Begünstigung in einer strafrechtlich relevanten Causa, aber ich hatte in den letzten Tagen so viele Gesetzesverstöße begangen, dass es darauf auch nicht mehr ankam.

»Danke, ich bin im Dienst und außerdem wäre es der elfte Kaffee in den letzten zehn Stunden. Ich muss schnell wieder zurück ins Amt. Wir haben in der Nacht das zweite Quartier der ›Miramar‹-Organisation ausgehoben und sind jetzt gerade beim Verhören der Festgenommenen und beim Auswerten der Spuren.«

»Respekt und Gratulation! Hoffentlich keine DVDs mit Mausi …«

»Nicht eine. Die paar jämmerlichen Gestalten, die wir

hoppgenommen haben, sind nicht mehr als Fußvolk, unbedeutende Unterläufel, die nicht viel Ahnung hatten von den größeren Operationen, von der übergeordneten Taktik«, berichtete Leutnant Sladek erleichtert, »Sie hatten offensichtlich recht.«

»Gott sei Dank.«

»In diesem Sinne werde ich mich jetzt verabschieden.«

»Und ich werde brav bleiben und weiter Kaffee schlürfen. Wollen Sie wirklich keinen?«

Aber da war die athletische, aber müde Figur in der schwarzen Lederjacke auch schon aus meinem Besprechungszimmer verschwunden. Ich hatte Sladek immer für Gabloners Kreatur gehalten, für den typischen Stellvertreter mit dadurch etwas verbogenem Charakter. Nun musste ich meine Meinung revidieren, der junge Leutnant hatte unter dem Druck der DVD eine höchst brenzlige Sache durchgezogen, und das vielleicht sogar erfolgreich. Das mit dem Erfolg würde ein Richter allerdings völlig konträr sehen. Ich hatte einen Polizeibeamten zu etwas angestiftet, das uns beide einige Jahre Gefängnis kosten konnte, wenn wir jemals auffliegen sollten.

Kaum war Sladek nämlich aus meiner Wohnungstür, stand schon Dr. Adin in dieser. Der kleine, schmächtige, braunhäutige Mann schien weiter geschrumpft zu sein wie ein zu heiß gewaschener Pullover. Er trug ein grasgrünes T-Shirt mit einer seltsamen Fraktur-Aufschrift quer über der Brust:

SC Rapid Wien – Deutscher Meister 1941

Über dem Bauch war in normaler, etwas kleinerer Schrift zu lesen:

Rapid ist meine Religion

Na, das ist aber mal ein Musterbeispiel gelungener Integration, dachte ich amüsiert.

»Wo haben Sie das bloß her?«, fragte ich.

»Sie mir lassen ausrichten, dass ich T-Shirt neu kaufen. Als Auto von Polizei kommen, ich laufen in Fußballfanshop.«

* * *

Es war der bis dato sonnigste und mildeste Tag dieses verrückten Winters, der gar kein richtiger Winter, sondern bestenfalls ein irregulärer Herbst war. Vielleicht gab es ja in Harland keine echten Jahreszeiten mehr, nur die althergebrachten Einteilungen lebten noch in unserer Sprache und in unseren Erwartungen an das Wetter weiter. Ich stellte mir Petrus als mittlerweile weit über neunzehnhundertjährigen Ex-Papst im Ruhestand vor, der lieber gemütlich Gin süffelte und Kreuzworträtsel löste, als sich noch immer um das Tagesgeschäft, die Meteorologie, zu kümmern. Auf jeden Fall war es ein Tag so mild wie frisch gemolkene Kuhmilch und so sonnig wie das pubertäre Gesichtchen einer ersten Liebe. Aus den glaslosen Fensterhöhlen des VW-Käfer-Wracks im Innenhof hinter meiner leerstehenden, abbruchreifen Mietskaserne sahen sämtliche Katzen der Gegend interessiert zu, wie Dr. Adin drei Riesengarnelen auf den Kühlergrill eines uralten Opel legte, den ich für gewöhnlich über ein paar im Viereck aufgestellten Ziegelsteinen als Rost verwendete. Er hatte sie und das andere Grillgut zuvor in meiner Küche rasch und geschickt mit gestiftelten Knoblauchzehen gespickt und im Übrigen zutiefst bedauert, dass ich keinen Kardamom vorrätig hatte. Mangels Grillkohle hatten wir ein Feuerchen mit aufgelesenem Restholz und Restkohle aus den Auto-, Werkzeug- und Vorratsschuppen entfacht, welche die nordseitige Begrenzung des Hofs bildeten. Dort hatten wir auch drei ganz passable, von einstigen Mietern zurückgelassene Sessel aufgetrieben, zwei aus rissigem Bugholz, einen aus weißem Plastik. Teller, Besteck und Gläser hatten wir aus meiner Küche mitgenommen, auch ein paar Flaschen Wasser und Wein und die kleinbürgerlichen Zinnbecher mit den Spitzweg-Motiven, die ich vor Jahren auf einem Flohmarkt erworben hatte. Als selbst ernannter Grillmeister hatte Dr. Adin seine Sache von Anfang an sehr ernst genommen. Er hatte sich auch sofort gut in meiner desaströsen Sperrholzküche orientiert und mit den wenigen vorhandenen Rohmaterialien und Lebensmitteln eine Knoblauch-Joghurt-Dipsauce und eine Rosmarinmarinade hingezaubert, die mehr als nur passabel waren. Außerdem hatte er im untersten, dunkelsten Fach meiner Küche noch Erdäpfel gefunden, an die ich längst nicht mehr gedacht hatte. Das Schlimmste am Gefängnis, an der Schubhaft, hatte er gesagt, sei vielleicht, dass man dort nichts selber tun, nichts selber in die Hand nehmen durfte, schon gar nicht mit Messern und Spießen hantieren, kochen, ein Grillfest veranstalten, sich und anderen Freude bereiten.

Die hohen Feuermauern und abbröckelnden Hinterhoffassaden der Nachbarhäuser, der benachbarten Hausleichen, das Wrack des hellblauen Käfers, die braunschwarzen Holzschuppen der ehemaligen Mieter, das verwitterte, verschliffene, gelbbraune Schattauer Pflaster mit den vielen Fehlstellen, die verwilderten, kahlen Ribiselstöcke und Hollerbüsche in den Hofecken, wo das Pflaster längst aufgebrochen war wie nach einer Mörserattacke, sahen fast schön aus in dem milden Licht des falschen Winters. Während Dr. Adin auch noch die Hüftsteaks und die Debreziner vorbereitete, von den Zucchinischeiben und Folienkartoffeln ganz zu schweigen, tranken Frischauf und ich bereits am Aperitif, sprich an der ersten

Flasche Wein, einem nicht uninteressanten Valpolicella aus den Veroneser Bergen. Kurz zuvor war unser freundlich, aber nicht sehr ernst gemeintes Hilfsangebot von Dr. Adin kurz und bündig abgelehnt worden, es konnte nur einen geben, einen Grillmeister.

Frischauf sah sein Notizbuch durch, in das er auch die Ausmaße des Zwangsarbeiterlagers in der Viehofener Au eingetragen hatte. Das Büchlein war wohl das Einzige, was ihm von seinen Projektaufzeichnungen geblieben war, wenn man einmal von den im Internet elektronisch archivierten Scans absah.

»Ein uralter Dreher, ein ehemaliger Kommunist, hat sich bei mir gemeldet, übrigens wahrscheinlich der letzte Kaninchenzüchter hier in Harland. Während des Kriegs war er als Facharbeiter uk gestellt. Die Zwangsarbeiter in seinem Betrieb hatten Schichten von vierzehn bis sechzehn Stunden, Sieben-Tage-Woche natürlich obligatorisch. Sie waren so müde und erschöpft, dass sie im Werk oft auf der Klobrille sitzend eingeschlafen sind. Die Werkswachen und die SS haben sie mit dem Bajonett aufgescheucht, was oft böse Wunden hinterlassen hat, und mit heruntergelassenen Hosen zurück zur Werkbank laufen lassen. Quälender Nazihumor eben, qualvoll für diejenigen, die seine Opfer waren. Als einzigen Lohn für die elende Sklavenarbeit gab's tagaus, tagein Selleriefastensuppe und Sägespänebrot, und selbst davon zum Leben zu wenig, zum Sterben gerade recht. Es sind auch nicht wenige verhungert, einfach umgefallen wie leere Kartoffelsäcke. Wenn an einer Maschine, einer Drehbank etwa, oder einem größeren Werkstück ein Schaden auftrat, oft eine ganz normale Verschleißerscheinung, wurde der jeweilige Zwangsarbeiter sofort der Gestapoleitstelle Harland übergeben, die in der

Linzer Straße 47, dem heutigen Stadtpolizeikommando, ihren Sitz hatte. Dort wurden die angeblichen Saboteure halb tot oder ganz tot geprügelt. Die Harlander Gestapo hatte ab 1939 sogar eigene Fitnessräume im Gebäude und einen hauptberuflichen Fitnesstrainer, weil das dauernde Schlagen und Prügeln und Foltern den Tätern körperlich einiges abverlangt hat. Diese Vernichtung durch Arbeit war auch in Harland nichts Außergewöhnliches, im Gegenteil ein reiner Routinevorgang. Ich habe auch relativ viele Totenscheine von Zwangsarbeitern gefunden, in denen als Sterbeort die Linzer Straße 47 angegeben wurde und als Todesursache immer wieder lapidar ›Selbstmord durch Erhängen‹. Die Frage ist nur, wer da wen erhängt hat. Noch mehr Meldescheine habe ich entdeckt, in denen Zwangsarbeiter als ›geflüchtet‹ oder ›entwichen‹ oder ›nach unbekannt flüchtig geworden‹ oder ›arbeitsflüchtig‹ vermerkt wurden, darunter oft Einträge, ein paar Tage oder Wochen später datiert, wie ›von Gestapo übernommen‹, ›Gefangenenhaus Polizeidirektion‹, ›in Haft gesetzt worden‹ oder ›an Gestapo überstellt‹. Danach ist aber auf all diesen Dokumenten Schluss, die nachfolgenden Zeilen blieben immer leer, keine weiteren Wohnorte, Daten, keine weiteren Einträge mehr.«

»Und das alles ist wirklich bisher von niemandem publiziert worden?«, fragte ich.

»Genauso unpubliziert wie das dreizehnte Abenteuer von Harry Potter.«

»Sie werden einer Menge von Leuten ganz schön auf die Nerven gehen mit Ihrem Buch«, prophezeite ich.

»Sehen Sie«, Frischauf blätterte weiter in seinem Notizbuch, »hier habe ich den Totenschein des Ostarbeiters Anton Lewcuk exzerpiert, der am 11. April 1945 im Stadtwald erschossen wurde. Ich kann mich noch gut an das Dokument erinnern, es war sauber getippt und unterschrieben vom städtischen Beschauarzt, als Todesursache war lapidar ›Schussverletzung des Kopfes‹ eingetragen. Zwei Tage später sind die Russen in Harland einmarschiert und der Todesursache wurde in einer ganz anderen Handschrift der Zusatz ›Mord‹ hinzugefügt. So schnell kann es gehen … Es gibt relativ viele Leute, für die ist die Geschichte nur eine Hure. – Wie sie in den Geschichtsbüchern steht, käme also ausschließlich darauf an, wer ihr Zuhälter ist. Ich aber bin nicht dieser Meinung, ich glaube, dass es meine Aufgabe ist, diese Quellen auszuwerten, und ich bin fest davon überzeugt, dass es so etwas wie eine historische Wahrheit unabhängig vom jeweiligen Blickwinkel gibt. Vielleicht ist das naiv oder hochmütig, aber mit dem Gedanken einer nur relativen Wahrheit könnte ich nicht leben!«

»Nehmen Sie noch einen Schluck? Viele Weine aus dem Veneto haben zwar den Ruf der gleichförmigen Massenware, aber der hier … Hut ab!«

»Glauben Sie, dass wir jemals herausbekommen werden, wer meine Wohnung verwüstet hat?«, fragte mich Frischauf.

»Schauen Sie, viele der großen Unternehmen, der Firmen mit Rang und Namen, mit Macht und Bedeutung und Einfluss, auch hier in Harland, haben wohl über Mittelsmänner und Netzwerke Kontakt zu nicht ganz so seriösen, kleineren oder größeren Organisationen, die sich halt fürs Grobe zuständig fühlen. Nennen wir diese Leute einfach mal Securitys. Die werden mehr denn je gebraucht. Das beginnt bei ganz gewöhnlichen Tätigkeiten, bei denen sich noch niemand etwas denkt. Schauen Sie sich nur die Inkassobüros an. In der Branche kann man nicht immer nur mit Glacehandschuhen arbeiten, sonst bleibt man über. Und unbezahlte, ausständige Rechnungen sind im Wirtschaftsleben so normal wie Donuts in Amerika. Wirtschaft ist auch Krieg und selbst die seriöseste Firma mietet sich im Falle des Falles über tausend Ecken und Enden jemanden, der sich dann auch schon mal die Hände schmutzig macht, schmutzig machen soll. Die Leute, die ihre Wohnung zerhackt haben, glaube ich jedenfalls, sind höchstwahrscheinlich auf der Autobahn aus Bratislava gekommen oder mit dem Motorrad aus Znaim und haben nicht einmal gewusst, wer ihre eigentlichen Auftraggeber waren.«

»Fast alle könnten diese Auftraggeber sein, fast alle hatten sie höchstwahrscheinlich Zwangsarbeiter, soweit ich das heute schon beurteilen kann, von der kleinsten Klitsche bis zum größten Industriebetrieb, praktisch jede verdammte Firma hier in Harland zwischen 1942 und 1945«, ereiferte sich Frischauf.

»Und diejenigen Unternehmen, die es nach mehr als sechzig Jahren noch gibt, die vielleicht sogar unter dem gleichen Firmennamen wirtschaften, werden nicht gerade sehr erfreut darüber sein, in Ihrem Buch als einstige Sklavenhalter genannt zu werden. Keiner will an die Sünden der Vergangenheit erinnert werden, keiner will schlechte PR. Da überlegt man sich halt was, da kennt man halt einen Geschäftspartner, der einen Geschäftsfreund hat, dessen Cousin wiederum stiller Teilhaber eines Casinos in einem Vorort von Budapest ist und ein paar Kontakte zum dortigen Rotlichtmilieu hat und schon ist etwas eingefädelt für ein paar tausend Dollar, eigentlich für Peanuts …«

»Wir werden sie also niemals finden?«

»Wenn ich ehrlich bin, dann glaube ich, weder die Hinter- noch die Vorder- noch die Mittelsmänner. Leute von diesem

Kaliber sind außerhalb meiner Reichweite, das können wir von vornherein vergessen. Solche Connections werden nur mehr in schlechten Filmen aufgerollt, in Wirklichkeit hat das Geld längst die Macht übernommen und sich eine eigene Welt geschaffen, in der Leute wie ich keine Rolle mehr spielen. Die halten uns draußen aus ihrer Liga, und das spielend. Wenn Sie mich nach Szombathely oder nach Brünn oder ins Stuwerviertel schicken, dann verladen mich die dort einfach oder prügeln mich windelweich. Ich kann Ihnen nur hier in Harland einigermaßen helfen, überall anders bin ich nicht mehr als ein fetter, keuchender Walfisch in einer Kinderbadewanne. Harland ist meine Stadt, nicht Wien oder Veszprém. Unser Ziel muss jetzt sein, dass Sie möglichst rasch Ihr Buch schreiben. Wenn das einmal publiziert ist, sind solche Attacken auf Ihr Eigentum oder sogar auf Sie selbst obsolet und sinnlos. Und der Treppenwitz an der Sache wäre ja, dass gerade die Republik, die sich sechzig und mehr Jahre lang mit all ihren Kräften bemüht hat, solche Sachen unter den Tisch zu kehren, zu vertuschen, ins allgemeine Vergessen abzuschieben, nun Ihr Zwangsarbeiterbuch finanzieren wird – mit Ihrem Arbeitslosengeld.«

»Schön wär's ja, aber vor zwei Stunden, als Sie für die Grillerei einkaufen waren, hat mich das Archiv angerufen und mir lapidar mitgeteilt, dass sie eine Sperrfrist übersehen haben.«

»Sperrfrist? Was heißt das?«, fragte ich.

»Dass die Melde- und Totenscheine, das Totenbuch sowie sämtlich andere Harlander NS-Akten noch bis 2015 gesperrt sind. Auf einmal!«

»Na, großartig!«, stellte ich fassungslos fest. »Ich bin ja nicht gerade der prototypische Verschwörungstheoretiker, aber da hat jemand mit Einfluss an ein paar Strippen gezogen …«

»Ich weiß natürlich punktgenau, wo die Karteikarten und die anderen Dokumente, die ich brauche, verwahrt werden. Sie haben ja nicht allzu viel Platz und können mit den Sachen nicht jonglieren. Das Ganze ist auch nicht groß gesichert, kein Nachwächter, keine Elektronik, keine Alarmanlage, nur eine Tür, eine Holztür mit keinem besonderen Schloss, und schon ist man drin.«

»Sie wollen da doch nicht etwa einbrechen, Frischauf?«, fragte ich ungläubig und verblüfft.

»Um endlich die Geschichte der Zwangsarbeit in Harland zu schreiben, die volle Wahrheit, nichts als die Wahrheit …«

»Trotzdem sollten Sie da auf keinen Fall einbrechen!«

»Haben Sie schon mal etwas vom Maria-Theresien-Orden gehört, Miert?«

»Erstens einmal sind Sie kein Soldat, und zweitens kommen Sie mir bitte nicht mit meinen eigenen Schmähs, Frischauf!«

»Ich könnte noch jemanden gebrauchen, der Schmiere steht.«

Der ist vielleicht noch verrückter als du, Miert, dachte ich, gab aber keinen Laut von mir.

»Wissen Sie, was das Erstaunlichste ist?«, fragte Frischauf mehr sich selbst als jemand anderen. »Seit ich in diesen lokalen Untiefen der Geschichte herumstochere und herumgrabe, werden meine Augen besser, Tag für Tag besser! Klar und weit! Ich spüre es direkt!«

»Wann haben Sie vor, dem Stadtarchiv eventuell einen nächtlichen Besuch abzustatten? Meine Augen sind nämlich noch immer weit besser als Ihre.«

»Sie sind in Wirklichkeit genauso verrückt wie ich!«, lachte Frischauf.

Langsam wird es mir unheimlich, dachte ich, schon wieder

einer, der meine Gedanken liest. Trotzdem konnte ich mich nur kurz zurückhalten, dann lachte ich mit. Bald schüttelte es mich wie einen nassen Hund.

»Mazeltov uns beiden!«, lachte Frischauf.

Wäre ja nicht mein erster Bruch, dachte ich, manchmal kann man als Detektiv einfach nicht anders, ich jedenfalls nicht.

Dabei hatten wir die Flasche noch nicht einmal ganz geleert.

* * *

Ich stippte die Hälfte der Riesengarnele in den Knoblauchdip auf meinem Teller, biss genussvoll ab und fühlte mich in meinem Hinterhof wie ein König. Weinmäßig waren Frischauf und ich inzwischen bei einem kräftigen, jungen Landwein aus dem Bordelais angelangt, Dr. Adin trank Mineralwasser en masse und widmete sich ebenfalls einer Meeresfrucht. Der Rauch des glosenden Grillfeuerchens roch appetitfördernd nach Rosmarin, Knoblauch und zartem, jungem Fett.

»Ein Schulfreund von mir ist vor Jahren der Liebe wegen nach Katalonien. Heute ist er der größte Schwarzbrenner von Julio-Iglesias-CDs in Barcelona und verkauft das Zeug mit einem eigenen Straßenhändlernetz an die Touristen. Ich habe ihm bei der letzten Lateinschularbeit in der achten Klasse zu einer positiven Note verholfen. Es war eine Frage von Sein oder Nicht-Sein für diesen lateinischen Deppen.«

»Meinen was …?«, fragte Dr. Adin leicht verwirrt. Frischauf war gerade zu sehr mit dem peniblen Tranchieren seiner Riesengarnele beschäftigt, um sich groß an dem Gespräch zu beteiligen.

»Er ist mir also noch einen Gefallen, einen großen Gefallen schuldig, ohne mich hätte er die Matura nie geschafft. Es wird ihm nicht angenehm sein, daran erinnert zu werden, aber er wird sich daran erinnern. Sie werden ein paar Jahre für ihn als Straßenhändler arbeiten und dann die erstbeste Amnestie nützen, um Ihren Aufenthalt in Spanien zu legalisieren.«

»Wow!«

»Wir müssen Ihnen eigentlich nur eine blonde Meschen verpassen, und ein halbwegs guter, österreichischer Personalausweis muss her. Dann geht es noch darum, Sie per Zug nach Triest zu schaffen auf irgendein Mittelmeer-Kreuzfahrtschiff, das auch in Barcelona anlegt. Na ja, wird alles nicht so leicht, muss ich ehrlich gesagt zugeben, aber zum Beispiel die letzten paar Tage zu überleben, war für mich viel, viel schwieriger.«

»Warum machen alles?«

»Ich bin Ihnen einfach einen Gefallen schuldig. Ohne Ihre selbstlose Geste wäre ich schon in meiner ersten Nacht im Polizeigefangenenhaus an der Menschheit verzweifelt. Es ist wichtig, dass man die Hoffnung nicht verliert, sonst könnte man ja gleich auf die Straße laufen und einem Mercedes die Stirn bieten.«

»Hoffnung wichtig! Und Freiheit wichtig!«, stimmte mir Dr. Adin zu.

»Hoffnung und Freiheit – darauf sollten wir eigentlich trinken! Schade nur, dass Sie diesen interessanten, feinfruchtigen Franzosen hier nicht gemeinsam mit mir verkosten können.«

»Darauf trinken wir!«, meinte Frischauf, der sowieso jede Gelegenheit zum Anstoßen wahrnahm.

»Kann man auch in Gedanke mit Freunden … wie sagt man … anstoßen!«, antwortete Dr. Adin lächelnd. »Auf Barcelona ein Schluck!«

»Also«, entgegnete ich, »da kann ich eigentlich nur sagen: Viva la vida!«

Ich blickte mit dem Glas in der Hand auf die verwitterten Hinterhofmauern, auf die abbröckelnden Ziegel, auf die blinden, leeren Fenster eines ebenfalls leerstehenden Nachbarhauses und dachte daran, dass es Goritschnig durchaus zuzutrauen wäre, uns von einem dieser Fenster, aus einem seiner ausgeklügelten Verstecke zu beobachten. Vielleicht war er aber auch schon tot, sozusagen im Kampf gegen die Drogenbarone gefallen, oder er lag schwer verletzt in einem abgeschotteten Keller und wartete auf weitere Folterungen und auf das Sterben.

Wie auch immer, niemand konnte ihm helfen, nicht einmal ich, und es war auch höchst fraglich, ob er mit seinen gewalttätigen Aktionen längerfristig etwas bewirken würde. Neue Dealer, neue Ratten würden sich finden, es würde neue Strukturen geben und neue Geschäfte mit dem Rausch, mit der Verzweiflung, mit dem Tod.

Ich füllte mein Glas bis zum Rand mit dem gehaltvollen, schön ausbalancierten Rotwein, stand von meinem Sessel auf und leerte ihn vor mir in den milden Wind. »Für Sie, Goritschnig«, murmelte ich. »Danke, dass Sie mir das Leben gerettet haben!«

Es war dies eine jener sinnlosen Gesten, die ich einst von Winnetou gelernt hatte.

Wieninger über Wieninger

Meine Zangengeburt am 9. Juli 1963 habe ich nur mit Müh und Not überlebt. Mit viereinhalb Kilo wurde ich in eine drückend heiße, eher unbedeutende Stadt im Osten Österreichs geboren. Die Krise im noch heißeren Kuba in diesem Jahr hat mich nur wenig interessiert. In der Schule war ich bis vierzehn ein strebsamer Musterschüler. Danach habe ich meine Zeit praktisch nur mehr mit Fußballspielen – als harter, aber unfairer Verteidiger – verbracht, die Matura in einem neusprachlichen Gymnasium ist mir irgendwie so nebenher gelungen. Einige Zeit habe ich dann mangels besserer Ideen lustlos Medizin in Wien studiert und mich gelegentlich für Gottfried Benn gehalten. Der Ernst des Lebens verschaffte mir schließlich absolute Toppositionen als Kaminleger, Verschubarbeiter, Reiseleiter, Lokal- und Sportjournalist. Mit dreißig habe ich noch ein Studium der Deutschen Philologie begonnen, das ich 1998 überraschenderweise mit ausgezeichnetem Erfolg abschließen konnte. Im Jahr darauf ist mein erster Marek-Miert-Kriminalroman mit dem Titel »Der dreizehnte Mann« erschienen.

Privat bin ich ganz schön langweilig, ziehe Gemüse und Himbeeren, hocke in meiner Bibliothek herum oder trinke Samos in einem geschmacklos dekorierten, griechischem Lokal, das von Albanern geführt wird.

Meine Großmutter väterlicherseits kann heute noch überaus detailliert das Kleid beschreiben, das ihr die Mutter für den ersten Ball ihres Lebens nähte. Sie erinnert sich auch an das Kleid der Schwester, die ebenfalls Elevin war beim Feuerwehrball im Dorf, das in den Karten als Eichberg verzeichnet ist, aber in Wirklichkeit Oaberch heißt. Der Stoff wurde für die Butter der einzigen Kuh eingetauscht. Als Erwachsene hat sich meine Großmutter Butter, die sie sich nun leisten konnte, mindestens fingerdick aufs Brot geschmiert. In der dunklen, kalten Gegend, in der sie als eines von sieben Kindern eines Kleinhäuslers aufwuchs, war es für die Mehrheit der Bevölkerung durch Jahrhunderte nachgerade normal (aber deshalb nicht weniger drückend), dass man das Brot trocken essen, drei Jahreszeiten barfuß laufen und sich praktisch pausenlos um kostenlose Zusatzkost in Form von Beeren und Pilzen, Eicheln und Kräutern bemühen musste, wenn man nicht verhungern wollte.

Kein Wunder, dass ich Schriftsteller geworden bin.

Bibliografie

Die Marek-Miert-Krimis:
Der dreizehnte Mann (1999); *Falsches Spiel mit Marek Miert* (2001); *Der Engel der letzten Stunde* (2005); *Kalte Monde* (2006) und *Rostige Flügel* (2008).

Der Engel der letzten Stunde

Ein verschwundenes Mädchen, verzweifelte Flüchtlinge aus Afghanistan, fremdenfeindliche Provinzpolitiker und ein durchgeknallter Oberleutnant von der Harlander Polizei: Marek Miert, Expolizist, Privatdetektiv, übergewichtig, cholerisch und nicht gerade erfolgreich, hat jede Menge Ärger am Hals. Aber Marek Miert lässt sich von der kriminellen Energie rund um ihn herum nicht beirren.

»Wuchtig, witzig, schnörkellos: Wieninger ist ein mit aktuellen Themen voll bepackter und spannender Kriminalroman gelungen, kantig und in keine Schublade passend.« *titel-magazin*

»Manfred Wieninger ist eine Klasse für sich. Er schreibt ohne Rücksicht auf Verluste.« *Robert Brack, Die Tageszeitung*

Kalte Monde

Mord in Harland: Marek Miert ermittelt und liefert tiefe Einblicke in die dunkle Seite der österreichischen Mentalität. Oberleutnant Gabloner ist nicht zimperlich, wenn es um Schuldzuweisungen geht, und die Medien greifen die Mär von den blutrünstigen Ausländern dankbar auf. Nur Marek Miert glaubt nicht an die offizielle Version der Kriminalpolizei und mischt sich unverfroren in die Ermittlungen ein.

»Gnadenlos seziert Wieninger die österreichische Gesellschaft und stellt den schönen Bildern aus Hochglanzprospekten ihre Schattenseiten gegenüber.« *Claus Kerkoff, X-Zine*

»Schwarzer Humor, morbider Charme und eine geballte Ladung Defätismus – eine Kombination, die immer wieder Spaß macht.« *Stephan Bartels, Brigitte*

Haymon Verlag

Thomas Askan Vierich
Blutgasse

Kriminalroman
Originalausgabe
200 Seiten; € 9.95 / sfr 17.90
ISBN 978-3-85218-816-4

Barbara, die kapriziöse Tochter eines sehr bekannten Wiener Baulöwen, wird verfolgt und bedroht.
Sie überredet den Journalisten und Lebemann Alfred Brinkmann, sie als eine Art Leibwächter zu begleiten. Dann wird Barbaras Vater tot aufgefunden, eingegossen in Beton. Und Alfred gerät in ein Netz erotischer Versuchungen, tödlicher Intrigen im Baumilieu und dunkler Familiengeheimnisse, in dem Lüge und Vergessen, Sex und Business, Mord und Totschlag nah beieinanderliegen.
Vor der Kulisse eines Wien zwischen k.u.k.-Herrlichkeit und Moderne entfaltet Thomas Askan Vierich genussvoll einen mitreißenden Plot – mit viel Gespür für den Charakter der Stadt, Sinn für Ironie und pointierte Dialoge und einigen überraschenden Wendungen.

Thomas Askan Vierich, geboren 1964, lebt in Wien, Zürich und Berlin. Redakteur, Magazinmacher und Literaturkritiker für deutsche und österreichische Medien. Sein Romandebüt *Tödliche Delicatessen* (2006) war für den Glauser-Preis als bestes Debüt nominiert und gewann einen Bloody-Cover-Award.